Hanne Holms

FADO FATAL

Ein Portugal-Krimi

PIPER

Mehr über unsere Autoren und Bücher:
www.piper.de

Wenn Ihnen dieser Krimi gefallen hat, schreiben Sie uns unter Nennung des Titels »Fado fatal« an *empfehlungen@piper.de,* und wir empfehlen Ihnen gerne vergleichbare Bücher.

Von Hanne Holms liegen im Piper Verlag vor:
Balearenblut
Italienische Intrigen
Fado fatal

MIX
Papier aus verantwortungsvollen Quellen
FSC® C083411

Originalausgabe
ISBN 978-3-492-31438-1
Mai 2019
© Piper Verlag GmbH, München 2019
Redaktion: Annika Krummacher
Umschlaggestaltung: Martina Eisele
Umschlagabbildung: JohnnyWalker61/Bigstock (Laterne);
incomible/Bigstock (Grafiken); ESB Professional/Shutterstock (Stadt)
Satz: Kösel Media GmbH, Krugzell
Gesetzt aus der Officina
Druck und Bindung: CPI books GmbH, Leck
Printed in the EU

Für R.
In Erinnerung an eine wunderbar intensive Zeit in Portugal

– UM –

Er musste länger warten als gedacht. Die letzten Gäste waren zwar schon gegen ein Uhr gegangen, aber anschließend hatte die junge Frau volle zwei Stunden in der Küche gewerkelt, hatte abgespült und aufgeräumt. Und als endlich alles erledigt schien, holte sie mehrere Stücke getrockneten Kabeljau aus der Speisekammer, legte sie in eine große Metallform und übergoss alles mit reichlich Wasser.

Kurz nach halb vier zog sie endlich die Küchentür hinter sich zu. Er blieb noch unter dem Fenster stehen, in der Dunkelheit an die Mauer gepresst, bis sie auf der knarrenden Holztreppe den dritten Stock erreicht hatte, in dem ihre Wohnung untergebracht war. Er lauschte, und tatsächlich hörte er, wie oben die Tür ganz leise ins Schloss fiel.

Ein letztes Mal schaute er sich um, aber niemand war zu sehen oder zu hören. Die nur einfach verriegelte Hintertür kostete ihn kaum eine halbe Minute, und den Weg zur Küche fand er auch im Dunkeln. Dort aber brauchte er Licht. Er zog seine kleine Taschenlampe hervor und steckte sie sich so in die Faust, dass nur ein schwacher Schimmer zwischen seinen Fingern hervordrang. Das genügte, um sich zurechtzufinden. Er überlegte eine Weile, welche Lebensmittel er präparieren sollte. Erst dachte er an den Bacalhau, aber er hatte sich schon immer vor Stockfisch geekelt – und halb eingeweicht fand er ihn am schlimmsten. Er lupfte

Topfdeckel, stöberte in den Kühlschränken und ging die Vorräte in der Speisekammer durch. Dann hatte er seine Wahl getroffen.

Böse grinsend zog er den schmalen Umschlag aus der Jackentasche. Die zerstoßenen Rasierklingen funkelten, als er mit der Taschenlampe in das Kuvert leuchtete. Er schüttete einen Teil in den Lederhandschuh, den er an der linken Hand trug, und verteilte die Bruchstücke in diversen Behältern mit getrocknetem Reis, vorbereitetem Fischfond und sauer eingelegtem Gemüse. Die restlichen Metallsplitter ließ er in einen Mehlsack gleiten und rührte den Inhalt so um, dass die Klingenstücke nicht gleich zu sehen waren. Schließlich kehrte er in die Küche zurück, nestelte eine kleine Flasche aus der Jacke und gab hier und da ein paar Tropfen in Fonds, Suppen und Würzöle, die für den nächsten Tag vorbereitet waren.

Dann löschte er die Taschenlampe, drückte die Hintertür ganz leise zu und huschte bis zur nächsten Gasse. Dort lehnte er sich an die kühle Hausmauer, atmete tief durch und sah auf die Uhr. Er hatte kaum fünfzehn Minuten gebraucht, und er hatte alles erledigt, ohne dabei entdeckt zu werden. Der Dom würde sehr zufrieden sein mit ihm.

Die Maschine landete pünktlich. Als sie ihre Parkposition erreicht hatte, mussten die Passagiere kaum fünf Minuten aufs Aussteigen warten. Der Weg vom Flugzeug zur Ankunftshalle war im herbstlich milden Sonnenschein ein angenehmer Spaziergang, und auch die Koffer der Reisenden rumpelten schon bald über das Förderband der Gepäckausgabe. Lisa Langer hatte ihr Handgepäck, einen Rucksack, schon umgehängt, nun wuchtete sie beschwingt ihren Rollkoffer von den schwarzen Gummilamellen des Gepäckbands und marschierte los. Ein Shuttlebus brachte sie zum Büro der Autovermietung, wo sie dank eines kostenlosen Upgrades einen kleinen SUV in Empfang nehmen durfte. Nachdem sie ihr Ziel – ein kleines Restaurant namens *Triângulo*, das in der Ribeira von Porto, der Unterstadt am Fluss, einige Fremdenzimmer anbot – ins Navi eingegeben hatte, fädelte sie sich in den nachmittäglichen Verkehr ein.

Während das Gerät sie von einer Stadtautobahn auf die nächste lotste, ließ Lisa die vergangenen zehn Tage Revue passieren. Das Hamburger Magazin *myJourney*, ihr bester und am besten zahlender Kunde, hatte sie als Reisejournalistin nach Lissabon und an die Algarve geschickt, wo sie für eine Reportage »auf den Spuren der Portugalkrimis« recherchieren sollte – so jedenfalls hatte sich Alex Burgmann ausgedrückt, der für sie zuständige Redakteur. Sie hatte versucht, durch vorsichtiges Nachfragen herauszufinden, ob der Auftrag nur zufällig gerade sie traf oder ob Alex inzwischen wusste, dass sie unter einem Pseudonym Kriminalromane schrieb, die an beliebten Urlaubsorten spielten – aber er hatte sie darüber im Ungewissen gelassen.

Die Reportage hatte sie natürlich gern übernommen, denn obwohl sich ihre Krimis inzwischen blendend verkauften, hatte sie nach wie vor auch an ihrem Job als Reisejournalistin Spaß – und das Spesenbudget von *myJourney* war wie immer großzügig bemessen. Sie hatte in Lissabon und in Faro viele interessante Schauplätze aufgetan und sich mit spannenden Menschen getroffen. Nun wollte sie noch ein oder zwei Wochen Urlaub in diesem schönen Land dranhängen.

Erst hatte sie geplant, dem Rat einer Kollegin zu folgen,

die für einen Reisebericht einmal die ganze Nationalstraße 2 entlanggefahren war, die Faro mit dem Norden Portugals verband und durch viele schöne Landstriche abseits von Touristentrubel und Autobahnen führte. Doch als nach gut drei Stunden Wegweiser in Richtung Lissabon vor ihr aufgetaucht waren, hatte sie ihre Pläne kurzerhand geändert. Erst hatte sie zwei schöne Abende in Portugals Hauptstadt verbracht, zusammen mit der Künstlerclique, zu der sie während ihres ersten Aufenthalts in Lissabon Anschluss gefunden hatte, danach hatte sie einen Flug nach Porto gebucht.

Das Navi des Mietwagens meinte es gut mit ihr: Die Route führte am Ufer des Douro entlang in Richtung Innenstadt und eröffnete ihr schöne Blicke auf den Fluss, und als sie vor sich die Eisenstreben der berühmten Dom-Luís-I.-Brücke sah, war es nicht mehr weit bis zu ihrer Unterkunft. Kurz darauf rumpelte sie direkt vor dem Restaurant *Triângulo* über den Bordstein und stellte ihren Wagen vor dem schmalen Torbogen ab, durch den das Lokal offenbar zu erreichen war. Der Kellner eines benachbarten Restaurants eilte mit wehender Schürze auf sie zu.

»Não, Senhora«, rief er so genervt, als müsse er das mehrmals täglich erklären, »hier können Sie nicht parken!«

Lisa schenkte ihm ihr süßestes Lächeln und erklärte, dass sie nur kurz ihr Gepäck ins *Triângulo* bringen wolle, und halb überrumpelt, halb besänftigt trollte sich der Kellner wieder.

Nach einigen Schritten durch den Torbogen führte auf der linken Seite eine Tür in eine Gaststube, in der auch um diese Zeit schon einige Gäste saßen und Lisa misstrauisch beäugten, als sie geradewegs zum Tresen ging. Vielleicht hatten die Gäste Sorge, dass Lisa sich vordrängeln könnte.

Lisa wandte sich an eine junge Frau, die gerade mit zwei Essen aus der Küche gekommen war.

»Senhora Bermudes? Ana Bermudes?«, erkundigte sich Lisa.

Die junge Frau nickte hastig und warf einen hektischen Blick auf die anderen Gäste.

»Einen Moment, bitte!«

Sie huschte an Lisa vorbei, servierte die beiden Essen und entschuldigte sich für die Verzögerung.

»Wir warten auch noch!«, rief ihr ein Mann am Nebentisch nach, doch Ana tat so, als hörte sie seine Beschwerde nicht, und steuerte wieder auf die Küche zu.

»Viel los heute, was?«, versuchte sich Lisa an etwas Small Talk, doch Ana Bermudes wirkte gehetzt und wischte sich eine Strähne aus dem Gesicht, die ihr schon im nächsten Moment wieder über die Augen hing.

»Wenn Sie mir nur kurz den Schlüssel zu meinem Zimmer geben würden, dann bringe ich mein Gepäck nach oben und fahre meinen Wagen weg«, fuhr Lisa fort. »Der Kellner von nebenan wartet sicher schon ganz ungeduldig, dass ich endlich den Platz neben seinen Tischen frei mache.«

Jetzt sah Ana Bermudes sie etwas genauer an, bevor ein müdes Lächeln über ihr Gesicht huschte.

»Ah, Senhora Langer, nicht wahr? Natürlich, natürlich. Hier, bitte …« Sie zauberte einen Schlüssel hervor und drückte Lisa einen kleinen Zettel in die Hand. »Das geben Sie bitte Ruben. Er ist Parkwächter auf dem Parque da Alfândega, das ist nur dreihundert Meter von hier. Ich habe mit ihm einen guten Tarif für Sie ausgehandelt, da können

11

Sie den Wagen ein paar Tage stehen lassen. In der Stadt kommen Sie mit den Öffentlichen besser überallhin.«

»Danke, dann geh ich nur kurz ins Zimmer hoch und ...«

»Nein, nein, das mach ich für Sie. Fahren Sie lieber den Wagen weg. Tiago, der Kellner von nebenan, ist ein netter Kerl – aber wenn jemand neben seinen Tischen parkt ... da versteht er keinen Spaß!«

Ana lachte, Lisa stimmte ein, aber dann deutete sie auf die hungrigen Männer und Frauen im Lokal.

»Vielleicht lassen Sie den Koffer einfach irgendwo stehen, nicht dass Ihnen noch die Gäste weglaufen. Ich bring das Gepäck nachher selbst hoch, kein Problem.«

Damit war sie auch schon wieder draußen und eilte zu ihrem Wagen. Sie winkte Tiago, der sie genau im Auge behielt, fröhlich zu und fuhr davon.

»Erstaunlich, dass die Kleine überhaupt noch Gäste hat«, knurrte ein kräftiger Mann, der Ende vierzig sein mochte. Er hatte vor der Tapasbar Platz genommen, die gegenüber vom *Triângulo* lag, und signalisierte dem Kellner, dass er noch einen Cafezinho wollte.

Zwei weitere Männer saßen am Tisch: Der jüngere war schmal und hatte schulterlange blonde Haare, der andere, der fünfzig sein mochte, wirkte durchtrainiert, nippte an seinem Tonic Water und ließ ständig ein Streichholz vom linken in den rechten Mundwinkel wandern.

»Und vor allem ist noch keiner schreiend rausgekommen und hat nach einem Arzt gerufen«, fuhr der Endvierziger fort und sah mürrisch zu seinem schmalen Nebenmann. »Du bist dir sicher, Miguel, dass du heute Nacht in die richtige Küche eingestiegen bist?«

»Also, hör mal, Vicente! Hältst du mich für blöd, oder was?«

Vicente schwieg, nahm seinen Cafezinho entgegen und schüttete den Inhalt des Zuckertütchens hinein.

»Sag schon!«, drängte Miguel. »Hältst du mich für blöd?«

Vicente seufzte. »Frag lieber nicht, mein Junge.«

Miguel riss die Augen auf und sah aufgebracht den Dritten in der Runde an.

»Ramón, sag doch du mal was! Hat er eben gesagt, dass er mich für blöd hält?«

Ramón zuckte mit den Schultern und ließ das Streichholz wieder in den anderen Mundwinkel wandern. Vicente tauchte den Löffel in die Kaffeetasse und rührte um.

»Muss ich mir das gefallen lassen?«, rief Miguel.

Er stand so abrupt auf, dass beinahe sein Stuhl nach hinten gekippt wäre. Vicente rührte seelenruhig weiter in seinem Kaffee, und Ramón legte dem Jüngeren die Hand auf den Unterarm.

»Jetzt setz dich hin, Kleiner, und beruhige dich. Hast du heute Nacht der kleinen Bermudes zerkleinerte Rasierklingen in die Vorräte gepackt – ja oder nein?«

Miguel schnaubte, ließ sich wieder auf seinen Stuhl fallen und starrte beleidigt zum *Triângulo* hinüber. Vicente legte den Löffel beiseite und musterte den Jungen.

»Ja oder nein?«, wiederholte Ramón, und sein Blick wurde stechender.

»Klar«, brummte Miguel. »Ich hab alles genau so gemacht, wie wir es besprochen haben. Ich versteh's ja auch nicht, dass das bisher keinem aufgefallen sein soll.«

Ramón entspannte sich wieder, und er tätschelte seinem Kumpan den Handrücken.

13

»Wird schon noch«, sagte er.

»Hoffentlich«, knurrte Vicente. »Aber wenn nicht bald was passiert, lass ich mir was Neues einfallen. Und darum kümmere ich mich dann selbst.«

Er trank seinen Cafezinho in einem Schluck aus und erhob sich.

»Du kommst mit, Ramón«, kommandierte er knapp. »Und du, Kleiner, behältst den Laden im Auge und zahlst die Rechnung.«

Einen Moment lang erwog Miguel zu protestieren. Dann fing er Vicentes strengen Blick auf und schwieg lieber. Die beiden anderen wandten sich zum Torbogen und waren kurz darauf in Richtung Uferpromenade verschwunden.

Die junge Frau, die zuvor mit Rucksack und Rollkoffer ins *Triângulo* gegangen war, kam wieder zum Vorschein und trat eilig durch den Torbogen auf die Straße. Kurz darauf blieb ein Ehepaar mittleren Alters vor dem Eingang zum Lokal stehen und studierte die Speisekarte im Aushang. Sie berieten sich und gingen schließlich hinein.

»Jetzt wird's doch hoffentlich bald losgehen«, murmelte Miguel und bestellte sich noch ein kleines Bier.

Lisa hatte den Wagen zum Parkplatz gebracht und anschließend einen ersten Spaziergang durch Porto unternommen. Durch schmale, gepflasterte Gassen war sie zur Kathedrale emporgewandert, die auf einem Hügel über der Altstadt thronte, und hatte in der nur zweihundert Meter entfernten Bahnhofshalle die Azulejos bewundert, die aus blau bemalten Keramikfliesen kombinierten Wandbilder. Nun schlenderte sie vom Südende der Avenida Vimara Peres zur obersten Ebene der Ponte Dom Luís I., jener imposanten Eisen-

14

brücke, die ein ehemaliger Kompagnon von Gustave Eiffel Ende des 19. Jahrhunderts konstruiert hatte.

Die Brücke bot einen herrlichen Blick auf den Douro, auf die Altstadt und den dicht mit Weinkellern und Wohnhäusern bebauten Hügel, mit dem jenseits des Flusses das Stadtgebiet von Vila Nova de Gaia begann. Immer wieder linste Lisa durch den fingerbreiten Spalt zwischen den Eisenelementen, die den Boden bildeten, aber hier, in sechzig Metern Höhe, war ihr der Blick in die Ferne doch etwas lieber.

Auf der Brücke war viel Betrieb, die Stadtbahnen näherten sich eher langsam, und entsprechend gemächlich machten ihr die Spaziergänger Platz. Lisa überquerte den Douro in aller Ruhe, blieb immer wieder stehen und genoss die Aussicht. Auf einem Hügel am anderen Ufer versammelten sich die ersten jungen Leute und breiteten ihre Picknickdecken aus. Lisa nahm die Seilbahn hinunter zum Fluss und spazierte von der Talstation aus an mehreren Portweinkellereien vorbei bis zur unteren Ebene der Brücke.

Hier ging es weniger beschaulich zu als oben: Autos, Busse und Motorräder drängten sich in beiden Richtungen über die schmale Fahrbahn, während die Fußgänger auf den erhöhten Gehwegen blieben. Ein junger Mann, barfuß und mit freiem Oberkörper, balancierte in gut zwei Metern Höhe auf dem oberen Rand der Brüstung, bekreuzigte sich immer wieder, rief den Passanten etwas zu, das Lisa nicht gleich verstand, und warf sich von einer Machopose in die nächste.

Nun grölte er auch etwas in Lisas Richtung. Erst beim zweiten Mal verstand sie, dass er von ihr fünf Euro als Lohn dafür wollte, dass er sich gleich in den Fluss hinabstürzen

15

würde. Lachend winkte sie ab und wandte sich ab, doch kurz darauf brachten sie einige Juchzer dazu, kehrtzumachen: Der junge Mann sprang vom Geländer und tauchte unten leidlich elegant in das kalte Wasser. Die wenigen Passanten, die seinetwegen stehen geblieben waren, setzten sich wieder in Bewegung, und auch Lisa ging weiter.

Sie erreichte Porto und folgte der Uferpromenade, ein paarmal stolperte sie wegen der uneben liegenden Steinplatten auf dem Gehweg. Als sie auf Höhe des *Triângulo* angekommen war, blieb sie noch einmal stehen und ließ den Blick über den Douro und die eindrucksvolle Brücke schweifen – und auch wenn sie es auf die Entfernung nicht mit Bestimmtheit sagen konnte, so hätte sie doch mehr als fünf Euro darauf gewettet, dass es das Großmaul von vorhin war, das schon wieder auf das Brückengeländer kraxelte und sich zum nächsten Sprung bereit machte.

Im Torbogen, der zu Anas Lokal führte, kam ihr ein Pärchen entgegen, das auf Deutsch über den schlechten Service im *Triângulo*, die lange Wartezeit und die bescheidene Auswahl an Speisen schimpfte. Lisa hatte noch keinen Hunger, sie wollte bloß die Beine hochlegen nach der anstrengenden ersten Tour, also ging sie gleich in ihr Zimmer hinauf. Ein sauberes, bequemes, nicht zu weiches Bett, Sonnenlicht, das den Raum erhellte, aber nicht aufheizte, und durch das offene Fenster wehte ein leichtes Lüftchen ... Es dauerte nur einen Moment, bis Lisa eingeschlafen war.

Als sie wieder erwachte, war es später Nachmittag, und die Luft war erfüllt von stechendem Rauch. Lisa schwang die Beine über die Bettkante und rieb sich die Augen, bevor sie zum Fenster schlurfte. Auf der Uferpromenade, nur ein kleines Stück entfernt, hatte ein Mann seinen Holzofen angeworfen. Einige Passanten blieben stehen und ließen sich kleine Schälchen mit frisch gerösteten Esskastanien reichen. Ein junger Mann in eng geschnittenem Hemd und schwarzer Hose rief dem Verkäufer etwas zu, wedelte mit den Händen und machte zwischendurch Fotos mit seinem Handy. Aus der ungewohnten Perspektive brauchte Lisa einen Moment, um in dem Mann den Kellner Tiago zu erkennen, der natürlich nicht begeistert davon war, dass die Rauchschwaden des Kastanienofens auch die Terrasse seines Restaurants vernebelten. Den Verkäufer schien Tiagos Aufregung kaltzulassen, und nach einigen wüsten Beschimpfungen tippte der Kellner eine Nummer ins Handy.

Lisa schloss das Fenster, zog sich etwas Frisches an und ging hinunter ins Lokal. Im Moment war dort etwas weniger Betrieb, aber Ana Bermudes wirbelte dennoch zwischen Küche und Gastraum herum und wirkte abgehetzt.

»Gib mal her, Ana«, sagte Lisa, als die Wirtin mit einem Tablett aus der Küche kam, auf dem drei Teller und ein Brotkorb standen. »Wo muss das hin?«

»Tisch drei«, sagte Ana, ohne ihren Griff zu lösen.

Lisa sah sich um. Es kam nur ein Tisch für diese Bestellung infrage.

»Lass mich ruhig mitmachen. Ich habe während meines Studiums viel gekellnert. Und als es zu Beginn als Journalistin noch nicht so richtig lief, habe ich mir auch etwas im Service dazuverdient.«

»Kannst du denn gut genug Portugiesisch, um alles zu verstehen?«

»Portugiesisch?« Lisa lachte. »Ich verstehe fast alles und bringe auch einfache Sätze halbwegs zustande. Aber im

Moment ist ja wohl kaum jemand im Lokal, der besser Portugiesisch spricht als ich, oder?«

»Stimmt natürlich«, sagte Ana, ließ ihren Blick über die Touristen gleiten, die auf ihr Essen warteten, und lächelte sie müde an. »Also dann leg los – und danke.«

Die Gäste an Tisch drei machten einen genervten Eindruck. Auf dem Weg zu ihnen hatte sie mitbekommen, dass die beiden Männer und die Frau Englisch miteinander gesprochen hatten. Also sprach Lisa sie ebenfalls auf Englisch an.

»Entschuldigen Sie bitte das Durcheinander«, begann sie. »Ana, die Wirtin, hat heute Personalprobleme, und ich helfe ein bisschen aus.«

Sie taxierte kurz die drei Teller, die sich nur durch die Art der Beilage unterschieden.

»Sie haben alle Bacalhau bestellt, sehe ich. Eine gute Wahl, gerade hier im *Triângulo*«, flunkerte Lisa, um die Stimmung aufzulockern.

»Na ja, Wahl …«, maulte einer der Männer. »Wir hätten gern etwas anderes genommen, aber außer Bacalhau war schon fast alles aus.«

»Oh, das tut mir leid – aber glauben Sie mir: Mit Bacalhau machen Sie in Porto nichts falsch!«

Sie warf den dreien noch ein zuckersüßes Lächeln zu, dann flitzte sie zu einem anderen Tisch, sammelte Getränkebestellungen ein und machte sich auch gleich ans Einschenken. Als eine Stunde später ein ganzer Schwung neuer Gäste eintraf und kaum mehr ein Sitzplatz im Lokal frei blieb, hatte sie sich von Ana die Nummerierung der Tische erklären lassen – und die Herstellung eines Portonic, der aus Eiswürfeln, einem Teil weißem Portwein, zwei Teilen

Tonic Water, einer halben Orangenscheibe und einigen Minzblättern bestand. Und sie hatte auch erfahren, dass es im Moment außer Bacalhau nicht viel von dem gab, was auf der Speisekarte angepriesen wurde. Salat und einige Kleinigkeiten waren da, gesalzener Kabeljau natürlich in rauen Mengen, aber sonst fast nichts.

»Warum hast du denn nicht genügend eingekauft?«, fragte Lisa. »Dein Laden läuft wie verrückt ... da darfst du doch nicht so knapp kalkulieren!«

Ana winkte nur ab und verschwand wieder in der Küche, und Lisa machte einem Gast nach dem anderen klar, dass Stockfisch mit Beilagen genau die Spezialität des Hauses war, die man auf keinen Fall versäumen durfte. Das half meistens, manchmal spendierte sie einem Gast noch ein Glas Wein extra, und den kostenlosen Feigenschnaps hinterher nahmen ohnehin alle gern an. So wurde die Stimmung im *Triângulo* immer entspannter und fröhlicher, und auch Ana kam dank Lisas Unterstützung wieder in die Spur.

»Wenn ich sehe, wie du hier mit anpackst«, raunte sie Lisa zwischendurch zu, »dann muss ich ja fast hoffen, dass du als Journalistin keine Aufträge mehr bekommst ...«

Die beiden Frauen lachten, und ihre gute Laune übertrug sich allmählich auf die meisten Gäste, die nun Wein nachbestellten und auch die Tatsache genossen, dass Lisa für sie alle ein paar nette Worte in ihrer Muttersprache fand, ob sie nun aus England, Deutschland, Spanien oder Frankreich kamen.

Nur ein schmaler Typ Mitte zwanzig, der sich seit einer Stunde an seinem kleinen Bier festhielt und auch auf mehrmalige Nachfrage nichts zu essen bestellen wollte, ließ sich nicht von der aufgehellten Stimmung anstecken. Er fläzte auf seinem Platz, warf den anderen Gästen prüfende Blicke zu und musterte Lisa und Ana, wann immer er glaubte, sie würden es nicht bemerken.

Gegen halb zehn veränderte sich das Publikum allmählich. Die Touristen gingen, müde, satt und manche auch ein wenig angeschickert. Auch der mürrische Mittzwanziger hatte endlich sein kleines Bier ausgetrunken und sich mit den Touristen davongemacht. Dafür kamen nun immer mehr Einheimische, und fast jeder begrüßte die Wirtin und die anderen Gäste mit großem Hallo.

Noch immer gab es nicht viel mehr als Stockfisch, aber das schien nun niemanden mehr zu stören. Lisa hatte gut damit zu tun, Wein und Bier und Wasser zu den Tischen zu bringen, und ab und zu fragte einer der späten Gäste sie nach ihrem Namen oder wollte von Ana wissen, wo sie ihre neue Kellnerin aufgetan habe. Sie grinste immer nur kurz und sagte nichts dazu, aber nach einer Weile bugsierte sie Lisa in die Mitte des Gastraums, stellte sich neben sie und schlug leicht mit zwei Gläsern gegeneinander.

»Liebe Freunde«, sagte sie und ließ für einen Blick in die Runde eine kurze Pause, »das ist Lisa aus Deutschland. Sie ist eigentlich mein Gast, hat ein Zimmer bei mir gemietet – aber wenn sie mir heute nicht geholfen hätte, wäre ich jetzt vermutlich so kaputt, dass ich euch nicht einmal mehr Wein servieren könnte.«

»Um Gottes willen!«, rief ein wettergegerbter Mann um die sechzig und machte ein so übertrieben entsetztes Gesicht, dass um ihn herum alle in schallendes Gelächter ausbrachen. Der Mann drückte sich von seinem Stuhl hoch, erhob sein Glas, nickte erst Lisa zu und machte dann mit dem Glas in der Hand eine Geste, die den ganzen Raum umfasste: »Cara Lisa, wir stehen alle tief in Ihrer Schuld! Obrigado, obrigado, vielen, vielen Dank – und wenn ich darf, würde ich Ihnen gern einen Wein spendieren.«

»Das machen wir aber erst, wenn ich Feierabend habe«, entgegnete Lisa.

»Und der Wein geht dann natürlich auf mich!«, schob Ana schnell hinterher.

Die junge Wirtin hielt Wort, und als sich alle verbliebenen Gäste an der längsten Tafel im Raum versammelt hatten, trugen Ana und Lisa noch einmal Brot und Oliven, Wasser und vor allem Wein auf, dann setzten sie sich zu den anderen. Ana stellte die Anwesenden reihum vor. Ihrem deutschen Gast zuliebe sprach sie ein wenig langsamer als sonst, machte aber keine Anstalten, ihre Erklärungen ins Englische zu übersetzen. Doch Lisa kam gut zurecht, und sie versuchte, sich die Namen und die Berufe ihrer Tischnachbarn zu merken. Parkwächter Ruben, dem sie ihren Wagen anvertraut hatte, kannte sie schon. Der wettergegerbte Sechzigjährige, der Lisa zum Wein hatte einladen wollen, hieß Afonso, war ein lustiger und trinkfreudiger Geselle und arbeitete für eine der großen Portweinkellereien.

Die anderen am Tisch waren Bewohner der umliegenden Häuser, einer betrieb einen kleinen Kiosk zwei Straßen weiter, ein anderer kaufte für die hiesigen Restaurants Obst und Gemüse ein, und eine ältere Frau hatte früher in einem Hotelrestaurant in der Oberstadt gekocht und besserte nun als Putzfrau ihre schmale Rente auf.

Später am Abend stieß noch eine Frau in Uniform zu der ausgelassenen Runde: Die dreißigjährige Janira war Polizistin und schaute nach Dienstschluss gern noch auf ein paar

21

Gläschen in Anas Lokal vorbei. Aus den Gesprächen, die im *Triângulo* hin und her flogen, erfuhr Lisa, dass Ana früher mal mit Janiras Bruder zusammen gewesen war.

»Ist ein feines Mädel, die Janira«, raunte Afonso ihr mit schwerer Zunge zu. »Wann immer Ana mal Probleme mit den Behörden hat, regelt sie das für sie. Und das, obwohl Ana ihrem Bruder den Laufpass gegeben hat.«

Janira hatte ihre Uniformmütze an die Garderobe gehängt, ihre Jacke etwas aufgeknöpft und setzte sich neben Lisa. Sie schien einiges zu vertragen und prostete der Deutschen zu. Nach einer Weile fragte sie sie über ihren Job als Reisejournalistin aus, und schließlich deutete sie auf Afonso, der stiller geworden war und offenbar Mühe hatte, die Augen offen zu halten.

»Unser Weinexperte war mal mit einer Deutschen verheiratet«, erzählte sie mit gedämpfter Stimme, damit Afonso sie nicht hörte. »Die ist ihm weggelaufen, aber sie hat ihm die gemeinsame Tochter dagelassen: Beatriz. Und wenn du mal gesehen hast, was für eine Schönheit unsere Beatriz ist, kannst du dir vorstellen, wie gut ihre Mutter ausgesehen hat. Immerhin musste sie noch die Gene von Afonso ausgleichen ...«

»Hä? Was ist mit mir?«, fragte Afonso, der seinen Namen aufgeschnappt hatte, weil Janira zuletzt etwas lauter geworden war.

»Nichts, nichts, trink ruhig weiter. Oder noch besser: Geh langsam nach Hause. Du siehst müde aus.«

»Ach was, müde! Durstig bin ich!« Er hielt Ana sein volles Glas hin. »Schenk ein!«

Die Wirtin lachte und deutete auf die dunkelrote Flüssigkeit, die im Glas hin und her schwappte.

»Da passt nichts mehr rein, Afonso. Dein Glas ist voll.«

»Nicht mehr lange«, brummte der und leerte den Wein in einem Zug. Dann setzte er das Glas ein wenig zu ruppig auf die Tischplatte, legte beide Unterarme vor sich, sank vornüber und war schon im nächsten Augenblick eingeschlafen. Nach einer Weile erhob sich Ana.

»Bleibt ruhig ein bisschen, es ist noch genügend Wein da. Später kommen übrigens noch zwei Freunde von mir: Clemente und Henrique, die wirst du auch mögen. Ich geh nur schon mal in die Küche und räume ein wenig auf.«

»Soll ich dir helfen?«, fragte Lisa.

»Du hilfst mir am meisten, wenn du meine Gäste weiterhin bei Laune hältst«, sagte die junge Wirtin, legte ihr kurz die Hand auf die Schulter und beugte sich zu ihr. »Danke«, flüsterte sie, und dann war sie auch schon in der Küche verschwunden.

Die Stimmung kochte sofort wieder hoch. Es wurden Witze und launige Anekdoten zum Besten gegeben, und als etwas später am Abend die Nachbarn und die Putzfrau nach Hause gegangen waren, kamen zwei Männer zur Tür herein, die von den Stammgästen umgehend in Beschlag genommen wurden. Kaum, dass sie saßen, hatten sie auch schon jeder ein volles Weinglas vor sich stehen, und nachdem Ruben die beiden darüber aufgeklärt hatte, was heute im *Triângulo* los gewesen war und wie Lisa der Wirtin aus der Patsche geholfen hatte, prosteten die beiden Neuen ihr mit einem wohlwollenden Nicken zu. Tiago ließ es dabei nicht bewenden.

»Das ist mein Cousin Clemente«, sagte er und deutete auf den einen Neuankömmling. Er war Mitte vierzig, gutmütig und ein wenig mollig. »Clemente röstet Kastanien, aber ...«

Tiago hob theatralisch den Zeigefinger. »... aber er bekommt keinen Ärger mit mir, weil er seinen Ofen nicht an der Uferpromenade aufstellt. Sehr löblich, wie ich finde! Stattdessen räuchert er in der Fußgängerzone die Touristen ein, die ins *Café Majestic* wollen.«

Die anderen am Tisch prosteten den beiden lachend zu. Lisa hatte vom *Majestic* schon gehört, und das legendäre Café stand natürlich auf der Liste der Sehenswürdigkeiten, die sie sich in Porto nicht entgehen lassen wollte.

Dann stellte Tiago den anderen Neuankömmling vor: Henrique schipperte Touristen auf dem Fluss umher. Er hatte dafür ein Rabelo hergerichtet, eines der alten Boote, wie sie früher für den Transport von Weinfässern auf dem Douro benutzt worden waren, und hatte unter der Wasserlinie eine kleine Schiffsschraube eingebaut, die von einem Elektromotor angetrieben wurde. »Der Motor macht keinen Mucks«, erklärte er Lisa. »Also merken meine Touristen nichts, und ich muss mich nicht so sehr mit dem Ruder plagen.«

Neue Trinksprüche machten die Runde, und nach einer Weile erhob sich Clemente, füllte am Tresen eine Karaffe mit Wasser und stellte sie auf den Tisch. Dann holte er sein Weinglas und ließ sich auf den Platz neben Lisa sinken, auf dem vorhin Ana gesessen hatte.

»Nett von dir, dass du ausgeholfen hast«, sagte er.

Sein Tonfall machte Lisa stutzig. Er hatte recht leise gesprochen, als wäre das, was er zu sagen hatte, nur für ihre Ohren bestimmt. Und er klang ... besorgt? Angespannt? Sie musterte ihn, wurde aber aus seiner Miene nicht schlau. Die Schiebermütze, die er nicht einmal im Lokal abgenommen hatte, verschattete seine Stirn, doch die Augen darunter funkelten, als habe er etwas auf dem Herzen.

»Du weißt, warum es im *Triângulo* drunter und drüber geht?«, fuhr er fort.

»Soweit ich es mitbekommen habe, hat Ana zu wenig zu essen eingekauft.«

»Ich meine nicht, warum es heute drunter und drüber geht. Das ist schon seit einigen Wochen so.«

»Oje! Herrscht hier immer so ein fürchterliches Chaos? Dann wundert es mich, dass überhaupt noch Gäste kommen!«

»Da bist du nicht die Einzige …«

Lisa wartete darauf, dass er seine Andeutung erklärte, und als er schwieg und erst noch einen tüchtigen Schluck nahm, riss ihr der Geduldsfaden.

»Jetzt sag schon, Clemente, was ist hier los? Du willst mir doch irgendetwas mitteilen – dann sag's bitte einfach gradeheraus.«

»Im *Triângulo* geht es so chaotisch zu, seit Anas Eltern tot sind. Die beiden sind vor vier Wochen ums Leben gekommen.«

»Oh … das tut mir leid.«

»Durch einen Autounfall.« Clemente hob die Augenbrauen und fügte hinzu: »Sagt man.«

»Wie meinst du das?«

»Augusto, Anas Vater, war ein guter Autofahrer, immer rücksichtsvoll, immer vorsichtig, und er hat sich kein einziges Mal betrunken hinters Steuer gesetzt. Warum also sollte er in seinem Wagen tödlich verunglücken?«

»Ach, Clemente! So etwas passiert manchmal – da kann man noch so vorsichtig sein. Einer nimmt dir die Vorfahrt, einer überholt, und du bist im falschen Moment auf der Gegenfahrbahn … Manchmal läuft es halt blöd, da kannst du gar nichts machen. Wie ist es denn passiert?«

Die Antwort musste kurz warten. Afonso schnarchte inzwischen so laut, dass er die Gespräche am Tisch ernsthaft störte. Clementes Vetter Tiago versuchte, den Alten zu wecken, Ruben wollte ihn daran hindern, und Janira sprach ein Machtwort, woraufhin die beiden den Schlafenden in Ruhe ließen und stattdessen begannen, der Polizistin anzügliche Witze zu erzählen.

»Augusto und seine Frau Maria wollten rauf ins Weingebiet am Alto Douro, Verwandtschaft besuchen in der Nähe von Peso da Régua«, erzählte Clemente. »Sie haben die Autobahn genommen, damit es schneller geht, und auf dem kurzen Stück Nationalstraße von der Ausfahrt bis zur Stadt sind sie von der Fahrbahn abgekommen und mit ihrem Wagen den Hang hinuntergestürzt. Das Auto hat sich mehrmals überschlagen. Als das Wrack unten völlig zerstört zum Liegen kam, waren die beiden vermutlich schon tot.«

»Tragisch, aber warum glaubst du, dass da etwas nicht mit rechten Dingen zugegangen sein könnte?«

»Na, hör mal, es sind höchstens ein paar Hundert Meter von der Autobahn bis zur Stadtgrenze – und ausgerechnet dort kommt Augusto mit seinem Wagen von der Fahrbahn ab. Ich sag dir ...«

»Ach, du meine Güte!«, fiel ihm Janira ins Wort. »Belabert dich Clemente schon wieder mit dieser haarsträubenden Geschichte?«

»Haarsträubend ist doch nur, dass deine Kollegen in Régua nichts gefunden haben«, schnauzte Clemente sie an. »Angeblich war an dem Wrack von Augustos Auto nichts zu finden, was auf Fremdverschulden hindeutete. So nennt ihr das doch, oder?«

»Ja, Clemente, so nennen wir das. Und wenn du das Auto

26

gesehen hättest, würdest du dich nicht darüber wundern, dass daran nichts mehr festzustellen war. Das war nur noch ein Haufen Schrott, und es hat ziemlich lange gedauert, bis wenigstens die Leichen von Anas Eltern aus dem Knäuel herausgeholt werden konnten.«

Lisa sah fragend zwischen den beiden hin und her.

»Falls du dich wundern solltest, Lisa, woher ich weiß, wie der Wagen nach dem Unfall aussah: Es kamen auch schon direkt nach dem Tod der beiden Gerüchte auf, dass da womöglich nicht alles mit rechten Dingen zugegangen sein könnte. Deshalb habe ich mich an die Kollegen in Régua gewendet – Ana ist schließlich meine Freundin. Ich habe mir die Akte zeigen lassen, die Fotos, die Protokolle, ich bin sogar zur Unfallstelle gefahren – und ganz ehrlich: Augusto ist von der Straße abgekommen, warum auch immer, und dadurch sind er und seine Frau gestorben. Tragisch, aber so etwas kommt vor.«

»Und haben deine Kollegen eine Erklärung dafür gefunden, warum Anas Vater von der Straße abkam? Ist es dort eng oder besonders kurvig oder aus einem anderen Grund gefährlich?«

»Ach was!«, knurrte Clemente. »Eine breite, gut ausgebaute Nationalstraße ist das.«

»Kurvig ist die Strecke natürlich«, merkte Janira an, »und abschüssig auch. Vielleicht wurde Augusto vom Sonnenlicht geblendet, als er aus dem Tunnel herauskam – das wissen wir alles nicht.«

»Schon gut, du Superbulle!«

»Clemente, ich warne dich!«

»Deine Kollegen da oben haben gar kein Interesse daran gehabt, die Geschichte aufzuklären, so sieht's aus!«

27

»Clemente!«

»Die haben sich schmieren lassen, das sag ich dir! Jemand mit viel Geld hat denen so viel zugesteckt, dass sie gar nicht mehr genau wissen wollen, wie Augusto und Maria ums Leben gekommen sind!«

»Jetzt reicht's aber wirklich, Clemente!«, fuhr Janira ihn an und stand auf. »Ich hör mir deinen Mist nicht länger an. Du hast zu viel getrunken, und du schaust zu viele Krimis. Mir tut es unendlich leid, dass Ana ihre Eltern verloren hat. Wenn ich könnte, würde ich es ungeschehen machen, aber damit ist die Polizei nun wirklich überfordert!«

Clemente brummte und nahm noch einen Schluck.

»Schau lieber zu, dass ich dich nicht besoffen im Auto erwische. Dann bist du dran, darauf kannst du dich verlassen!«

Janira wandte sich zum Gehen, verabschiedete sich von den anderen und raunte Lisa dann noch zu: »Hör dir seine Räuberpistolen lieber nicht länger an – der kommt einfach nicht damit klar, dass das Leben manchmal ungerecht ist.«

Sie streckte Lisa die rechte Hand hin.

»War schön, dich kennenzulernen.«

»Gleichfalls«, sagte Lisa und schlug ein.

Clemente wartete, bis die Polizistin ihre Uniformmütze vom Garderobenhaken genommen und das Lokal verlassen hatte.

»Vielleicht steckt die mit drin«, knurrte er und deutete mit dem Kopf in Richtung Tür.

»Jetzt hör aber auf«, bat Lisa. »Wir trinken aus, und dann gehst du nach Hause, okay? Du bist doch zu Fuß hier, oder?«

»Ja, ja«, erwiderte er lahm, »mach dir keine Sorgen.«

Zwanzig Minuten später hatten auch die anderen das *Triángulo* verlassen. Lisa stellte das Geschirr zusammen und brachte die Gläser zum Tresen. Und weil sie nicht wusste, was in welche Spülmaschine gehörte, ging sie in die Küche, um Ana danach zu fragen. Die junge Wirtin stand mit dem Rücken zu ihr. Ihre Schultern bebten, und immer wieder war ein Schluchzen zu hören. Einen Moment lang dachte Lisa daran, leise wieder aus der Küche zu schleichen und in ihr Zimmer zu gehen, dann trat sie aber hinter Ana und legte ihr eine Hand auf die Schulter. Ana zuckte zusammen und drehte sich um.

»Ach, du bist es, Lisa«, sagte sie und lächelte unter Tränen. »Ich wollte eigentlich nicht, dass du mich so siehst.«

»Alles gut. Ich hab das mit deinen Eltern gehört. Tut mir leid.«

»Danke. Das ist alles noch ganz frisch, und …«

»Und?«

»Ach, nichts.«

Lisa musterte sie, wartete darauf, dass Ana noch etwas sagte, aber sie blieb stumm, wischte sich die Nase und machte sich wieder daran, Pfannen und Rührlöffel abzubürsten. Lisa nahm ein Geschirrtuch und trocknete ab. So arbeiteten sie eine Weile miteinander und sprachen kein Wort.

»Wo kommt denn diese Riesenpfanne hin?«, fragte Lisa nach einer Weile.

»Die kannst du im Vorratsraum ins untere Regal stellen.«

Ana deutete mit dem Kopf auf eine Tür, die nach hinten aus der Küche führte. Lisa trug die Pfanne in den Nebenraum – und stutzte angesichts der Menge an Vorräten, die teils in großen Schüsseln lagen, teils in einem Abfalleimer. Sie war zwar keine Köchin, aber dass man mithilfe all die-

29

ser Zutaten viele Gäste mit verschiedensten Gerichten hätte bewirten können, war offensichtlich.

»Sag mal, Ana«, begann sie, als sie wieder neben der Wirtin an der Spüle stand. »Wieso behauptest du, dass außer Bacalhau fast alles aus ist – und drüben im Nebenraum stapeln sich die Vorräte?«

»Oh ...« Ana lächelte sie entschuldigend an. »Stimmt ja, der Vorratsraum ... Ich bin so durch den Wind, dass ich daran gar nicht mehr gedacht habe, als du wegen der Pfanne gefragt hast.«

Ana schrubbte wie verrückt an einer weiteren Pfanne herum, die längst blitzblank war. Lisa sah ihr kurz dabei zu, dann nahm sie ihr Bürste und Pfanne aus der Hand und drehte sie zu sich. Ana ließ es widerstandslos geschehen und lehnte sich erschöpft an die Spüle.

»Also, was ist hier los?«, fragte Lisa.

Ana wurde von einem neuerlichen Weinkrampf geschüttelt, und Lisa wartete, bis sie sich die Augen trocken getupft hatte.

»Was genau wurde dir über den Tod meiner Eltern erzählt?«, wollte sie schließlich wissen.

»Dass sie vor vier Wochen ums Leben gekommen sind, als dein Vater weiter oben am Douro mit dem Wagen von der Nationalstraße abkam.«

Ana schien auf eine Fortsetzung zu warten, deshalb fügte Lisa nach einer kleinen Pause hinzu: »Und es ist wohl nicht jeder davon überzeugt, dass es ein tragischer, aber ganz normaler Unfall war.«

Ana nickte.

»Und was glaubst du? Steckt mehr als ein normaler Unfall hinter dem Tod deiner Eltern?«

Ana zuckte mit den Schultern.

»Erst«, begann sie zögernd, »erst habe ich diese Geschichten für Unfug gehalten. Clemente hat dir davon erzählt, richtig?«

Nun nickte Lisa.

»Der gute Clemente liebt Verschwörungstheorien, deshalb habe ich ihn anfangs gar nicht ernst genommen. Auch Janira hat nur abgewinkt, aber sie hat sich dann sogar bei ihren Kollegen in Régua erkundigt – dort wurde nichts festgestellt, was den Unfall irgendwie verdächtig hätte erscheinen lassen.«

»Und trotzdem bist du dir inzwischen nicht mehr sicher, ob nicht doch etwas faul ist an der Geschichte mit dem Unfall?«

Ana seufzte.

»Hast du dir die Vorräte genauer angeschaut?«, fragte sie dann.

»Nein, was ist mit ihnen?«

Sie hielt ihre rechte Hand hoch, und erst jetzt fiel Lisa auf, dass zwei ihrer Fingerkuppen mit kleinen Stückchen Wundpflaster beklebt waren.

»Als ich heute früh begonnen habe, das Essen für mittags vorzubereiten, habe ich mir die Finger aufgeschnitten. Über einige der Zutaten waren Rasierklingen gestreut, die jemand vorher in kleine Stückchen zerbrochen hat. Ich hab mir nach und nach alles angeschaut: Fleisch, Fisch, Gemüse, Brühe … alles war so präpariert, dass es garantiert keinem geschmeckt und dass sich manche ernsthaft daran verletzt hätten. Nur am Bacalhau, an den Kartoffeln und an zwei, drei Gemüsesorten hat sich offenbar niemand zu schaffen gemacht. Also habe ich nur das zubereitet.«

»Das ist ja ein Ding!«

»Kann man wohl sagen. Aber im Nachhinein bin ich natürlich vor allem froh, dass ich die Sauerei rechtzeitig entdeckt habe. Wenn ein Gast ein Stück Rasierklinge im Essen gefunden oder es womöglich geschluckt hätte ... nicht auszudenken! Dann könnte ich meinen Laden jetzt zumachen.«

»Kannst du dir vorstellen, wer daran ein Interesse haben könnte?«

»Ich nicht, aber mein Vater hat immer mal wieder ...«

Sie verstummte, was Lisas Geduld auf eine harte Probe stellte.

»Weißt du, Ana, ich will gern versuchen, dir zu helfen. Ich bin fremd hier, und ich kann deine Geschichte für mich behalten, kein Problem.«

Ana sah ihr lange in die Augen, dann atmete sie tief durch und deutete auf einen kleinen Tisch. Lisa zog einen Stuhl zu sich heran und setzte sich. Ana stellte eine Portweinflasche auf den Tisch und zwei Gläser, dann setzte sie sich ebenfalls und schenkte beide Gläser halb voll.

»Trink den lieber in kleinen Schlucken«, riet sie Lisa. »Erstens ist es ein ganz besonders guter Tropfen, den du genießen solltest. Und zweitens muss die Flasche für eine lange Geschichte reichen.« Sie hob ihr Glas mit einem wehmütigen Lächeln. »Saúde!«

Lisa stieß mit ihr an, und dann hörte sie lange und geduldig zu. Am Ende schwirrte ihr der Kopf von den ganzen Verwicklungen, die Ana vor ihr ausgebreitet hatte, vielleicht auch ein bisschen vom wirklich leckeren Portwein. Grob zusammengefasst ging es um eine Geschichte zweier Familien, die sich über Jahrhunderte das Leben schwer machten und damit scheinbar bis heute nicht aufgehört hatten.

Anas Ahnen waren im 17. Jahrhundert aus Stuttgart nach Porto eingewandert, der damalige Familienpatriarch änderte seinen Namen vom schwäbischen Johann Pfleiderer in das portugiesischer klingende João Pleider und fasste bald Fuß im lokalen Weinhandel. Die Geschäfte ließen sich gut an – bis zwei Jahre später ein Kaufmann aus Hamburg ein Haus in Porto kaufte und ebenfalls ins Weingeschäft einstieg. Dieser Kaufmann – ein gewisser Hinrich Lübke, der sich später Henrique Lubke nannte – hatte beste Verbindungen zu einem in Porto ansässigen Gesandten der Hanse, und mithilfe seiner Beziehungen gelang es ihm, die Familie Pleider zu überflügeln und das Unternehmen Lubke nach vorn zu bringen. Und so war es lange geblieben: Die Lubkes waren der Platzhirsch im Weingeschäft, und alles, was sie anfassten, wurde ihnen mit stattlichen Gewinnen vergoldet. Die Pleiders mussten zwar nicht darben und kamen auch zu einigem Vermögen, mussten im Vergleich zu ihren Rivalen aber deutlich kleinere Brötchen backen.

Inzwischen – und das schon seit Jahrzehnten – gaben im Geschäft mit Wein und Portwein eher englischstämmige Unternehmen oder internationale Konzerne den Ton an, aber die Lubkes und die Pleiders piesackten sich noch immer, wo sie konnten. So betrieb die Familie Lubke gleich mehrere Restaurants in Porto, davon zwei sehr noble direkt am Ufer des Douro, während von den Lokalen, die noch vor zehn, fünfzehn Jahren von einem Nachfahren der Pleiders geleitet worden waren, inzwischen nur noch das *Triângulo* übrig war.

»Die anderen sind pleitegegangen«, erinnerte sich Ana.

»Aber ich kann dir gar nicht sagen, warum. Vielleicht hatte da ja auch einer der Lubkes seine Finger im Spiel.«

»Oder die Wirtsleute haben einfach schlecht gewirtschaftet«, hielt Lisa dagegen.

»Oder das. Ich kann, wie gesagt, zu diesen Lokalen gar nicht viel sagen.«

»Wurden die Restaurants dichtgemacht, oder hat die jemand übernommen?«

»Zwei Lokale wurden zu Wohnhäusern umgebaut, vier weitere existieren noch, aber heute eben unter anderer Leitung. Zwei hat sich die Lubke-Sippe unter den Nagel gerissen.«

»Das heißt also, nicht alle.«

»Nein, nicht alle. Fast hätte das *Triângulo* auch schließen müssen. Meine Mutter war eine geborene Pleider, und ihre Eltern haben das Lokal als einfache Kneipe geführt, alles viel zu billig angeboten und auch nicht so sehr darauf geachtet, dass wacklige Stühle und alte Tische ausgetauscht wurden. *Taberna à beira rio* hieß die Kneipe damals noch – wobei der Flussblick natürlich ein bisschen geschwindelt war. Die vorderen Fenster gehen zwar zum Douro hinaus, aber das Lokal selbst befindet sich in der zweiten Reihe. Meine Großeltern haben die Taverne jedenfalls beinahe gegen die Wand gefahren. Es muss knapp gewesen sein, aber mein Vater, den meine Mutter in Lissabon kennengelernt hatte, übernahm das Lokal, krempelte es komplett um und brachte es wieder auf Kurs.«

Ana lachte.

»Das hat meinen Großeltern imponiert, nur mit dem neuen Namen konnten sie sich nie anfreunden: *Triângulo* hat Papa ausgesucht, weil er Bermudes hieß – du weißt schon, als Anspielung auf das Bermudadreieck. Na ja, nicht jeder hat seinen schrägen Humor verstanden.«

Anas Augen schimmerten, und sie schwieg eine Weile. Doch schließlich nahm sie einen Schluck und erzählte, dass in Pinhão und in Peso da Régua Verwandte von ihr zwei gut gehende Lokale führten, dass aber in den Weinbergen oberhalb von Régua ein Mitglied des Lubke-Clans erst kürzlich ein neues Edelrestaurant eröffnet habe, in dem ein renommierter Koch aus Porto seither versuchte, sich einen Stern zu erkochen. Die Preise waren Ana zufolge schon entsprechend hoch angesetzt.

»Der Geschäftsführer des Nobelrestaurants hat zwar heftigen Gegenwind bekommen«, vertraute Ana ihr an. »Erst wollten die örtlichen Winzer ihn nicht beliefern, aber wie das eben so ist: Er hat ihnen angeboten, ihre besten Weine zu höheren Preisen einzukaufen, da sind sie eingeknickt. Aber einen leichten Stand hat er dort noch immer nicht. Und in seinem Restaurant bleiben noch immer viele Tische leer.«

Ana grinste spitzbübisch.

»Dagegen ist vor allem das Lokal meiner Cousine Madalena jeden Tag völlig überlaufen. Du kannst dir vorstellen, dass dieser Lubke-Spross so einen Hals hat deswegen.«

Sie machte eine entsprechende Geste und schenkte Lisa und sich nach.

»Und du meinst, diese Lubkes stecken hinter dem Tod deiner Eltern und haben die Rasierklingen in deine Vorräte streuen lassen?«

Ana zuckte mit den Schultern.

»Sonst fällt mir niemand ein, der ein Interesse daran haben könnte, dass das *Triângulo* den Bach runtergeht.«

»Hatten deine Eltern denn mit irgendjemandem Streit?«

»Nicht dass ich wüsste. Es kam natürlich immer mal vor, dass ein Gast nicht zufrieden war oder dass mein Vater unbedingt ein Weinkontingent ergattern wollte, auf das ein Konkurrent scharf war. Aber bringt man deswegen jemanden um?«

»Stimmt, ein Doppelmord nur wegen so einer alten Rivalität? Ich weiß nicht recht ...«

Lisa dachte noch eine Weile nach, was ihr um diese Uhrzeit und nach all dem Portwein nicht so leicht fiel wie sonst. Schließlich gab sie auf.

»Ich glaube, ich muss jetzt dringend ins Bett. Vielleicht solltest du auch eine Nacht über die Geschichte schlafen. Lass uns morgen früh weiterreden, ja? Wann stehst du denn auf?«

»Oje, Lisa, das willst du nicht wissen! Ich muss ja alles frisch einkaufen. Aber wenn dir neun Uhr passt ... Da bin ich auf jeden Fall wieder zurück. Dann kann ich uns beiden eine Kleinigkeit herrichten – du frühstückst, und ich mache eine Pause.«

Das Donnerwetter dröhnte Vicente noch in den Ohren, als er die Villa längst wieder verlassen hatte. Der Dom hatte ihn dermaßen zusammengefaltet, dass er sich noch immer ganz zerknautscht fühlte, während er in der Rua da Bainharia eine seiner Lieblingskneipen betrat. Die schmale gepflasterte Gasse führte sanft bergab zur Rua de Mouzinho da Silveira, der Hauptverbindung vom Bahnhof hinunter zur Unterstadt – doch trotz der geringen Entfernung zu dieser belebten Straße verirrte sich kaum einmal ein Tourist hierher. Nur manchmal stromerte ein Ausländer in kurzen

Hosen hier entlang, knipste Fotos von bröckelnden Hausfassaden, auf Putz genagelten Stromleitungen und kleinen Balkonen mit Antennen, Satellitenschüsseln oder Wäscheleinen.

In das Lokal, über dessen Tür das Schild *Em casa de Pepe* hing, hatte sich von außerhalb aber nicht einmal ein Fotograf verirrt. Die dunkle, nachlässig eingerichtete Kaschemme nannte sich zwar hochtrabend »Restaurant«, aber niemand, der jemals Wirt Pepe und seine schmutzstarrende Schürze gesehen hatte, wäre auf die Idee gekommen, sich hier etwas zu essen zu bestellen. Auch Vicente hatte eher Getränke im Sinn. Er ließ sich auf einen freien Stuhl in der Ecke sinken und gab Pepe mit einem Handzeichen zu verstehen, was er gern hätte. Kurz darauf standen ein Glas und eine angebrochene Flasche vor ihm. Die Flasche trug kein Etikett, und der Korken steckte schief im Hals, aber das kümmerte Vicente nicht: Pepe bezog seit Jahren aus irgendwelchen dunklen Kanälen minderwertigen Weinbrand, der nicht übertrieben gut schmeckte, aber wirkte und billig war. Deshalb goss Vicente großzügig ein, trank auch gleich die Hälfte aus und schenkte sich nach.

»Na, Sorgen?«

Pepe hatte sich auf den Stuhl neben ihm fallen lassen und wischte sich gewohnheitsmäßig die Finger an der Schürze ab.

»Würde ich sonst dein Teufelszeug saufen?«, gab Vicente zurück.

Der Wirt lachte heiser und hob sein Glas. Es war mit Rotwein gefüllt, doch nach einem kräftigen Schluck nur noch halb voll.

»Trinkst du keinen Weinbrand?«, fragte Vicente.

»Nein. Ich weiß ja, wie er schmeckt«, entgegnete der Wirt grinsend. »So große Sorgen habe ich nicht.«

Vicente nickte und stierte in sein Glas.

»Ärger mit dem Dom?«, fragte Pepe.

»Ja, wieder mal.«

»Du lässt die falschen Leute für dich arbeiten, glaub mir.«

»Na ja, meine beiden Jungs sind nicht die Hellsten, aber dafür halten sie auch die Hand nicht so weit auf.«

»Deine Entscheidung. Du weißt, dass du nur zu mir kommen musst. Ein Wort von dir und natürlich ein paar Scheine im Voraus – und du hast eine astreine Truppe beisammen. Dann musst du dir die Hände nicht mehr selbst schmutzig machen, und vom Dom bekommst du auch nicht mehr den Kopf gewaschen.«

»Klingt verlockend«, erwiderte Vicente und grinste schief.

»Sag ich doch.«

Pepe erhob sich und legte seinem Gast die Hand auf die Schulter.

»Denk über mein Angebot nach. Und den Fusel kannst du ruhig austrinken – so wie du heute aussiehst, geht das diesmal aufs Haus.«

»Austrinken geht leider nicht. Ich muss nachher noch zur Arbeit fahren.«

»Dann nimmst du den Rest halt mit. Irgendwann wirst du schon Feierabend haben.«

Nach gut einer halben Stunde suchte Vicente die Toilette des Lokals auf. Sie war schmuddelig und eng, aber es gab kühles Wasser, das er sich mit den Händen ins Gesicht schaufelte. Nach einem Blick auf das Handtuch, das neben dem Waschbecken hing, trocknete er sich Stirn und Wangen doch lieber mit den Hemdsärmeln, ging in die Gaststube zurück, griff sich die angebrochene Weinbrandflasche und trat in den milden Abend hinaus.

– DOIS –

Drei Nächte in Folge hatte seine Tour schon nichts eingebracht, und auch diesmal rechnete sich Vasco im Grunde nichts aus. Noch im August waren ihm die Gelegenheiten nur so in den Schoß gefallen.

Ein Touristenauto, das jemand unverschlossen an der Uferstraße abgestellt hatte: Ein schneller Griff zur Handtasche auf dem Rücksitz, ein kurzer Sprint um die nächste Ecke, und wenig später lag die Tasche auch schon wieder auf dem Gehweg neben dem Auto – mit allen Papieren und Schlüsseln, aber ohne Bargeld.

Ein betrunkenes Pärchen, das aus einer Bar gewankt war und gar nicht bemerkt hatte, dass die schmale Handtasche der aufgetakelten Blondine nicht einfach so aus der Hand gerutscht und zu Boden gefallen war. Ihr Begleiter hatte erst misstrauisch den Jungen gemustert, der ihnen gleich darauf hinterhergerufen hatte und ihnen mit der Tasche hinterhergerannt war. Und er hatte auch sofort nachgesehen, ob das Portemonnaie der Frau noch drin war. Doch alle Scheine waren drin bis auf den einen, den Vasco mit flinken Fingern herausgezaubert hatte. Aus Dankbarkeit oder aus Scham über den vermeintlich falschen Verdacht hatte der Mann eine Banknote gezückt und ihn Vasco in die Hand gedrückt.

Doch seit dem Ende der Sommerferien herrschte an den

meisten Tagen Flaute. Zehn Euro hatte er von der alten Dame bekommen, die oben beim Schwimmbad wohnte und sich erkenntlich zeigen wollte, weil er ihr verschwundenes Hündchen wiedergefunden hatte. Der Köter selbst war einfach nur froh gewesen, dass er endlich aus den Fängen des Jungen freikam, der ihn zwei Tage zuvor gekidnappt hatte. Sonst hatte sich nicht viel aufgetan, weder tagsüber noch nachts.

Und nun war er wieder unterwegs, streifte am Douro entlang, hielt vor den einschlägigen Bars Ausschau nach Gästen, die nicht mehr allzu sicher auf den Beinen waren. Aber es kam kein potenzielles Opfer in Sicht, und an keiner der Straßen in der Innenstadt war auch nur ein einziger Wagen unverschlossen abgestellt. Vasco setzte sich eine Weile an die Kaimauer, ließ die Beine baumeln und rauchte die letzten zwei Zigaretten aus der Packung, die er vorige Woche im Supermarkt hatte mitgehen lassen. Dann ließ er sich langsam nach hinten sinken, schaute eine Weile in den Nachthimmel und war nach einiger Zeit eingeschlafen.

Das Hupen, das Vasco weckte, stammte von einem tiefer gelegenen Sportwagen, dem ein dreirädriger Kleintransporter die Vorfahrt genommen hatte. Vasco fuhr hoch und schüttelte sich. Es war kühler geworden, und die Luft fühlte sich feucht an. Er rieb sich die Augen, streckte sich und blickte um sich. An der Uferpromenade und auf den Gehwegen entlang der Hauptstraße war nichts los. Zeit für eine letzte Runde durch die Stadt, auch wenn sie vermutlich wieder nichts einbringen würde.

Er versuchte sein Glück an der Hintertür des Fitnessclubs und am Nebeneingang des chinesischen Supermarkts – doch alles war abgesperrt. Kein Wohnhaus, kein Ladengeschäft, nicht die Apotheke, ja, nicht einmal das ehemalige Restaurant mit seinen verklebten Fenstern bot ihm eine Gelegenheit, durch eine nicht verriegelte Tür oder ein gekipptes Fenster ins Gebäude zu kommen. Er klaubte ein Stück abgeplatzten Putz vom Boden auf und warf ihn wütend an die gegenüberliegende Mauer. Der Gipsklumpen zerplatzte auf den Azulejos, die an dieser Stelle mit ihren malerischen Szenen aus der Geschichte des Weinbaus seltsam deplatziert wirkten – denn eigentlich trennte die Mauer nur das Wohngebiet von der dahinter liegenden Bahnlinie.

Hinter der Mauer waren nur die oberen Stockwerke der Wohnhäuser oben an der Avenida zu sehen, die zum Fußballplatz hinaufführte. Manchmal vergaß dort jemand, die Haustür zu schließen, und wenn man Glück hatte, konnte man mit einem im Flur abgestellten Fahrrad einen schnellen Euro machen. Seufzend kletterte Vasco die Stahltreppe hinauf, lehnte sich oben gegen das Geländer und blickte auf das verwahrlost wirkende Bahngelände hinunter, auf den verrosteten Wasserturm, die alte Drehscheibe und die halb verrotteten Lokomotiven, die auf einem Nebengleis abgestellt waren. Hier, auf halbem Weg zum Wohngebiet am Hang, hatte ihn die Lust zum weiteren Aufstieg schon wieder verlassen. Also kehrte er um und beschloss, noch ein wenig durch die Stadt zu stromern.

Er schlenderte die Rua dos Camilos entlang, immer unauffällig nach Türen und Fenstern Ausschau haltend, die einen Spalt offen standen. Kreuz und quer ging es durch die Innenstadt, aber weder im Museum noch an einer der Tavernen hatte er Glück. Auf der engen Terrasse der Snackbar in der Rua João de Lemos standen zwar die Stühle und Tische eng beieinander, aber niemand hatte eine Tasche oder Jacke

43

dort vergessen. Sogar die Tür zur Kapelle gegenüber war um diese Zeit verschlossen.

Und als er schließlich nach einiger Zeit auch an der Markthalle keine Nebentür fand, die ihm Einlass geboten hätte, taten ihm die Füße weh von der blöden Lauferei. Am Modegeschäft und am Drogeriemarkt gegenüber musste er es gar nicht erst versuchen: Die Ladenbesitzer hatten noch nie vergessen, alles sorgfältig abzuschließen. Also gab es nur noch eine Station auf seiner nächtlichen Tour, die sich lohnen könnte: das *Cacho de prata*, ein gut gehendes Lokal in einer dunklen Seitengasse. Hier war Vasco schon ab und zu vom Parkplatz, der schlecht einsehbar hinter dem Haus lag, durch ein gekipptes Fenster ins Gebäude gelangt und hatte sich einen teuren Feigenschnaps oder eine Flasche Wein abgezweigt. So etwas würde ihm die Nacht vielleicht doch noch angenehm machen.

Der Parkplatz war leer bis auf den Kombi der Wirtin, die in der Etage über dem Lokal ihre Wohnung hatte. Hier hinten war es noch stiller als im Rest der nächtlichen Innenstadt. Vasco lauschte. Einen Moment lang war es ihm, als höre er aus dem Dunkeln ein scharrendes oder kratzendes Geräusch, als würde ein Mensch oder ein Tier die Mauer hinaufkraxeln, die den Parkplatz umgab – aber als er sich umsah, konnte er niemanden entdecken. Im nächsten Moment hatte das Scharren schon wieder aufgehört, und nach einem Rascheln aus Richtung der Bahnlinie war es wieder so ruhig wie zuvor.

Vorsichtig näherte sich Vasco der Eingangstür des *Cacho de prata*. Sie war natürlich verschlossen, auch das Gitter davor war heruntergelassen und verriegelt. Also schlich er an der Hauswand entlang, bis er die breite Stahltür erreichte, durch die Vorräte in die Lagerräume neben der Küche gebracht wurden. Er musste ein paarmal blinzeln, bis sich seine Augen an die Dunkelheit gewöhnt hatten, aber dann konnte er sein Glück kaum fassen: Die Tür stand einen Spalt offen!

Langsam und darauf bedacht, nur ja nicht durch den Tritt auf einen losen Kiesel ein Geräusch zu verursachen, näherte er sich der Tür und lugte durch den Spalt nach innen. Ein leichter Geruch, den er nicht einordnen konnte, drang aus dem Haus, aber es war nichts zu hören und in der Dunkelheit natürlich auch nichts zu sehen. Vasco schob seinen dürren Körper durch den Spalt. Hier war es nun stockfinster, und er kramte in der Erinnerung an seine früheren Streifzüge durch das Lokal und seine Nebenräume, um den Weg zu den Getränkereserven zu finden. Als er den Grundriss der Räume vage vor seinem geistigen Auge hatte, tastete er sich langsam vorwärts und arbeitete sich lautlos auf die Tür zu, hinter der eine Treppe in einen Gewölbekeller führte, in dem die besten Flaschen des *Cacho de prata* gelagert wurden.

Er kam ohne Zwischenfälle bis zur Tür, und er hatte schon die Klinke in der Hand, als ihm der Geruch von vorhin stärker als bisher in die Nase fuhr: Das war Rauch! Er zögerte, ließ die Türklinke wieder los und schnupperte in alle Richtungen. Der Rauch schien aus der Küche oder dem Gastraum zu kommen, und der Geruch wurde schnell intensiver.

In einem ersten Reflex wandte sich Vasco wieder zum Ausgang, denn wenn es hier brannte, war es keine gute Idee, gerade jetzt hier auf Beutezug zu gehen. Doch wenn er das nächtliche Feuer als Einziger bemerkt hatte? Und damit auch der Einzige war, der die Wirtin vor einem größeren Schaden oder sogar vor dem Tod bewahren konnte? Es ging hin und her in seinem Kopf, aber noch bevor er sich bewusst entschieden hatte, trugen ihn seine Beine auch schon in die Richtung, in der er das Feuer vermutete. Er bog um die erste Ecke, dann um die zweite, und dann sah er es auch schon durch die offene Küchentür flackern, erst unruhig und in kleinen Flammen, dann aber schnell wilder werdend, und schon glaubte er die Hitze zu spüren, die aus dem Raum drang.

Offenbar war die Fantasie ein wenig mit ihm durchgegangen, denn als er vor der geöffneten Küchentür stand, schlugen die Flammen zwar aus zwei großen Töpfen, aber auf alles andere hatte das Feuer noch nicht übergegriffen. Er knipste das Licht an, schnappte sich einen Eimer und füllte ihn im Spülbecken zur Hälfte mit Wasser. Schwungvoll schüttete er die Flüssigkeit über den ersten Topf, doch das machte die Sache nicht besser, und vor Schreck ließ er auch gleich den Eimer fallen, der auf den Steinboden schepperte. Es spritzte und zischte, der Raum füllte sich noch stärker mit Qualm, und das Öl, das im Topf offenbar in Brand geraten war, gebärdete sich noch gefährlicher als zuvor.

Endlich erinnerte sich Vasco, was er einmal über brennendes Öl gelesen hatte. Er riss mehrere große Geschirrtücher von ihren Haken an der Wand und warf sie auf den Topf, in der Hoffnung, dem Feuer so den Sauerstoff zu entziehen. Das erste Tuch fiel ins Feuer und ging sofort in Flammen auf, die anderen Tücher warf er besser, und schließlich schien die Gefahr durch den ersten Topf halbwegs gebannt. Vasco wollte sich gerade dem zweiten zuwenden, da schoss eine große Gestalt an ihm vorbei, hatte im

Nu einen Feuerlöscher unter der Arbeitsplatte hervorgezerrt und sprühte den Schaum auf das brennende Öl. Es dauerte nicht lange, und die Flamme war gelöscht. Zur Sicherheit bekam nun auch noch der zweite Topf ordentlich Löschschaum ab, obwohl er nur noch gequalmt hatte – dann kehrte allmählich Ruhe ein in der Küche des *Cacho de prata*.

Vasco lehnte sich erschöpft gegen den Kühlschrank, als ihm wieder einfiel, dass er hier ja eigentlich besser von niemandem gesehen werden sollte. Er stürzte in Richtung Tür davon, doch auf halbem Weg riss ihn jemand so kräftig zurück, dass es ihn fast von den Beinen geholt hätte. Er unternahm noch einen zweiten Versuch, aber die fremde Hand hielt sein Oberteil so fest umklammert, dass an Flucht fürs Erste nicht mehr zu denken war. Nun wurde er von zwei Fäusten gepackt, aus der verqualmten Küche und durch den Flur hinaus ins Freie gezerrt. Auf dem Parkplatz angelangt, stellte er sich leidlich gerade, drückte den Rücken durch und wandte sich um. Direkt vor ihm stand die Wirtin des *Cacho de prata*. Sie blitzte ihn aus zornigen Augen an, und einen Moment lang befürchtete er, sie würde ihm eine ordentliche Maulschelle verpassen, aber stattdessen packte sie ihn nur mit beiden Händen an den Schultern und schüttelte ihn.

»Sag mal, bist du irre?«, fuhr sie ihn an. »Warum legst du Feuer in meiner Küche?«

»Das … das war ich nicht!«

»Wie originell! Sag mir lieber, warum du nachts in meine Küche einbrichst und zwei meiner Töpfe anzündest!«

»Ich war das nicht, ehrlich!«

»Ehrlich? Sehr witzig! Aber dann erklär mir doch, was du nachts in meiner Küche zu suchen hast!«

»Ich ... ich ...«

»Einbruch, Brandstiftung, womöglich Mordversuch – ich wohne direkt hier drüber!«

Sie deutete auf das Haus, hinter dem sie standen.

»Ich weiß«, gestand Vasco.

»Ach, das weißt du? Na, umso schlimmer!«

»Deshalb bin ich ja nicht gleich wieder abgehauen, sondern habe versucht, das Feuer zu löschen, Senhora!«

Die Frau trat einen Schritt zurück und musterte den Jungen.

»Stimmt«, sagte sie, »als ich reinkam, hast du gerade Tücher auf den Topf geworfen. Du wolltest das Feuer damit nicht anfachen, sondern ersticken?«

»Ja, Senhora, ich schwöre!«

Er hob die rechte Hand und spreizte den Zeige- und den Mittelfinger.

»Lass stecken, junger Mann. Du hast also das Feuer löschen wollen. Hast du den Rauch denn schon auf der Straße gerochen?«

»Nicht gleich, erst an der Tür zum Keller und ...«

Vasco unterbrach sich und schluckte. Die Wirtin sah ihn erst verdutzt an, dann legte sich ein Grinsen auf ihr herbes Gesicht, und schließlich lachte sie lauthals.

»Na, das nenn ich mal einen gelungenen Einbruch!«, brachte sie hervor und lachte weiter. »Du willst mir an die Vorräte, bemerkst das Feuer, und statt zu klauen, rettest du mich und mein Lokal?«

»Ich ... äh ... ja, ich ...«

Die Wirtin musterte den Jungen noch einmal, der sich wand und offensichtlich gehörigen Respekt vor ihr hatte. Dann streckte sie die rechte Hand aus.

»Ich bin Madalena. Und du?«

»Ich ... äh ...« Er biss sich auf die Unterlippe und war unschlüssig, ob es eine so gute Idee war, der Frau, die er hatte bestehlen wollen, seinen Namen zu nennen.

»Kannst mir ruhig sagen, wie du heißt, Junge. Nach dieser Aktion heute Nacht geb ich dir gern reichlich von meinen Vorräten mit – und du brauchst ganz sicher keine Angst zu haben, dass ich dich anzeige. Im Gegenteil: Ich hätte dich gern als Zeugen für die Brandstiftung.«

Vasco zögerte noch immer.

»War die Hintertür denn offen oder geschlossen, als du bei mir einsteigen wolltest?«, fragte sie schließlich.

»Die stand einen Spalt offen.«

»Und dann bist du rein, richtig?«

Vasco zuckte mit den Schultern.

»Hast du den Rauchgeruch wirklich erst bemerkt, als du drinnen warst?«

Er dachte nach.

»Nein, ein ganz klein wenig hat es schon danach gerochen, als ich noch draußen vor der Tür stand.«

»Na also«, sagte Madalena und nickte ihm aufmunternd zu. »Hast du vorher irgendetwas Verdächtiges gesehen oder gehört?«

»Kurz hatte ich das Gefühl, als wäre jemand dort die Mauer hochgeklettert – aber das habe ich nur gehört, gesehen habe ich niemanden.«

»Na, siehst du, mein Junge? Du hast verdächtige Geräusche gehört, hast festgestellt, dass die Hintertür nicht verschlossen war, und hast nachgesehen. Dabei ist dir aufgefallen, dass es nach Rauch oder zumindest komisch aus dem Haus roch, und du bist rein, um für alle Fälle das Schlimmste

49

zu verhindern. Wenn du das der Polizei ungefähr so erzählst, bist du kein Einbrecher, sondern ein Held.«

Vasco blinzelte.

»Und ich werde deine Geschichte natürlich bestätigen – vor allem deinen heldenhaften Einsatz in der Küche.«

Sie streckte erneut die Hand aus, und nun schlug der Junge ein.

»Vasco«, sagte er und atmete auf.

Madalena schaute ihn noch einmal durchdringend an.

»Du bist nicht zum ersten Mal nachts in meinem Haus gewesen, richtig?«

Er presste die Lippen zusammen, sagte aber nichts.

»Bist du der Knallkopf, der sich ab und zu aus meinen Getränkevorräten bedient?«

»Ich ... äh ... ja, tut mir leid.«

»Wenigstens hast du nicht meinen teuersten Wein geklaut, sondern nur den Hauswein.«

»Echt, nicht den teuersten? Ich dachte ...«

Madalena lachte.

»Ach so, du hast nur einfach keine Ahnung?«

»Woher denn? Ich dachte halt, der Kram, der verstaubt auf dem Regal in der Ecke liegt, bleibt immer übrig, weil er keinem schmeckt ...«

Madalena kriegte sich kaum mehr ein vor Lachen.

»Als Sommelier sollte ich dich wohl eher nicht einstellen.«

»Als – was?«

»Lass gut sein, Vasco. Ich rechne es dir schon hoch an, dass du mir kein Fenster eingeschlagen oder im Keller Flaschen zerdeppert hast. Vor einigen Jahren hat irgendein Spinner einen gewaltigen Schaden angerichtet, ohne letztendlich etwas zu klauen.«

50

»Das war ich wirklich nicht!«

»Keine Sorge, das glaube ich dir aufs Wort – als der bei mir eingebrochen ist, hast du vermutlich noch Windeln getragen.«

Sie unterbrach sich, wischte sich die Lachtränen aus den Augen und sah nachdenklich zum Haus.

»Kann ich jetzt nach Hause, Senhora?«

»Wo ist denn dein Zuhause?«

»Ich schlaf mal hier und mal da.«

»Nicht bei deinen Eltern?«

»Nein, nicht mehr so gern. Und vor allem mein Vater ist, glaube ich, ganz froh, dass er mich los ist.«

»Das klingt nicht gut. Und womit verdienst du deinen Lebensunterhalt?«

Vasco zuckte mit den Schultern.

»Verstehe ... Und allein mit dem Klauen kommst du hin?«

»Nein, das läuft nicht immer so besonders. Aber manchmal legt mir meine Mutter ein, zwei Scheine hinters Haus und versteckt sie unter einem Stein. Die hole ich mir dann nachts heimlich.«

»Nett von deiner Mutter, aber so kann das ja nicht ewig weitergehen, oder? Was ist mit Schule?«

»Nix mehr. Ich bin ja auch schon achtzehn, da muss ich nicht mehr.«

»Okay – und mit einer Ausbildung?«

»Pfff ... wer nimmt schon einen wie mich?«

»Was heißt ›einen wie dich‹ genau?«

»Schlechte Noten, kein Interesse an Bürokram – so was halt.«

»Ganz wie bei mir.«

Vasco sah sie erstaunt an, dann winkte er ab.

»Na ja, Senhora – Sie haben Ihr schickes Lokal, was brauchen Sie gute Noten?«

Madalena legte ihm eine ihrer kräftigen Hände auf die Schulter.

»Jetzt rufe ich erst mal die Polizei an, dann machst du deine Aussage. Und während wir auf die Polizisten warten, essen wir was – einverstanden?«

»Und wenn die Polizisten die Adresse meiner Eltern wissen wollen?«

»Du wirst doch helle genug sein, dir dafür eine falsche Adresse ausdenken zu können, oder?«

Lisa schlief in dieser Nacht sehr unruhig. Die Geschichte, die ihr Ana erzählt hatte, ließ ihr keine Ruhe. Sie fragte sich, wer ein Interesse daran haben konnte, dem *Triângulo* zu schaden. Sollte der Grund wirklich eine Familienfehde sein, die im 17. Jahrhundert begonnen hatte?

Gegen halb zwei stand sie auf und notierte sich die Namen von Clemente, Afonso, Ruben und Tiago – mit ihnen musste sie unbedingt reden. Dann schrieb sie »Janira« dazu – als Polizistin und Anas Freundin kannte sie vermutlich die Hintergründe von dem, was zwischen den Familien Pleider und Lubke ablief.

Um halb vier schreckte sie hoch und lauschte. War da ein Geräusch auf dem Flur gewesen? Hatte eine Diele geknarrt, weil jemand dort entlanggelaufen war? Sie lugte durch den schmalen Spalt unter der Zimmertür – doch dort war kein Lichtschimmer zu sehen. Und sosehr sie sich auch konzentrierte, war nirgendwo ein Laut zu vernehmen. Lisa ließ sich zurück auf ihr Kissen sinken, starrte im Dunkeln an die Decke und wurde langsam wieder schläfriger. Wieder ein

Knarren draußen im Flur – oder war es nur der Widerhall eines Geräuschs gewesen, das durch das offene Fenster vom Douro zu ihr herüberwehte?

Die Polizisten hatten Vascos Aussage notiert, und tatsächlich hatten sie zunächst darauf bestanden, seine Adresse aufzunehmen. Der Junge nannte, ohne zu zögern, eine Straße samt Hausnummer in einem Nachbarort, und die Beamten gaben sich damit zufrieden. Sie waren keine zehn Minuten da gewesen, und ans Sichern irgendwelcher Spuren dachten sie keinen Moment lang.

Vitor, der ältere der beiden Beamten, hatte Madalena schon als kleines Kind gekannt. »Du musst uns nicht erklären, wie wir unseren Job zu machen haben«, sagte er. »Und in dem Durcheinander, das wir in deiner Küche angetroffen haben, finden wir ganz sicher keine Spuren, mit denen wir etwas anfangen können. Das Schloss an deiner Hintertür sieht nicht beschädigt aus – also hast du gestern Abend entweder vergessen abzuschließen, und der große Unbekannte konnte ungehindert reinmarschieren. Oder er ist Profi und hat dein Schloss aufbekommen, ohne großartig Kratzer zu hinterlassen – dann war er ganz bestimmt auch clever genug, Handschuhe zu tragen.«

Vitor tippte an das Schild seiner Uniformmütze und scheuchte den Kollegen vor sich her aus dem Lokal. Wenig später hörten sie den Streifenwagen wegfahren, dann war es wieder still.

»Magst du noch was?«, fragte Madalena und deutete auf das große Holzbrett, auf dem sich vorher Käse, Räucherwurst, Oliven und Tomaten gestapelt hatten, von denen aber nur noch Reste übrig waren.

53

»Nein, danke, Senhora, ich bin pappsatt.«

»Dann pack ich dir noch ein bisschen was ein, okay?«

»Gern, danke. Hat wirklich alles sehr lecker geschmeckt.«

»Na, das will ich hoffen, sonst kann ich meinen Laden dichtmachen.«

Sie lachte und ging zurück in die Küche. Vasco hörte sie eine Weile klappern, dann überlegte er, ob er jetzt einfach verschwinden sollte – aber hier, in diesem Lokal, hatte er zum ersten Mal seit langer Zeit das Gefühl, dass ihm keine Schwierigkeiten drohten. Also blieb er sitzen und genoss die friedliche Atmosphäre, die ihn umgab.

»Hier, Vasco, das ist für dich. Und diese beiden auch.« Sie hob eine Flasche Rotwein und eine Flasche Portwein hoch. »Du trinkst das doch mit Verstand und leerst es nicht einfach nur in dich hinein, oder?«

»Versprochen, Senhora!«

Sie ging noch einmal hinaus und kam kurz darauf mit einem Rucksack zurück, der ein wenig abgestoßen wirkte, aber sonst noch tadellos in Schuss war. Darin ließ sie die Flaschen und das Vesperpaket verschwinden, dann hielt sie ihm den Rucksack hin.

»Kannst du haben«, sagte sie. »Und wenn du willst, kannst du gern auch zum Schlafen bleiben. Ich habe einige freie Gästezimmer.«

»Nein, nein, ich mag's ganz gern, wenn ich über mir nur den freien Himmel habe.«

»Okay, dann viel Glück, Vasco.«

»Danke, Senhora.«

»Und falls du mal wieder vorbeikommen willst, weil du Appetit oder Durst hast: Komm nicht nachts, sondern tagsüber – du bist jederzeit willkommen.«

»Mach ich, danke.«

Madalena sah ihn nachdenklich an, dann fügte sie noch hinzu: »Und falls du dir das mit dem Arbeiten einmal anders überlegen willst: Ich lass dich gern ein paar Tage im *Cacho* zur Probe arbeiten.«

»Mich? Als was denn?«

»Da finden wir was, keine Sorge. Gute Nacht.«

Als Lisa um kurz vor neun Uhr in die Küche kam, schnitt Ana gerade etwas Wurst und Käse auf. Drüben im Gastraum war ein Tisch gedeckt, auf dem Kaffee, Wasser und Orangensaft bereitstanden.

»Setz dich schon mal«, sagte die Wirtin. »Ich bin gleich fertig.«

Kurz darauf saßen sie sich gegenüber und mussten ein wenig lachen, weil sie beide völlig übernächtigt wirkten. Sie diskutierten darüber, wer noch für den Sabotageakt vom Vortag infrage kam. Ana kramte in ihrem Gedächtnis nach den Namen jener Geschäftsleute, die ihr in den vergangenen Jahren mehr oder weniger ernsthaft Kaufangebote für ihr Haus unterbreitet hatten – doch keiner der Interessenten hatte sie auch nur ansatzweise unter Druck gesetzt, und einige hatten sich nach Anas Absage statt des *Triângulo* ein anderes Lokal in Porto gekauft. So war vor einigen Jahren auch der Betreiber jenes schicken Restaurants an der Uferpromenade zu seinem Lokal gekommen, in dem Tiago als Kellner arbeitete. Er hatte Ana ein Angebot unterbreitet, und als sie es rundheraus ablehnte, erfuhr sie, dass er auf zwei weitere Restaurants geboten hatte und eines davon etwas später auch erwarb – für deutlich mehr Geld allerdings, als er Ana hatte zahlen wollen.

55

»Das ist doch logisch«, erklärte die junge Wirtin. »Sein jetziges Restaurant liegt direkt am Douro, inklusive Terrasse mit Flussblick. Wenn du von meinem Haus aufs Wasser schauen willst, musst du mindestens in den ersten Stock rauf.«

Sie erzählte sehr temperamentvoll, fuchtelte dabei mit den Händen und goss sich und Lisa dazwischen immer wieder Saft oder Kaffee nach. Irgendwann ging das schief, und über ihr Oberteil zog sich eine breite Spur aus Orangensaft mit Fruchtfleisch.

»Bin gleich wieder da«, sagte Ana. »Ich zieh mir nur kurz was Frisches an.«

Damit war sie auch schon draußen, und Lisa hörte, wie sie die Treppe hinaufging. Wenig später erklang ein Schrei, der Lisa durch Mark und Bein ging. Sofort ließ sie alles stehen und liegen und eilte in den dritten Stock, in dem die Wirtin wohnte, wie sie inzwischen wusste. Ein wenig außer Atem kam sie oben an und lief zur ersten offen stehenden Tür – in diesem Raum standen ein Doppelbett, ein Tisch und zwei Stühle, aber Ana war nicht zu sehen. Im zweiten Raum sah Lisa einen modernen Flachbildfernseher, ein Sofa, zwei Sessel und einen niedrigen Couchtisch – aber auch hier war niemand. Erst im dritten Zimmer entdeckte sie Ana: Sie stand vor einem geöffneten Kleiderschrank, hielt die Hände flach vor den Mund geschlagen und zitterte am ganzen Körper wie Espenlaub.

»Was ist denn, um Himmels willen?«

Ana nahm eine Hand vom Mund und deutete in den Schrank. Lisa trat näher. Erst erkannte sie es nicht, dann sah sie zwischen mehreren Oberteilen und Jäckchen etwas Graues hängen, das an einen ausgefransten Putzlappen erinnerte.

56

»Ist das getrockneter Kabeljau?«

Ana nickte und konnte den Blick nicht von dem Stockfisch lösen.

»Und deswegen hast du dich so erschreckt?«

Ana wandte langsam den Kopf.

»Das ... das hing da gestern noch nicht«, brachte sie hervor.

»Das will ich hoffen«, versetzte Lisa und schnupperte grinsend. »Sonst würde jetzt das ganze Zimmer stinken.«

»Aber ... aber verstehst du denn nicht, Lisa? Irgendjemand hat heute Nacht diesen Bacalhau in meinen Kleiderschrank gehängt. Zwei Zimmer weiter habe ich unterdessen geschlafen, und die Klamotten für heute hatte ich schon neben dem Bett bereitgelegt. Sonst wäre mir der Geruch natürlich gleich heute früh aufgefallen.«

»Ja, natürlich hättest du das sofort gerochen ...« Sie stutzte, dann fiel der Groschen – erst jetzt, weil sie wohl doch zu übermüdet war, um klar denken zu können. »Oh, du meinst, es hat sich heute Nacht jemand ins Haus geschlichen und dir diese kleine Überraschung hinterlassen?«

»Sieht ganz so aus.«

»Ist das bei euch in Portugal so was wie eine Drohung? Deponiert die Mafia in Italien nicht tote Fische, wenn sie einen warnen will?«

»Keine Ahnung, ich habe nichts mit Kriminellen zu tun.«

Ana sah sich um, musterte alle offenen Fächer des Schranks und zog dann in Windeseile die Schubladen auf. Doch schon als sie die zweite Lade öffnete, in der sich Unterwäsche befand, hielt sie inne und starrte die beiden Scheiben Toastbrot an, die auf ein knappes Bustier aus

57

schwarzer Spitze gebettet waren. Lisa folgte ihrem Blick und schüttelte den Kopf.

»Soll das eine Anspielung sein?«

»Wie meinst du das?«

»Na ja, nennt ihr diese üppig belegten Toastbrote nicht Francesinha, ›kleine Französin‹? Und das auf deinem Spitzenhemdchen ...«

»Tut mir leid, Lisa, aber für solche Späße fehlt mir jetzt der Nerv.«

»Na, hör mal! Ich hab das Toastbrot doch nicht da hingelegt! Ich überlege mir doch nur, was dahinterstecken könnte.«

»Ja, sorry, war nicht böse gemeint. Aber mir macht der Gedanke zu schaffen, dass heute Nacht jemand in meinem Haus herumgeschlichen ist, der in meiner Unterwäsche herumgestöbert und mir dieses Zeug hinterlassen hat.«

»Das versteh ich natürlich. Und du glaubst, dass dahinter dieselben Leute stecken, die dir gestern Rasierklingen in die Vorräte geschmuggelt haben, richtig?«

»Natürlich! Die wollen mich mürbe machen. Und da sind sie auf einem guten Weg, das kannst du mir glauben! Ich mach doch kein Auge mehr zu, wenn ich mir vorstelle, dass womöglich von jetzt an jede Nacht jemand durch mein Haus geistert! Was, wenn der Typ beim nächsten Mal in mein Schlafzimmer schleicht und mich ...«

»Wenn es ein Mann war. Aber das ist jetzt auch erst mal egal. Hast du eine Freundin, bei der du übernachten kannst?«

Ana überlegte nur kurz.

»Ja«, sagte sie und klang schon wieder etwas zuversichtlicher, »eine Freundin von mir hat eine Ferienwohnung, die sie nur ab und zu vermietet. Vielleicht habe ich Glück, und sie steht gerade leer. Und wo willst du heute Nacht schlafen? Hier kannst du nicht bleiben.«

»Ich find schon was. Du kannst mir ja einen Tipp geben, wen ich am besten frage.«

»Ich rede erst mal mit meiner Freundin. Wo für mich Platz ist, kommst du sicher auch noch unter. Nur …« Ana wirkte plötzlich nachdenklich. »Nur, wenn wir woanders schlafen, stehen über Nacht gleich drei Etagen leer: das Lokal im Erdgeschoss, die Fremdenzimmer im zweiten Stock, in denen außer dir gerade niemand wohnt, und meine Zimmer hier im dritten Stock.«

»Wer wohnt denn sonst noch im Haus?«

»Den ersten Stock habe ich an Fabricio vermietet, der dort aber nur seine Werkstatt und seinen Laden hat. Er macht wunderbaren Schmuck und verkauft allerlei hübschen Kram, den er auf Flohmärkten aufstöbert. Und in den beiden kleinen Kammern unter dem Dach wohnen Carla und Nuno, zwei Kunststudenten.«

»Können die beiden nicht ein paar Nächte lang die Augen und Ohren offen halten?«

»Das geht leider nicht, sie sind seit einer Woche in einem Nationalpark an der spanischen Grenze und nehmen dort an einem Workshop teil.«

»Hm … oder wir besorgen uns im nächsten Baumarkt ein paar einfache Überwachungskameras und schauen, ob wir vielleicht sogar aufzeichnen können, wie jemand sich nachts in deinem Haus zu schaffen macht?«

»Ja, das ist eine gute Idee.«

Ana lächelte Lisa dankbar an.

»Kennst du dich mit solchen Überwachungsanlagen aus?«, fragte sie dann.

59

Lisa schüttelte den Kopf.

»Ach, das ist ja auch gar nicht nötig«, fuhr Ana fort. »Wir fragen einfach Henrique, der hat ein Händchen für alles Elektrische. Der kann uns die geeigneten Kameras sicher besorgen und vielleicht sogar einbauen. Und weißt du was, Lisa? Du begleitest mich zu meinen Freunden, zusammen erfahren wir sicher mehr – und das Lokal mache ich für ein, zwei Tage dicht. Ich kann ohnehin nicht darauf vertrauen, dass mir nicht wieder jemand etwas in die Vorräte schmuggelt.«

»Geht das denn so einfach, dass du dein Lokal schließt?«

»Klar, Schild vor die Tür und fertig. Die Sommersaison ist bis zum Tod meiner Eltern sehr gut gelaufen, und ich habe auch noch einiges auf der hohen Kante.«

»Gut, dann machen wir das so. Und wohin geht's als Erstes?«

»Zum Mülleimer«, sagte Ana und nahm die beiden Toastscheiben aus der Unterwäscheschublade. Lisa griff nach dem Kleiderhaken, an dem der Stockfisch befestigt war, und dann gingen sie hinunter ins Erdgeschoss.

Der erste Gast an diesem Tag war Ernesto Barganha, ein untersetzter Immobilienmakler, der sein Büro in einer geschmacklos pompösen Villa oberhalb der Stadt hatte. Um genau zu sein: Das *Cacho de prata* war eigentlich noch geschlossen, als Ernesto schon seine Nase an der Glastür platt drückte, um zu erkennen, ob denn schon jemand im Lokal war. Madalena registrierte es mit einem Seufzen, denn sie sah dem Zusammentreffen mit dem windigen Geschäftemacher nicht gerade mit Freude entgegen. Zum einen machte ihr Ernesto seit langer Zeit den Hof – obwohl sie ihn um mehr als einen Kopf überragte und so freien Blick auf die katastrophalen Resultate seiner Versuche hatte, sich das verbliebene Haupthaar mit Kamm und Gel über die größer werdenden kahlen Stellen zu kleben. Und zum anderen wollte er ihr ein ums andere Mal ihr Lokal abschwatzen, für das angeblich die Interessenten in seinem Büro regelrecht Schlange standen. Ernesto kam denn auch gleich zur Sache, als die Wirtin ihm eine Karaffe Wasser und eine Vorspeise brachte.

»Cara Madalena, meine Schöne, du siehst müde aus heute«, säuselte er noch. »Dabei könntest du es so schön haben mit dem Geld, das ich für dich aus einem Verkauf deines Lokals herausschlagen würde. Du weißt, Madalena, ich bin der Beste auf meinem Gebiet – und du hast es einfach nicht verdient, dir für diesen Laden den Rücken krumm zu schuften.«

»Ernesto, lass es doch endlich gut sein. Du weißt, dass ich nicht verkaufen will – und daran hat sich seit deinem vorigen Besuch nichts geändert. Ist ja auch erst ein paar Tage her.«

»Ja, aber hat es nicht heute Nacht gebrannt bei dir?«

Madalena kniff die Augen zusammen und musterte ihren Gast.

»Ach, und bevor du fragst, woher ich das weiß«, fügte er schnell hinzu und schlug einen besonders jovialen Tonfall an: »Vitor ist ein alter Freund von mir, und er war heute Nacht mit einem Kollegen hier und hat deine Anzeige aufgenommen.«

»Na ja, Anzeige … Er hat sich alles angeschaut, hat sich ein paar Notizen gemacht – ich glaube nicht, dass er noch mehr unternehmen wird.«

61

»Ein Grund mehr, das Lokal endlich abzustoßen, Madalena! Ich hol für dich mehr raus, als das ganze Haus wert ist, glaub mir. Davon nehme ich mir eine bescheidene Provision – und du kannst dir vom Erlös ein Haus kaufen, in das dieser Schuppen gleich mehrfach reinpasst.«

Er legte seine fleischige Linke auf ihren Unterarm und zwinkerte ihr zu.

»Oder du legst dein Geld auf die hohe Kante und ziehst direkt bei mir ein. Ich habe Platz genug, es gibt einen Pool, und die Aussicht ist spektakulär ... Du weißt ja, dass ich dir die Welt zu Füßen –«

»Ach, jetzt lass das, Ernesto! Du bist nicht mein Typ, und mein Lokal verkaufe ich nicht. Also entweder bestellst du jetzt was zu essen, oder du gehst wieder!«

Breitbeinig und mit verschränkten Armen stand sie vor ihm und funkelte ihn böse an. Ernesto schluckte und räusperte sich.

»Äh ... dann bestell ich schnell mal. Was ... ähm ... was ist denn heute das Teuerste auf der Speisekarte?«

»Ich sehe schon: Wir verstehen uns. Kommt sofort. Dazu einen schönen Wein?«

»Such du aus ...«

»Hätte ich ohnehin gemacht. Dann lass es dir schmecken, Ernesto.«

Um die Mittagszeit ging es im *Cacho de prata* meistens ruhig zu. Das war auch heute nicht anders, und von ein paar Touristen abgesehen, die Landestypisches zum günstigeren Mittagspreis probieren wollten, kamen nur drei Geschäftsleute, die ihr Spesenkonto strapazieren wollten und sich dazu schlüpfrige Witze erzählten. Madalena bediente sie, ließ aber ihre Versuche, sie mit blöden Sprüchen aus der Reserve zu locken, ins Leere laufen. Das Trio trollte sich bald wieder, und wenig später war auch Ernesto gegangen. Zwanzig Minuten später kassierte Madalena die letzten Touristen ab, schloss hinter ihnen die Tür, wechselte die Tischdecken und bereitete alles für den Ansturm vor, der am Abend einsetzen würde.

Dann ging sie nach hinten und wählte eine Kurzwahl auf ihrem Handy. Am anderen Ende meldete sich schon nach dem ersten Klingeln eine raue Männerstimme.

»Opa«, sagte Madalena, »wir müssen reden.«

– TRÊS –

Von Anas Freunden hatte fast jeder irgendwelche Vermutungen, wer hinter dem Tod von Anas Eltern stecken könnte.

Tiago legte eigens eine Zigarettenpause ein und ging mit Ana und Lisa durch den Torbogen, hinter dem das *Triângulo* lag. Dort legte er ihnen mit gedämpfter Stimme seine Ideen dar. Dabei sah er sich immer wieder um, ob ihn auch niemand belauschte, und unterbrach sich sofort, wenn sich ein Passant näherte.

»Mein Chef wollte dein Lokal doch auch mal kaufen, Ana, du erinnerst dich?«, sagte er und legte dazu eine gekonnte Verschwörermiene auf. »Sein Cousin aus Lissabon möchte sich vergrößern. Er hat dort einige Restaurants, und nun will er nach Porto expandieren. Ich habe mitbekommen, dass er vor ein paar Wochen bei uns zu Besuch war. Und wenn ich mich nicht sehr täusche, hat er sich bei dieser Gelegenheit auch nach dem *Triângulo* erkundigt!«

»Und jetzt drangsaliert mich dein Chef oder sein Cousin, und am Ende hat er auch noch meine Eltern auf dem Gewissen, nur weil er mein Lokal haben will? Ich weiß nicht recht, Tiago – es gibt so viele andere Restaurants, die er kaufen könnte, da muss er doch nicht gleich einen Doppelmord begehen ...«

Tiago war ein bisschen beleidigt, weil Ana ihm nicht

glaubte. Er schnippte den Rest seiner Kippe auf den Boden und zertrat sie, obwohl die Zigarette erst knapp zur Hälfte aufgeraucht war.

»Ich muss dann wieder«, brummte er und eilte zurück zur Arbeit.

Ruben lümmelte in seinem kleinen Häuschen neben der Zufahrt zum Parkplatz an der Rua Nova da Alfândega und schaute über den Douro hinweg zur Seilbahn hinüber, die unablässig Besucher vom Flussufer zum Hang von Vila Nova de Gaia hinauftransportierte. Er nuckelte an einer Limonadenflasche und winkte Ana und Lisa lässig zu, als sie sich vor der Glasscheibe seines Kabuffs aufstellten.

»Und jetzt soll ich wohl meine anstrengende Arbeit unterbrechen und zu euch rauskommen, nur weil ihr Langeweile habt, was?«

Er lachte, schwang die Beine vom Schreibtisch und trat aus dem Inneren seines Häuschens.

»Na, was habt ihr beiden Hübschen denn vor?«

Sie erzählten ihm von dem nächtlichen Einbruch und fragten ihn, wem er so etwas zutrauen würde.

»Ach, da gibt's einige«, meinte Ruben prompt. »Deine lieben Rivalen aus den umliegenden Restaurants zum Beispiel. Die könnten ihre Preise gleich noch einmal kräftig anziehen, wenn du und früher deine Eltern nicht jahrelang alles so günstig anbieten würden.«

»Meinem Vater war wichtig, dass sich auch die einfachen Leute aus der Nachbarschaft Fisch und Fleisch und Gemüse bei uns leisten können. Anstatt teurem Flaschenwein bieten wir Roten und Portwein vom Fass an – und weil mein Vater jeden Winzer zwischen Pinhão und Peso da Régua kannte, haben wir nichts im Haus, was sich nicht mit den überteuerten Schickimicki-Marken messen könnte.«

»Das weiß ich doch, Ana, und mir wäre es auch recht, wenn ihr eure Preise so lasst, wie sie sind. Ich verdiene keine Reichtümer und würde gern auch weiterhin meinen Feierabendwein bei euch trinken. Ich meine doch nur, dass die anderen Wirte in der Ribeira es so sehen dürften.«

»Und du glaubst, die würden so weit gehen, nur um mich als unliebsame Konkurrentin loszuwerden?«

Ruben zuckte mit den Schultern, dann fiel ihm noch etwas ein.

»Hattet ihr nicht vor ein, zwei Jahren Ärger mit der Stadtverwaltung? Du wolltest ein paar Tische vor dein Lokal stellen, und die Verwaltung hat es dir verboten – war es nicht so?«

»Ja, schon, aber das ist nun einmal so. Damit hatten sich meine Eltern längst abgefunden. Wenn die Leute bei uns essen wollen, müssen sie eben ins Haus hinein.«

»Stimmt, und außerdem müsstest dann ja du den Leuten vom Amt einen Bacalhau in den Schrank hängen und nicht umgekehrt ... Mir fällt noch der Manager dieses Getränke-konzerns ein, dieser schmierige Typ, der eines Tages im *Triângulo* gestanden und sich beschwert hat, dass du keinen Wein aus seiner Produktion ausschenkst.«

»Ach, der«, sagte Ana und lachte.

Sie wandte sich an Lisa und erzählte ihr von einer Gruppe geschniegelter Geschäftsleute, die in Portos Nachbarstadt Vila Nova de Gaia an einer Portweinprobe teilgenommen hatten. Der Geschniegeltste der Männer war zwar an einem der größeren Portweinunternehmen beteiligt, aber zur Ver-kostung waren sie aus guten Gründen nicht in seine Firma gegangen, sondern zu Burmester direkt unterhalb der Dom-Luís-I.-Brücke. Erstens gab es dort den besseren Port, und zweitens gehörten vor allem Schweizer und Deutsche zur Gruppe – weswegen es ihnen sehr zupass kam, dass Burmester auch deutschsprachige Führungen mit anschließender Verkostung anbot. Die schöne Beatriz hatte die Führung übernommen, und als sie am Ende eine Einkehr im *Triângulo* empfahl, waren diesem Rat natürlich alle Männer gefolgt.

»Die hatten durch die Portweinprobe schon ordentlich vorgeglüht, und der Anführer der Gruppe spuckte große Töne und ließ reichlich auffahren. Ich habe an diesem Abend ziemlich viel Wein pro Kopf aus dem Fass gelassen, und hinterher haben sie sich auch Port und Feigenschnaps schmecken lassen. Zwar habe ich ihnen ein reichhaltiges Menü gebracht, aber am Ende wankten sie alle ziemlich betrunken aus dem Lokal.«

»Du vergisst das Wichtigste«, beschwerte sich Ruben.

»Ach ja, der Obermacker ... Der hat versucht, mir schöne Augen zu machen. Aber erstens war der Kerl nicht mein Typ, zweitens war ich damals noch mit Jamiro zusammen ...«

»Janiras Bruder«, erklärte Ruben.

»... und drittens gibt es wohl nichts, was mehr abtörnt, als ein Mann, der dich in betrunkenem Zustand anbaggert. Ich habe ihn so höflich abserviert, wie ich konnte, er hat es mir aber trotzdem übel genommen. Von da an war mein Wein zu sauer, mein Port zu süß, mein Brot zu trocken, mein Fisch zu alt und mein Gemüse zu wässrig. Seine Begleiter haben mir immer wieder entschuldigende Blicke zugeworfen, zumindest diejenigen, die Portugiesisch verstanden – aber der Kerl blieb eklig bis zum Schluss. Allerdings habe ich nie wieder etwas von ihm gehört und habe ihn nie wiedergesehen – und von seinem Wein schenke ich natürlich nach wie vor nichts aus.«

»Aber wenn ein Lokal seine Produkte verschmäht, ist das ja wohl noch kein ausreichender Grund für Bacalhao im Kleiderschrank und Rasierklingen in den Vorräten.«

Ruben riss die Augen auf.

»Echt? Rasierklingen?«

Ana erzählte ihm kurz, warum die Auswahl im *Triângulo* gestern so überschaubar gewesen war.

»Das ist ja ein Ding!«

»Stimmt, aber auf mich wirkt das nicht wie eine Retourkutsche für einen gescheiterten Flirt, der obendrein auch noch eine ganze Weile zurückliegt. Von einem etwaigen Mord an meinen Eltern ganz zu schweigen.«

Henrique sah die beiden Frauen schon am Kai stehen, als er mit einer Fuhre Spanier von einem Zwei-Stunden-Ausflug auf dem Douro zurückkam, und begrüßte Ana und Lisa überschwänglich. Die beiden erzählten ihm, was in der vergangenen Nacht vorgefallen war und was sie gegen einen neuerlichen Einbruch unternehmen wollten.

»Klar, da bin ich dabei! Ich besorge dir den ganzen technischen Kram, und selbstverständlich bau ich dir auch alles ein. Gleich nachher. Warte mal ...«

Er holte eine zerfledderte Kladde von seinem Boot und blätterte darin.

»Heute hab ich keinen Termin mehr, aber ich fahr gleich los, und wenn der Laden alles da hat, ist deine Überwachungsanlage in ... sagen wir, zwei bis drei Stunden einsatzbereit.«

69

»Das wäre super, Henrique.«

»Hast du ein vernünftiges Laptop, oder willst du die Bilder der Überwachungskameras übers Handy aufrufen?«

»Oh Gott, nein, verschon mich damit«, stöhnte Ana. »Du weißt, dass ich in technischen Dingen eher drei als zwei linke Hände habe. Könntest du nicht ab und zu einen Blick auf die Videos werfen?«

»Mach ich, Ana. Das ist vielleicht auch besser so – nicht, dass du den Einbrecher siehst und vor lauter Schreck das Video gleich wieder löschst!«

Er lachte und machte sich sofort daran, sein Boot für die Nacht herzurichten.

»Hast du denn eine Idee, wer da heute Nacht bei mir eingestiegen sein könnte?«, fragte Ana, während Henrique festzurrte, aufräumte und abschloss.

»Vielleicht eure alten Feinde, die Lubkes?«, schlug er vor.

»Die sind mir auch als Erstes eingefallen.«

»Habt ihr schon mit Clemente geredet? Der hört doch überall das Gras wachsen und strickt aus jeder Kleinigkeit eine Verschwörungstheorie.«

»Machen wir noch.«

»Und natürlich müsst ihr Afonso fragen! Solange der halbwegs nüchtern ist, kannst du von dem alles erfahren, was in Porto und Vila Nova vor sich geht – ein wandelndes Nachrichtenmagazin ist der Mann. Wenn er nur nicht so saufen würde!«

Ana sah auf die Uhr.

»Dann sollten wir uns besser beeilen«, sagte sie. »Afonso müsste demnächst Pause haben, da genehmigt er sich gern schon mal die ersten Gläschen des Tages.«

»Die ersten?« Henrique lachte lauthals. »Na, wenn du meinst ...«

Der Eingang der Portweinkellerei Burmester lag recht unscheinbar unter dem letzten Stück der Dom-Luís-I.-Brücke und war obendrein immer wieder von Reisebussen verdeckt, die nur mal eben ihre Passagiere aussteigen ließen und damit an dieser engen Stelle der Straße Stockungen und Gehupe auslösten.

Afonso verbrachte seine Pausen natürlich nicht vor dem Vordereingang, wo ihn die Besucher begaffen konnten und der Verkehr ihn gestört hätte. Ana lotste Lisa am offiziellen Eingang vorbei zur Rückseite des Gebäudes. Dort hockte auf einem Steinquader Afonso, neben sich eine Plastikdose mit Brot und Wurst – und eine Flasche, die er in diesem Moment an den Mund führte.

»Mach langsam, Afonso!«, rief Ana ihm zu.

Das hielt ihn nicht von einem tiefen Schluck ab, aber danach stellte er die Flasche wieder auf den Stein und drehte sich umständlich um.

»Ah, charmanter Besuch!«, begrüßte er die beiden Frauen mit dröhnender Stimme. »Und, gut geschlafen?«

»Hätte besser sein können. Und nach dem Aufwachen gab es leider eine böse Überraschung.«

Afonso hob die buschigen Augenbrauen und ließ sich alles erzählen. Danach wiegte er den Kopf, nahm noch einen Schluck, schob sich Wurst und Brot in den Mund und dachte kauend und schmatzend nach.

»Und, was meinst du?«, fragte Ana, als er für ihren Geschmack für eine Antwort zu lange brauchte.

»Die Lubkes?«, brachte er zwischen zwei Bissen hervor.

71

»Kann sein. Wer fällt dir noch ein?«

»Eigentlich alle, die glauben, aus deinem Lokal mehr Geld rausholen zu können als du.«

»Jetzt fängst du auch noch damit an, dass ich mein Essen und Trinken zu billig verkaufe ...«

»Das würde mir nicht im Traum einfallen – so kann ich mir meine Abende im *Triângulo* überhaupt erst leisten. Würdest du normale Preise nehmen, müsste ich nach Feierabend immer hierbleiben.«

Er lachte heiser, hob die Flasche und trank.

»Aber im Ernst«, sagte er schließlich, »bei uns in der Stadt ist es doch wie überall auf der Welt: Jeder versucht, noch mehr Geld aus seinem Geschäft herauszupressen. Die werden sich noch umschauen, wenn erst einmal unser altes Porto weg ist und nur noch die Preisschilder bleiben!«

Afonso schien in trübe Stimmung abzurutschen. Er hob erneut die Flasche, aber Ana legte ihm eine Hand auf den Arm und drückte ihn leicht nach unten.

»Langsam, Afonso. Ich hätte nicht gedacht, dass dich schon die erste Flasche Portwein so melancholisch macht.«

»Die erste, sagst du?« Afonso kicherte. »Na ja ...«

»Schön wär's ja«, ertönte eine fröhliche Frauenstimme in der Gasse.

Lisa drehte sich um. Ana war ausnehmend hübsch, aber gegen die Frau, die gerade auf sie zukam, wirkte sie wie eine graue Maus. Die langen Beine kamen trotz der hochhackigen Schuhe auf dem unebenen Pflasterbelag keinen Moment lang ins Schlingern. Elegante Kleidung umschmeichelte den schlanken Körper, das ebenmäßige Gesicht strahlte in einem fröhlichen Lächeln, und das wellige blonde Haar fiel locker über die schmalen Schultern.

»Beatriz«, sagte die Frau und gab Lisa die Hand. »Ich habe später eine Führung, da wollte ich vorher noch kurz nach meinem Vater schauen, dem alten Schwerenöter.«

Ihr Händedruck war fest und trocken, und wie sie Lisa anzwinkerte und Ana mit einer herzlichen Umarmung begrüßte, wirkte die Tochter von Afonso ausnehmend sympathisch auf Lisa.

»Ana hat mich gefragt, wem ich zutrauen würde, ihr Lokal zu sabotieren«, berichtete Afonso. »Mir sind nur die Lubkes eingefallen, vielleicht noch irgendein Konkurrent aus der Gastronomie – hast du eine Idee, Beatriz?«

Sie trat einen Schritt zurück und musterte Ana. Die zuckte nur mit den Schultern und fasste kurz zusammen, was am Vortag und in der Nacht geschehen war.

»So eine Sauerei!«, schimpfte Beatriz. »Na, wenn ich da einen erwischen würde, der würde mich kennenlernen!«

»Da kannst du Beatriz ruhig wörtlich nehmen, Lisa«, erklärte Ana. »Sie hat den schwarzen Gürtel in Karate.«

Das auch noch, dachte Lisa, dabei war es Afonsos schöner Tochter natürlich zu gönnen, dass sie blendend aussah, nett war und obendrein kampferprobt.

»Ich hätte auch zunächst mal auf die Lubke-Sippe getippt«, sagte Beatriz nach einigem Nachdenken. »Dein Vater hat mir mal erzählt, dass er bei Pinhão an einem guten Geschäft dran sei. Ich vermute mal, er hatte wieder einen Deal mit einem Winzer im Sinn. Vielleicht war das was Größeres? Etwas, das die Lubkes so gestört und geärgert hat, dass sie sogar ...«

Ihre Stimme war leiser geworden, bis sie mitten im Satz verstummte. Afonso atmete schwer aus, und Beatriz sah Ana entschuldigend an.

73

»Tut mir leid, wenn ich an diese Sache rühre, aber es wäre ja möglich, dass deine Eltern nicht zufällig dort in der Gegend verunglückt sind. Vielleicht wollte jemand sie eigentlich nur erschrecken, und es ist fürchterlich schiefgegangen. Oder jemand hat es mit voller Absicht darauf angelegt – dann wäre das, was dir bisher hier in Porto widerfahren ist, womöglich nur ein harmloses Vorspiel.«

»Du musst dich nicht entschuldigen«, meinte Ana und versuchte, unbeeindruckt zu wirken, obwohl ihr alle ansahen, dass sie um Fassung rang. »Aber würden die Lubkes wirklich über Leichen gehen, um ihre geschäftlichen Interessen zu wahren?«

Beatriz zuckte mit den Schultern.

»Ruben hat vorhin eine Gruppe von Geschäftsleuten erwähnt, denen du nach einer Portweinverkostung das *Triângulo* empfohlen hast«, warf Lisa ein. »Einer der Männer soll es schlecht aufgenommen haben, dass Ana ihn abblitzen ließ. Käme der auch infrage?«

Beatriz dachte nach, dann fiel ihr ein, wen Lisa meinte.

»Ach, der ... Nein, den könnt ihr, glaube ich, von eurer Liste streichen. Das war damals ein hohes Tier in einem internationalen Getränkekonzern, mein Chef kennt den, mochte ihn aber noch nie. Unlängst hat er mir erzählt, dass unser Freund einer Mitarbeiterin an die Wäsche wollte – die hat das gemeldet, und daraufhin ist er achtkantig rausgeflogen.«

»Könnte er sich in seiner Wut nicht an den Abend im *Triângulo* erinnern und nun Ana eins auswischen wollen?«

»Das glaube ich nicht. Die Konzernzentrale sitzt in London, und vermutlich hat er sich in der ganzen Stadt so aufgeführt wie hier im *Triângulo* – also hat er sicher genügend

Frauen vor Ort, auf die er sauer sein kann. Da muss er nicht extra nach Porto fliegen. Außerdem hat er inzwischen wieder einen Job und ist jetzt noch weiter weg von hier – mein Chef meinte, ein Weinbaukonzern in Chile habe ihn eingestellt.«

Beatriz legte ihre schöne Stirn in Falten, aber nach einer Weile schüttelte sie den Kopf.

»Nein, mir fällt sonst niemand ein, der etwas gegen dich haben könnte oder der deine Eltern nicht gemocht hätte.«

Sie wandte sich an Lisa.

»Das waren zwei ganz liebe Menschen, herzlich, aufgeschlossen, immer ein offenes Ohr, wenn jemand Probleme hatte. Na gut, Anas Vater Augusto war als Geschäftsmann immer schon ein Schlitzohr – aber auf eine Art, die dem anderen noch Luft zum Atmen lässt, wenn du verstehst, was ich meine. Auch aus Verhandlungen mit ihm ist niemand als Verlierer hervorgegangen, da musste sich keiner gedemütigt fühlen. Eigentlich ist es ein schlechter Witz, dass es ausgerechnet einen wie Augusto Bermudes und seine Maria erwischen musste ...«

Sie sah Ana an und strich ihr mit den Fingerspitzen über den Oberarm.

»Falls es nicht doch einfach nur ein schlimmer, tragischer Unfall war – und die Schweinereien, die seit gestern passiert sind, einen ganz anderen, viel harmloseren Hintergrund haben. Am besten fragt ihr Clemente. Der ist doch spezialisiert auf solche Geschichten. Der rattert euch die möglichen Strippenzieher wahrscheinlich schneller runter, als er seine Maronen geröstet hat.«

Lisa und Ana hatten die Zahnradbahn hinauf zur Oberstadt genommen, aber auf dem Fußweg bis zu Clementes Standplatz war Lisa trotzdem noch ziemlich aus der Puste gekommen. Ana dagegen strebte leichtfüßig und ohne jede erkennbare Anstrengung der Kreuzung zu, in deren Nähe Clemente seinen Kastanienofen aufgestellt hatte. Der Rauch, der daraus aufstieg, nebelte abwechselnd mal diese und mal jene Seite der belebten Fußgängerzone ein. Der immer wieder sanft umschlagende Wind verteilte die Belästigung einigermaßen gerecht. Bisweilen waberte der Qualm jedoch in Richtung des *Café Majestic*, und ein Mann in schwarzem Anzug machte mit erhobenen Augenbrauen ein paar Schritte auf den Kastanienofen zu. Da sprang Clemente mit einem Pappdeckel herbei und wedelte die Rauchschwaden eilig ein wenig in die Höhe.

»Dass er es sich mit dem Türsteher des *Majestic* nicht verderben will, kann ich mir gut vorstellen«, sagte Lisa. Sie hatte im Reiseführer gelesen, dass Joanne K. Rowling in diesem altehrwürdigen Kaffeehaus Teile ihrer Harry-Potter-Romane geschrieben hatte – und die Schlange vor dem Eingang deutete darauf hin, dass das auch zahlreiche Potter-Fans in dieses Lokal lockte. Entsprechend gut besucht war deshalb auch der Maronenstand vor dem Café. Es dauerte einen Moment, bis Clemente Zeit hatte für seine Besucherinnen.

»Der Platz hier ist sehr lukrativ, aber etwas anstrengend«, raunte ihnen Clemente zu, als er eine kurze Pause machen konnte. »Manchmal überlege ich mir sogar, ob ich nicht lieber Ärger mit meinem Cousin Tiago riskieren soll. Der Typ vom *Majestic* kann sehr ungemütlich werden, wenn ich seine draußen sitzenden Gäste einräuchere ...«

Er nahm eine kleine Metallschaufel zur Hand, schöpfte ein paar dampfende Maronen in eine Papiertüte und reichte sie Lisa und Ana.

»Hier, probiert mal, sind wirklich lecker diesen Herbst.«

»Du erinnerst dich an gestern Abend?«, fragte Ana, während Lisa die Tüte nahm und vorsichtig eine Esskastanie herausklaubte.

»Natürlich erinnere ich mich. Warum fragst du?«

»Du hast Lisa von deinen Verschwörungstheorien erzählt.«

»Pah! Verschwörungstheorien! Das sind keine ...«

»Ist ja gut. Du glaubst, dass meine Eltern ermordet worden sind, richtig?«

»Ja, natürlich. Dein Vater wäre an dieser Stelle niemals von der Straße abgekommen! Da hat einer was gedreht! Entweder hat jemand am Auto rumgeschraubt, oder es hat sie jemand von der Straße gedrängt.«

»Mir hat gestern jemand zerstoßene Rasierklingen in die Vorräte gemischt«, sagte Ana.

Clemente ließ einen erstaunten Pfiff hören.

»Und heute Nacht war jemand im Haus und hat mir einen Bacalhau in den Kleiderschrank gehängt.«

Lisa sah die Wirtin an, weil sie die Toastscheiben nicht erwähnte, aber die erwiderte ihren Blick und schüttelte kaum merklich den Kopf. Dann fiel Lisa ein, dass Clemente am Vorabend immer wieder verstohlen die Oberweiten der weiblichen Gäste taxiert hatte, und sie schwieg ebenfalls, was die Schublade mit der Spitzenunterwäsche betraf.

»Stockfisch im Kleiderschrank?«, fragte der Maronenverkäufer.

»Ja. Sagt dir das was?«, entgegnete Lisa. »Ich meine, ist

77

das eine Drohung, die man ... was weiß ich ... von einer Art portugiesischer Mafia kennt?«

»Nicht dass ich wüsste. Wie krank ist das denn?«

»Und gesetzt den Fall, jemand hat meine Eltern auf dem Gewissen ... Könnte derjenige jetzt auch mich ins Visier nehmen?«

»Ausgeschlossen ist so etwas nie, aber ...« Clemente nahm die Metallschaufel und rührte in den Kastanien herum. »Ich bin überzeugt, dass deine Eltern nicht durch einen normalen Unfall ums Leben gekommen sind, das weißt du. Ich kann mir gut vorstellen, dass nun du erschreckt und bedroht werden sollst. Also müsste es um das Lokal gehen. Oder hatte dein Vater irgendein Geschäft laufen, das groß genug war, dass man dafür einen Mord begeht?«

»Keine Ahnung. Beatriz meint, dass mein Vater in der Gegend von Pinhão einen Deal einfädeln wollte. Sie vermutet, dass er es auf ein bestimmtes Weinkontingent abgesehen haben könnte.«

»Auch wenn du nichts von einem solchen Geschäft wusstest: Könnte jemand glauben, dass du eingeweiht bist?«

»Woher soll ich das wissen?«

Da wurde Clemente von zwei jungen Frauen angesprochen. Er füllte für jede eine Tüte mit frisch gerösteten Esskastanien, flitzte dann um seinen Ofen herum und wedelte Rauch weg, der in Richtung *Café Majestic* zu ziehen drohte, und kehrte etwas atemlos zu Ana zurück.

»Ich glaube, es hilft nichts«, sagte er. »Du musst mit deinem Onkel Luis reden.«

»Ungern.«

»Ich weiß, Ana. Aber wenn einer weiß, was da läuft, dann er.«

78

Er schaute sie auffordernd an.

»Na, komm, Ana, gib dir einen Ruck! Wird schon nicht so schlimm werden.«

Ohne ein weiteres Wort wandte sich Ana ab und ging davon. Lisa hatte sie kurz nach der Kreuzung wieder eingeholt und musterte sie, doch die junge Frau ging schweigend weiter. Sie kamen am Bahnhof vorbei, passierten die Kathedrale, beachteten kaum den herrlichen Blick über Stadt und Fluss und begannen auf der Treppe an der Südspitze der Terrasse den Abstieg hinunter zur Unterstadt.

»Was ist mit diesem Onkel?«, fragte Lisa.

»Luis ist eigentlich mein Großonkel mütterlicherseits. Er lebt auf einem Weingut bei Pinhão. Momentan ist er das Oberhaupt der Familie Pleider. Er mag mich nicht besonders und ich ihn auch nicht.«

»Das kommt in den besten Familien vor.«

»Dass ich ihn nicht mag, hat damit zu tun, dass er ab und zu in krumme Geschäfte verwickelt ist.«

»Welcher Art?«

»Das willst du nicht wissen, glaub mir. Wann immer du in gewissen Kreisen seinen Namen aussprichst, wirst du feststellen, dass der eine oder andere kurz die Luft anhält. Er selbst legt Wert auf die Anrede Dom Luis.«

»Wie der Namensgeber der Brücke?«

Ana blieb stehen, sah Lisa an und lächelte.

»Das würde ihm gefallen. Vielleicht solltest lieber du mit ihm reden.«

Der Kombi, der sich das letzte steile Wegstück hinaufkämpfte, hatte schon ein paar Kratzer und Dellen abbekommen, und die linke Hintertür, in die ihr mal das Auto eines

Touristen gerumst war, hatte die Hinterhofwerkstatt auf die Schnelle nicht in der originalen Farbe beschaffen können. Aber Madalena interessierte an ihrem Wagen nur, dass viel in den Kofferraum passte und dass der Motor nicht streikte. Und auf dem Weg zu ihrem Großvater hatte der weiße Kombi mit der beigefarbenen linken Hintertür obendrein den Vorteil, dass die Wachleute ihn über die Kameras am Wegesrand sofort erkannten. Deshalb schwang das schmiedeeiserne Tor auch schon auf, bevor Madalena es erreicht hatte, und sie konnte ungebremst auf das Grundstück rollen. Zwei Serpentinen noch, dann hatte sie die noble Auffahrt vor der Villa erreicht.

Einer der Pagen, die von Luis Pleider beschäftigt wurden und eine alberne Fantasieuniform samt steifer Mütze und weißen Handschuhen tragen mussten, sprang herbei, ließ sich von Madalena den Schlüssel geben und fuhr den Kombi hinters Haus. Ein zweiter junger Mann in Uniform erwartete sie oben an der breiten Treppe, verbeugte sich lächelnd und hielt ihr die Tür auf.

Sie trat aus dem warmen Sonnenlicht in die kühle Vorhalle und steuerte auf die nächste Treppe zu, die mit einem weichen Teppich bedeckt war und in die erste Etage hinaufführte. Oben stand die dunkle Holztür des Arbeitszimmers offen. Luis Pleider erwartete seine einzige Enkelin in dem schweren Sessel, in dem er sich manchmal schon morgens einen Weinbrand und eine Zigarre gönnte. Diesmal stand ein Wasserglas vor ihm, und dass nur leichter Rauchgeruch in der Luft hing, verriet Madalena, dass er ihr zuliebe gelüftet hatte. Sie durchquerte den riesigen Raum und beugte sich zu ihrem Großvater hinunter. Der spitzte schon den Mund, um sie mit Küsschen links und rechts zu begrüßen, doch Madalena beugte sich tiefer, nahm seine linke Hand und berührte das klobige Erbstück am Ringfinger mit ihren Lippen. Unwirsch entriss er ihr die Hand.

»Lass den Unfug, Madalena!«, schimpfte er. »Was soll denn das?«

Seine Enkelin prustete und ließ sich in den Sessel ihrem Großvater gegenüber fallen.

»Na ja, Dom Luis, wenn du schon residierst wie ein Fürst ...«

»Sehr witzig! Du weißt genau, dass dieses Ambiente eben dazugehört für den Patriarchen einer Familie wie der unseren.«

»Eben, und dann wird halt auch der Ring geküsst, nicht wahr?«

Luis Pleider sah verstohlen an seiner Enkelin vorbei zur Tür, aber dort war niemand zu sehen. Einen Moment lang horchte er, doch nichts deutete darauf hin, dass jemand im Flur war und die Szene mitbekommen haben könnte. Er räusperte sich, zog die Ärmel seines Hemds straff und richtete die Manschetten. Dann sah er seiner Enkelin streng in die Augen.

»Ich hoffe, du bist nicht nur hergekommen, um dich über mich lustig zu machen. Jedenfalls klang es am Telefon, als könntest du meine Hilfe brauchen.«

»Jetzt sei doch nicht gleich beleidigt, Opa, nur weil ich dich so gern auf den Arm nehme.«

Luis Pleider winkte ab, er war schon wieder halb besänftigt und deutete auf den Kaffeebecher, der für Madalena bereitstand.

»Für dich. Mit Milch und Zucker, ist schon umgerührt.«

»Danke.«

Sie nahm einen großen Schluck, schlürfte dabei zum Spaß ein bisschen und amüsierte sich, als daraufhin die Augenbrauen ihres Großvaters nach oben gingen.

»Tut mir leid, ich lass es schon. Also, ganz im Ernst: Im *Cacho* hat es heute Nacht gebrannt.«

»Ich weiß.«

»Natürlich weißt du das. Aber warum hast du mich dann heute früh nicht angerufen und gefragt, wie es mir geht? Machst du dir keine Sorgen um deine Enkelin?«

Luis Pleider legte ein genießerisches Grinsen auf.

»Na ja, zwei Töpfe mit brennendem Öl hauen meine Madalena nicht um, oder? Vermutlich hast du dich darüber weniger geärgert als über die verschnarchte Polizei, die sich nicht viel Mühe mit der Spurensicherung gegeben hat. Stimmt's?«

»Stimmt, Opa. Du bist rundum informiert, wie immer. Und wenn du jetzt auch noch weißt, wer hinter dem Feuerchen steckt, dann kann ich auch gleich losfahren und mir den Typen vorknöpfen.«

»Na, das lass mal lieber schön bleiben!«

»Also weißt du es?«

»Wissen ist zu viel gesagt. Ich habe aber so meine Vermutungen.«

»In welche Richtung gehen die? Steckt Ernesto mit drin? Der war gleich heute Mittag bei mir und hat mir schon wieder angeboten, das Haus für mich zu verkaufen. Und er wusste natürlich auch schon von dem Brand – angeblich nur wegen seiner Kontakte zur Polizei.«

»Ach, Ernesto ... Vor diesem Waschlappen musst du dich nicht fürchten. Der ist eine Schmeißfliege und will aus allem seinen Vorteil ziehen, aber er hat keinen Mumm in den Knochen, der würde dir nie schaden wollen. Gut, er würde dich über den Tisch ziehen, wenn du ihn lässt – aber das steckt nun mal in seiner Natur.«

»Und am liebsten würde er mich heiraten und bei sich in seiner tollen Villa haben.«

»Na ja, tolle Villa ... Er sollte sich lieber Mühe geben, seine Raten pünktlicher als bisher zu bezahlen, sonst muss er sich was Bescheideneres suchen.«

Madalena grinste und schüttelte den Kopf.

»So was wie ein Bankgeheimnis kennen deine Kontaktleute auch nicht, oder?«

»Die kennen nichts, was meine Geschäfte behindert, mein Kind«, versetzte er lächelnd. »Und so soll das ja auch sein.«

»Wenn Ernesto nicht hinter der Brandstiftung steckt: Wer war es dann?«

Luis Pleider wiegte den Kopf und machte eine nachdenkliche Miene.

»Da kommt mir natürlich immer zuerst die Familie Lubke in den Sinn.«

»Ach, Gott, wieder diese alte Geschichte ...«

»Ja, wieder diese alte Geschichte. Aber nur weil sie alt ist, muss sie nicht falsch sein. Dein Lokal läuft gut. Viel besser als es dem jungen Lubke lieb sein kann, der versucht, sein Nobelrestaurant bei Régua zum Laufen zu bringen.«

»Francisco ist harmlos. Nicht der Hellste, aber nett – und er ist wirklich mit viel Liebe bei der Sache. Ich würde ihm wünschen, dass sein Lokal endlich floriert.«

»Auch wenn dadurch dein Restaurant einige Gäste verlieren würde?«

83

»Ach, Opa! Francisco will doch in einer ganz anderen Liga spielen. Zu mir kommen die Leute aus dem Ort, etliche Touristen und ein paar Gäste aus der weiteren Umgebung, die meine Spezialitäten mögen. Francisco dagegen schwebt ein Publikum vor, das aus Gourmets mit dickem Geldbeutel besteht. Die sollen aus dem ganzen Land zu ihm kommen oder gleich von überallher in Europa, wenn er wirklich einen Stern ergattert und in den einschlägigen Magazinen empfohlen wird. Unsere beiden Lokale, da bin ich mir ganz sicher, tun einander nicht weh.«

»Ich bin nicht davon überzeugt, dass das auch die Lubkes so sehen. Ich habe läuten hören, dass sich Franciscos Vater mächtig darüber ärgert, dass er noch immer so viel Geld für dieses Lokal zuschießen muss. Und ich habe gehört, er würde dein *Cacho de prata* lieber heute als morgen geschlossen sehen.«

»Hör mir bloß mit dem alten Lubke auf! Der hat sie doch nicht mehr alle! Meint, ihm gehöre die ganze Gegend und alle hätten nach seiner Pfeife zu tanzen. Wobei ...« Ein Lächeln huschte über ihr Gesicht. »Irgendwie erinnert mich das an jemanden in unserer Familie ...«

Sie zwinkerte ihrem Großvater zu.

»Frechheit«, entfuhr es Dom Luis, aber seine Empörung war nur halb gespielt.

Sie prostete ihm mit dem Kaffeebecher zu, er konterte mit dem Wasserglas, nippte daran und verzog das Gesicht.

»Scheußliche Zeiten sind das, in denen man sich mit Wasser begnügen muss, um einen klaren Kopf zu behalten. Übrigens spricht noch etwas für die Lubkes als Drahtzieher der Brandstiftung, nicht nur die alte Rivalität zwischen unseren Familien.«

»Ach? Und das wäre?«

»Deine Cousine Ana in Porto hat auch Schwierigkeiten. Und dahinter könnten ebenfalls die Lubkes stecken.«

Ein Schatten legte sich über Madalenas Gesicht.

»Oje, die Arme ... sie hat zuletzt eigentlich genug durchmachen müssen.«

»Wie du und ich.«

»Ja, wie du und ich ...«

»Du weißt, Madalena, dass mir nach wie vor zum Unfalltod deines Vaters einige Ungereimtheiten nicht aus dem Kopf gehen.«

»Ach, Opa, bitte nicht schon wieder! Musst du diese Wunde auch nach zwei Jahren immer wieder aufreißen, indem du an deiner Verschwörungstheorie festhältst? Wer hätte denn ein Motiv gehabt, Papa umzubringen?«

»Auch der Unfall von Anas Eltern gibt Rätsel auf. Nicht nur mir, übrigens.«

Madalena schnaubte.

»Jetzt hör doch endlich auf damit! Man muss etwas auch mal akzeptieren können, so traurig es ist.«

Dom Luis schwieg.

»Schau mal, Opa«, fuhr Madalena fort. »Als Papa ums Leben kam, hatte er die Übergabe des Lokals an mich längst in die Wege geleitet. Ich war seit Jahren im Team, ich wusste, wie alles läuft – und nach seinem Tod lief zumindest das *Cacho de prata* einfach so weiter wie bisher. Was mir übrigens sehr durch die erste schwierige Zeit geholfen hat. Aber wenn jemand dem Restaurant hätte schaden wollen ... hätte der dann nicht auch mich umbringen müssen?«

»Dein Vater war ein halsstarriger Mann. Die Übergabe des Lokals hat er in aller Stille vorbereitet, und als ich davon erfahren habe, wollte ich es erst gar nicht glauben. Ich könnte mir gut vorstellen, dass das auch andere so eingeschätzt haben – und nicht damit rechneten, dass das Geschäft unter deiner Regie einfach weiterhin so gut läuft.«

»Danke für die Blumen, aber du wirst mich nicht so schnell davon überzeugen, dass Papa tot ist, weil da einer was gedreht hat.«

Luis Pleider zuckte mit den Schultern.

»Welche Art von Schwierigkeiten hat Ana denn?«, erkundigte sich Madalena.

»Es scheint in ihrem Lokal Sabotage zu geben. Ich hab heute schon mehrmals in ihrem Restaurant angerufen, aber da geht niemand ran. Also habe ich jemanden mit dem Wagen losgeschickt, damit er nach ihr sieht.«

»Das hättest du auch einfacher haben können«, sagte Madalena und grinste.

Sie zückte ihr Handy, öffnete die Kontaktliste, nahm sich Zettel und Stift vom Schreibtisch ihres Großvaters und notierte eine Nummer.

»Versuch's mal auf ihrem Handy«, schlug sie vor und hielt ihm den Zettel hin.

»Meinst du, das hat sie bei sich?«

Madalena lachte schallend.

»Du wirst alt, Opa!«

Sie küsste ihn auf die Wange und war im nächsten Moment aus dem Zimmer gehuscht.

Luis Pleider erhob sich schwerfällig, stellte sich ans Fenster und sah auf den Platz vor seinem Haus hinunter. Seine Enkelin pfiff auf den Fingern, und kurz darauf fuhr einer der Pagen ihren Kombi vor. Sie schaute zum Fenster hoch, winkte ihrem Großvater, ließ sich auf den Fahrersitz fallen und fuhr los. Er schaute ihr hinterher, bis ihre alte Karre durch das schmiedeeiserne Tor gebraust war und sich die Torflügel langsam schlossen.

Dom Luis hob den Blick. An den Hängen sah er die terrassierten Weinberge, darunter das verschlafene Pinhão, an dem der Douro gemächlich vorbeifloss. Weiter links strebte der Fluss der Hauptstadt des Portweingebiets zu, Peso da Régua. Und keine hundert Kilometer weiter im Westen schob sich der Douro nach Porto hinein, an Anas Haus vorbei und ergoss sich schließlich am anderen Ende der Stadt in den Atlantik.

Er nahm den Zettel zur Hand, kniff die Augen zusammen und wählte die Nummer, die seine Enkelin ihm notiert hatte.

Auf den letzten Metern bis zum *Triângulo* versuchte Lisa mehrmals, Ana dazu zu überreden, ihren Großonkel Luis anzurufen, der ihr vielleicht helfen konnte. Aber die junge Wirtin vertröstete sie auf später. Vorher wollte sie mit ihrer Freundin telefonieren und sich erkundigen, ob ihre Ferienwohnung gerade zur Verfügung stand.

Da klingelte Anas Handy, und sie ging dran, ohne vorher die Nummer des Anrufers auf dem Display zu lesen. Als sie hörte, wer dran war, blieb sie stehen wie vom Donner gerührt.

»Ja«, sagte sie, »jederzeit.«

Dann schwieg sie wieder und hörte zu.

»Reicht morgen nicht auch noch? Gut, dann so gegen ... Wann? So früh? Ja, ich weiß, aber ich muss ja erst noch hinfahren und ... Aber okay, das ist kein Problem. Das schaffe ich.«

Ein kurzer Blick zu Lisa.

»Ähm, ich … ich würde gern noch eine Freundin mitbringen. Geht das in Ordnung? Sie hat mir gestern geholfen und auch heute Nacht ein bisschen was mitbekommen von dem … ja … meinetwegen … ich … Gut, danke.«

Damit war das Gespräch beendet, und Ana, die während des Telefonats zunehmend blass geworden war, atmete tief durch.

»Das war Onkel Luis. Er scheint nicht nur seine Augen und Ohren überall zu haben – offenbar hat er auch so etwas wie einen sechsten Sinn. Als hätte er gespürt, dass wir gerade über ihn reden …«

Sie schüttelte den Kopf, atmete noch ein paarmal tief ein und aus und nahm wieder mehr Farbe an.

»Könntest du mich morgen früh nach Pinhão begleiten? Onkel Luis hat von meinen Schwierigkeiten gehört, und er glaubt, dass er mir helfen kann, die Geschichte aufzuklären.«

»Gern, und ich fahr dich auch – ich wollte mir eh die Weinberge dort anschauen. Das kann ich genauso gut auch jetzt schon machen.«

»Vielleicht erhofft sich mein Onkel auch Hilfe von mir. Seine Enkelin Madalena, von der ich dir erzählt habe, konnte heute Nacht wohl nur knapp verhindern, dass ihr Lokal in Régua abbrannte.«

Zum Packen brauchten beide Frauen nicht lange. Lisa holte ihren Wagen vom Parkplatz und fuhr direkt vor das *Triângulo*. Danach ging es hinauf in die Oberstadt, wo die Ferienwohnung der Freundin wenige Blocks von der Metrostation Marques entfernt in einem Mehrfamilienhaus lag. Anas Freundin erwartete sie schon vor dem Haus und brachte sie hinauf. Sie musste gleich weiter, nahm aber Ana vorher noch das Versprechen ab, ihr alles über ihre aktuellen Probleme zu erzählen, sobald Zeit dafür sei.

Die Wohnung war geräumig, die Küche gut eingerichtet und sogar der Kühlschrank ordentlich gefüllt mit Obst, Saft, Konfitüre und vakuumiertem Schinken. Ana bestand darauf, das ausklappbare Sofa zu nehmen und Lisa das Schlafzimmer zu überlassen.

»Ist ja ohnehin erst einmal nur für eine Nacht«, sagte sie. »Ich habe keine Ahnung, wie lange wir in Pinhão bleiben werden. Ich weiß nur, dass Onkel Luis stur sein kann, wenn er mal einen Plan gefasst hat – und er klang ganz danach, als habe er einen Plan.«

Dom Pio zitterte vor Wut, und sein Gegenüber zog den Kopf ein.

»Idiota!«, wetterte der Dicke. »Trottel! Hohlkopf!«

So ging das eine Weile, und Vicente war froh, dass der Dom dabei den Kopf gesenkt hatte, als hielte er seinen Oberschenkeln eine Gardinenpredigt. Dann aber hob er den Blick und bohrte ihn förmlich in Vicentes Augen. Auf seiner wulstigen Oberlippe glänzten Schweißtropfen, und Vicente wurde der Kragen eng.

»Wo starrst du denn hin, du unfähiger Schwachkopf?«, schrie Dom Pio ihn an. »Hier!« Er deutete mit einem kurzen dicken Zeigefinger auf seine Augen. »Hier sollst du hinschauen! Und dann sollst du ganz genau zuhören, du Trottel! Ganz genau – denn irgendwann musst du doch mal kapieren, was ich von dir will!«

Vicente schluckte die Erwiderung hinunter, die er auf den Lippen hatte. Im Moment war es wohl besser, einfach zuzuhören und alle Beschimpfungen über sich ergehen zu lassen.

»Deine Handlanger sind zu blöd, einem Restaurant so zu schaden, dass es endlich zumachen muss – und du bist zu dämlich, um in einer Küche so Feuer zu legen, dass es auch wirklich brennt!«

Dom Pio wuchtete sich aus seinem Sessel hoch und tappte mit seinen kurzen Beinen im Zimmer auf und ab, schüttelte dabei den Kopf, klatschte sich immer wieder die flache Hand auf die Stirn, blieb zwischendurch stehen und starrte Vicente an, schüttelte dann wieder den Kopf und setzte seine Runde fort. Vicente ließ den dicken Mann, der vor ihm hin und her ging, nicht aus den Augen. Plötzlich blieb Dom Pio stehen, mit dem Rücken zu Vicente, und sah zum Fenster hinaus.

Das Haus von Ana Bermudes war von hier aus zu sehen, wenn man gute Augen hatte, und der Blick des Dom schien genau auf dieses Gebäude gerichtet zu sein. Vicente meinte, seinen Auftraggeber murmeln zu hören, aber er verstand kein Wort. Also trat er direkt hinter ihn und beugte sich ein wenig zu ihm hin.

»Diz?«, fragte er leise. »Wie bitte?«

»Da liegt die Ribeira so friedlich vor uns, als könne keiner dort ein Wässerchen trüben, nicht wahr?«

Vicente hielt das für eine rhetorische Frage und wartete stumm darauf, dass der Dom weiterredete. Als der aber den Kopf drehte und ihn mit erhobenen Augenbrauen ansah, beeilte er sich zu antworten.

»Ja, gewiss, Dom.«

»Hm«, machte Pio und wandte sich wieder dem Fenster zu. Er hob seine fleischige Hand und machte eine Geste, die das gesamte gegenüberliegende Ufer des Douro umfasste. Dort lag Porto in seiner ganzen Pracht, und auch wenn Vicente in diesem Raum meist geharnischte Kritik zu hören bekam: Den Blick von hier oben mochte er.

»Oben die Kathedrale«, sprach der Dom wie zu sich selbst. »Unten die Orte für die irdischen Genüsse, ein Lokal am anderen, eins schöner als das andere, eins einträglicher als das andere. An manchen verdiene ich mit, an anderen nicht ...«

Dom Pio drehte sich um und lächelte Vicente an. Es war kein freundliches Lächeln.

»Aber wie sagt man so schön, lieber Vicente? Man muss auch gönnen können, nicht wahr?«

»Ja, gewiss, Dom.«

»Weißt du, ich habe längst genug Geld verdient, und es kommt ja immer mehr dazu. Ich könnte mich also zur Ruhe setzen, mein Vermögen genießen und den lieben Gott einen guten Mann sein lassen. Nicht wahr?«

»Jawohl, Dom.«

Vicente hatte keine Ahnung, worauf Dom Pio hinauswollte. Er ahnte zwar, dass sein Chef nicht so ruhig bleiben würde, doch letztlich kam der Ausbruch so unvermittelt, dass Vicente zurückschreckte und fast einen Satz nach hinten gemacht hätte.

»*Nur dieses eine Lokal!*«, brüllte Pio plötzlich los, und an seiner Schläfe begann es bedrohlich zu pochen. »*Nur dieses Lokal, dieses winzige Kellerloch, will ich noch haben, und es kann dir scheißegal sein, warum! Ich will es einfach haben! Hast du das verstanden?*«

»Jawohl, Dom, ich weiß das doch, und ich versuche ja auch ...«

»Du versuchst es? Du sollst es nicht *versuchen*, du sollst es endlich *schaffen*, du Armleuchter! Babaca! Estúpido!«

Es ging wieder los mit den Beschimpfungen, und Vicente schickte sich seufzend drein. Nach fast einer halben Stunde entließ ihn der Dom endlich und schickte ihn erneut mit dem Auftrag los, Ana Bermudes zum Verkauf ihres Hauses und zur Aufgabe ihres Lokals zu bewegen.

»Egal wie, du Trottel, hast du verstanden?«

»Ja, natürlich, Dom, hab ich verstanden. Ich kümmere mich persönlich drum.«

»Als würde das was ändern«, knurrte Dom Pio und scheuchte Vicente aus dem Raum.

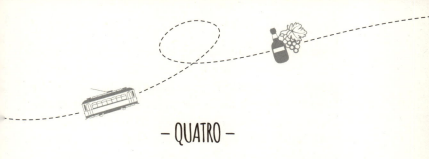

– QUATRO –

Ana hatte Lisa in ein indisches Restaurant nicht weit von der Metrostation Marques eingeladen, und danach hatten sie noch eine Weile vor der Bar gesessen, die im Park über der Metrostation bis spät in die Nacht auch draußen Bier und Wein anbot. Sie unterhielten sich über Anas Eltern, über die Cousine in Régua und über Großonkel Luis, vor dem Ana so großen Respekt hatte und zu dem sie bisher lieber Abstand gehalten hatte. In der Wohnung von Anas Freundin öffneten sie den Portwein, den die Freundin all ihren Feriengästen spendierte, und nahmen noch einen Absacker. Trotzdem schliefen beide in dieser Nacht nicht besonders gut, wälzten sich im Bett und auf dem Sofa hin und her. Gegen halb drei begegneten sie sich auf dem Flur, als Ana vom Bad zurückkam, zu dem Lisa gerade hinwollte. Um kurz vor fünf – Lisa lag gerade auf dem Rücken, starrte an die Decke und dachte nach – stand Ana in der Tür.

»Du kannst auch nicht mehr schlafen, oder?«

Sie machten sich Kaffee und aßen dazu Toastbrot mit Konfitüre, und es war halb sechs, als sie in Lisas Wagen stiegen und die nächste Stadtautobahn ansteuerten.

»Als Onkel Luis gestern vorschlug, ihn heute um neun in Régua zu treffen, hätte mich fast der Schlag getroffen«, sagte Ana und biss von dem Croissant ab, das sie sich für die Fahrt eingesteckt hatte. »Auf der Autobahn braucht man zwar nur eineinviertel Stunden dorthin, aber Onkel Luis mag es nicht, wenn man sich verspätet – also rechne ich lieber ein bisschen Reserve ein, für alle Fälle. Und wenn ich nicht unbedingt früh rausmuss, um auf dem Markt einzukaufen, bleib ich gern länger liegen. Im Lokal wird es ja abends meistens etwas später. Und jetzt schau uns an ...« Sie lachte. »Es ist Sonntagfrüh, nicht einmal sechs, und wir sind schon unterwegs.«

Ana lotste Lisa in südöstlicher Richtung aus der Stadt, ließ sie nach einer Weile von der Autobahn abfahren, und nach einigen Kurven sahen sie den Douro unter sich liegen, der hier eine Schleife in sattgrüner Landschaft beschrieb.

»Schön, oder?«

Lisa nickte. Da sie mehr Zeit zu Verfügung hatten als ursprünglich gedacht, hatte Ana nicht den schnellsten Weg ausgesucht, sondern eine Strecke, die sie teils am Fluss entlang, teils in die umliegenden Berge führte. Bei Penafiel überquerten sie den Douro auf der höheren von zwei parallel verlaufenden Brücken.

»Schau mal den Engel an, der dort drüben so traurig auf den Douro schaut«, sagte Ana und deutete auf eine riesige Skulptur neben der anderen Brücke. »Dort ist 2001 eine mehr als hundert Jahre alte Brücke eingestürzt und hat sechzig Menschen in den Tod gerissen. Der Innenminister musste zurücktreten, denn es stellte sich heraus, dass Bauingenieure schon seit fast zwanzig Jahren gewusst hatten, dass die Brücke jederzeit zusammenbrechen konnte.«

»Schön, dass du mir das gerade jetzt erzählst, während wir uns auf einer Brücke über dem Douro befinden ...«

»Keine Sorge«, beruhigte Ana sie, »seit damals werden die Brücken im Land besser überwacht.«

Nach einer Weile ging es in die Berge, und der Fluss war nur noch manchmal weit unter ihnen zu sehen. Ohnehin musste sich Lisa jetzt konzentrieren. Die Strecke war inzwischen zu kurvig, um nebenbei die Aussicht zu genießen.

»Fahr da vorne mal von der Hauptstraße ab«, wies Ana sie an, als sie ein Bergstädtchen namens Cinfães erreicht hatten. Kurz darauf bat sie Lisa, den Wagen auf einem Stellplatz an der Straße zu parken. Sie stieg aus und deutete auf ein kleines Café, vor dem einige kleine Metalltischchen und Stühle standen.

»Na, Appetit auf einen Kaffee und ein paar Pastéis de Nata?«

Draußen war es noch etwas kühl, was drei ältere Männer nicht davon abhielt, in der Morgensonne dicke Zigarren zu schmauchen. Doch Ana und Lisa setzten sich lieber in den gemütlichen Innenraum des Cafés. Es war nicht viel los, und der Wirt stand entsprechend schnell neben ihrem Tisch und nahm die Bestellung auf. Wenig später stellte er alles vor sie auf den Tisch: den Café curto in Espressogröße, den Ana geordert hatte, einen Cappuccino für Lisa, dazu ein warmes Croissant und zwei ebenfalls erwärmte Törtchen aus Blätterteig, gefüllt mit Sahnepudding.

»Am frühen Nachmittag solltest du mal in diesem Café sein – da ist hier echt was los. Die Leute kommen im Sonntagsstaat nach dem Essen auf einen Curto und ein Dessert vorbei, die Alten dort draußen sind bis dahin beim Portwein angelangt, und die anderen kaufen ein Lotterielos nach dem anderen, rubbeln es gleich frei, kassieren im besten Fall ihren Gewinn oder investieren ihn sofort wieder in die nächsten Lose.«

95

»Und woher kennst du das Café?«

»Eine Freundin von mir hat eine Zeit lang in einem Krankenhaus gleich um die Ecke gearbeitet. Wenn ich sie besucht habe, haben wir uns meistens hier getroffen.«

Als sie aufgegessen hatten, winkte Ana den Mann hinter dem Tresen heran.

»Das lässt du jetzt mich bezahlen«, beharrte Lisa. »Du hast mich gestern Abend schon eingeladen, jetzt bin ich mal dran.«

Ana zuckte mit den Schultern und grinste, und gleich darauf wusste Lisa, warum sie so amüsiert auf ihr großzügiges Angebot reagiert hatte: Alles zusammen kostete gerade mal vier Euro.

»Ist das hier überall so billig?«, fragte Lisa, als sie wieder im Auto saßen.

»Auf dem Land ist es auch bei uns günstiger als in der Stadt. Aber du kannst ja mal in Porto ins *Café Majestic* gehen, vor dem Clemente seine Maronen röstet – da zahlst du für zwei Kaffee und zwei kleine Stücke Kuchen zwanzig Euro.«

»Ach nein, das lasse ich lieber bleiben.«

Lachend fuhren die beiden die Serpentinen hinunter und wieder hinauf, und als sie schließlich auf einer engen Brücke den Douro überquerten und das Stadtgebiet von Régua erreichten, war es gerade mal halb neun. Das Lokal von Madalena Pleider, in dem ihr Großonkel sie um neun Uhr treffen wollte, lag am anderen Ende der Innenstadt, und auf dem Parkplatz hinter dem Gebäude, in dem sich das *Cacho de prata* befand, waren noch fast alle Plätze frei. Nur zwei Fahrzeuge waren dort abgestellt: direkt an der Mauer ein Kombi mit Kratzern und Dellen und daneben ein älterer

Jaguar, auf dessen poliertem Lack kein Staubkorn zu sehen war. Neben dem gepflegten Oldtimer stand ein Mann Mitte vierzig, der einen stattlichen Türsteher abgegeben hätte, mit seinen weißen Handschuhen und der Uniformmütze aber eher wie der Chauffeur aussah. Als sie auf den Parkplatz gerollt waren, hatte er schnell seine linke Hand hinter dem Rücken verschwinden lassen. Inzwischen kräuselte sich über seiner linken Schulter eine dünne Rauchfahne in die Höhe. Er beobachtete sie interessiert beim Aussteigen und nickte ihnen freundlich zu, doch dass sie sich nicht lange mit ihm aufhielten und stattdessen auf die gläserne Eingangstür des Lokals zuhielten, schien ihm gerade recht. In der Glastür konnte Lisa sein Spiegelbild sehen. Sein linker Arm kam wieder zum Vorschein, und der Chauffeur tat einen tiefen Zug von seiner Zigarette.

Der Gastraum des Lokals war leer bis auf einen Stuhl, auf dem ein Mann in einem schwarzen Anzug saß. Er hatte eine kleine Kaffeetasse vor sich, daneben lag eine nicht angezündete Zigarre, und seine linke Hand umfasste den Knauf eines Gehstocks.

»Mist«, raunte Ana ihrer Begleiterin zu. »Ich hatte gehofft, dass ich noch ein paar Worte mit Madalena wechseln kann, bevor Onkel Luis eintrifft. Warum ist der nur so früh hier?«

Sie hatte leise gesprochen, aber der Mann mit dem Gehstock wandte sich gutmütig lächelnd zu ihr um und machte kein Hehl daraus, dass er jedes Wort gehört hatte.

»Wie du weißt, liebe Ana, verspäte ich mich höchst ungern. Und in meinem Alter muss ich eben ein wenig mehr Reservezeit einrechnen – umso besser, wenn man sie dann nicht braucht, nicht wahr?«

Er zwinkerte ihr zu, deutete auf die freien Stühle, die an seinem Tisch standen und wandte sich an Lisa.

»Und Sie, Senhora, verzeihen einem alten Mann bitte, dass er zu Ihrer Begrüßung nicht aufsteht. Der Rücken ...«

Er legte eine zerknirschte Miene auf und streckte die rechte Hand in Lisas Richtung.

»Luis Pleider, sehr angenehm.«

»Lisa Langer. Behalten Sie bitte Platz, machen Sie meinetwegen keine Umstände.«

»Meine Enkelin wird sich gleich zu uns setzen. Sie hat noch kurz in der Küche zu tun.«

Madalena Pleider hatte die Stimmen ihrer Gäste gehört, und nun eilte sie herein. In einer Hand balancierte sie eine silberne Servierplatte, auf der sich Pastéis, kleine Kuchenstücke und Croissants stapelten, in der anderen einen Korb mit frischem Obst. Als sie alles abgestellt und die Neuankömmlinge begrüßt hatte, ging sie wieder in die Küche, diesmal begleitet von Ana, um Getränke zu holen.

»Sie sind eine Freundin meiner Großnichte?«, fragte Dom Luis, als sie allein waren.

»Ich würde mich freuen, wenn Ana mich als Freundin sieht – wir kennen uns aber noch nicht lange, erst seit vorgestern. Ich habe bei ihr ein Zimmer gemietet, um mir ein paar Tage lang Porto anzuschauen. Dann hat sich an meinem ersten Abend die Gelegenheit geboten, ihr ein wenig zu helfen – tja, und nun bin ich hier.«

Der Alte nickte und sah sie prüfend an. Danach breitete sich wieder das freundliche Großvaterlächeln auf seinem faltigen Gesicht aus. Lisa konnte nicht erkennen, warum Ana vor diesem friedlichen älteren Herrn übergroßen Respekt, fast Angst zu haben schien.

»Es tut mir leid, wenn unsere Familienangelegenheiten Ihre Reisepläne durcheinanderbringen.«

»Haben sie nicht, keine Sorge. Ich wollte ohnehin den Douro hinauffahren, natürlich Peso da Régua als Hauptstadt des Weingebiets und später auch noch Pinhão besichtigen.«

»Wie schön! Mit den beiden Orten haben Sie eine gute Wahl getroffen. Ich nehme an, Sie haben sich vor Ihrer Reise schon kundig gemacht, was sich am Douro anzusehen lohnt?«

»Ein wenig.«

Er nickte und lächelte.

»Wenn Sie die Zeit finden und Lust haben, würde ich mich sehr freuen, wenn Sie mich in meinem bescheidenen Zuhause in den Weinbergen oberhalb von Pinhão besuchen würden. Eine Visitenkarte habe ich leider nicht, aber fragen Sie in Pinhão einfach nach – man wird Ihnen ganz bestimmt den Weg zu meinem Haus beschreiben.«

»Sehr gern, danke für das freundliche Angebot.«

»Meine Enkelin, meine Großnichte und ich treffen uns heute hier, um einige unangenehme Dinge zu besprechen. Dinge, die unsere Familie betreffen – und Ana hat Sie als ihre Begleiterin am Telefon angekündigt. Deshalb gehe ich davon aus, dass Sie über die Ereignisse im Vorfeld unserer Besprechung im Bilde sind. Entschuldigen Sie bitte, wenn ich so direkt frage: Wissen Sie, was heute Nacht hier im Lokal vorgefallen ist?«

»Ana hat erzählt, dass es in der Küche gebrannt hat.«

Der Alte nickte und behielt Lisa im Blick.

»Und sie hat Ihnen auch erzählt, was im *Triângulo* geschehen ist?«

»Das habe ich ja gewissermaßen hautnah miterlebt: die zerstoßenen Rasierklingen in den Vorräten und das, was der Einbrecher in der Nacht auf gestern hinterlassen hat.«

Dom Luis musterte Lisa jetzt noch eine Spur aufmerksamer.

»Was wissen Sie über den Tod von Anas Eltern?«

»Dass sie durch einen Autounfall ums Leben kamen, auf einem kurzen Stück Nationalstraße zwischen Autobahnausfahrt und dem Stadtrand von Peso da Régua.«

»Hat Ana Ihnen die Stelle gezeigt?«

»Nein, wir sind heute früh am Fluss entlanggefahren.«

Luis Pleider hob die Augenbrauen.

»Ich hätte darauf gewettet, dass meine Großnichte so lange wie möglich schläft und dann die Autobahn nimmt.«

Er lachte heiser.

»Das war wohl auch der ursprüngliche Plan, aber nach den Ereignissen in Porto haben wir heute Nacht beide nicht so gut geschlafen, und irgendwann haben wir aufgegeben und sind früher als geplant losgefahren.«

»Was wissen Sie noch über den Tod von Maria und Augusto?«

»Wissen ist das falsche Wort, fürchte ich ... Etliche von Anas Freunden sind davon überzeugt, dass ihre Eltern nicht durch ein tragisches Unglück ums Leben kamen.«

»Sondern?«

»Dass jemand entweder das Auto manipuliert oder die beiden von der Nationalstraße abgedrängt hat.«

Dom Luis sah sie an, als wolle er aus ihrer Miene lesen, was sie selbst von solchen Gerüchten hielt, aber sie versuchte, möglichst neutral zu blicken. Schließlich beendete er seine Prüfung und lächelte.

»Ich freue mich, dass Sie an unserer kleinen Unterredung teilnehmen, Senhora Lisa.«

Er nickte, dann wurde seine Aufmerksamkeit abgelenkt: Madalena und Ana kamen herein und brachten Kaffee mit, je einen Curto für Dom Luis und Ana, je einen Milchkaffee für Lisa und Madalena. Dom Luis wartete, bis jeder einen Schluck getrunken hatte.

»So kann es nicht weitergehen«, sagte er dann. »Die Lubke-Sippe lässt keine Gelegenheit aus, uns zu piesacken. Und ich für meinen Teil bin überzeugt, dass auch hinter den jüngsten Ereignissen die Lubkes stecken. In Porto wollen sie sich Anas Lokal unter den Nagel reißen, warum auch immer. Sie haben dort eigentlich schon genug Restaurants, und ohne dir zu nahe treten zu wollen: Das *Triângulo* befindet sich am Fluss sozusagen in zweiter Reihe – für mich wäre das Lokal nicht die erste Wahl, wenn ich mich zum Obergastronomen in der Ribeira aufschwingen wollte. Und hier in Régua ist das *Cacho de prata* vor allem diesem Lubke-Schnösel ein Dorn im Auge, der droben in den Weinbergen sein Nobelrestaurant eröffnet hat und unbedingt einen Stern haben will.«

Madalena wollte protestieren, aber Dom Luis hob die Hand, und sie blieb stumm. Eben noch hatte sich Lisa gefragt, warum Ana vor diesem liebenswürdigen alten Mann Angst hatte – doch diese herrische Geste, vollführt in einem Selbstverständnis, als könne niemand ernsthaft erwägen, sich einer solchen Anweisung auch nur ansatzweise zu widersetzen, ließ sie erahnen, was Ana in ihrem Großonkel sah.

»Diese bösen Streiche, die euch, Madalena und Ana, zuletzt angetan wurden, wären es im Grunde genommen nicht wert, dass wir uns darüber ernsthaft den Kopf zerbrechen. Normalerweise würde ich zwei oder drei meiner Mitarbeiter losschicken, und sie würden den Handlangern der Lubkes oder gleich den Herrschaften selbst nahelegen, diesen Unfug doch bitte sein zu lassen. Ich bin sicher, dass sie den Fingerzeig verstehen und meiner Bitte nachkommen würden.«

Er lächelte, diesmal nicht sehr freundlich, und Lisa lief es kalt den Rücken hinunter.

»Doch leider sind diese ... Streiche nicht der Beginn, sondern meiner Überzeugung nach die unwürdige Fortsetzung eines regelrechten Feldzugs gegen unsere Familie.«

Seine Stirn legte sich in Falten, und sein Gesicht wirkte nun sehr betrübt.

»Wie auch Sie, cara Senhora Lisa, wissen, hat unsere Ana vor wenigen Wochen ihre Eltern verloren, nur einen guten Kilometer von hier entfernt. Das war ein schwerer Schlag für uns alle. Anas Vater Augusto war sehr beliebt in der Familie, obwohl er kein Pleider war. Er stammte ursprünglich aus Lissabon, hat aber das *Triângulo* auf eine Weise zu neuem Erfolg geführt, dass wir alle nur den allergrößten Respekt vor ihm empfinden konnten.«

Er nickte Ana zu, die mit den Tränen zu kämpfen hatte.

»Ich freue mich, cara Senhora Lisa, dass Ana Ihnen das alles anvertraut hat – und ich glaube, sie hat eine wirkliche Freundin in Ihnen gefunden, worüber ich mich ebenfalls sehr freue. Freunde können wir alle in diesen Zeiten gut brauchen.«

Er legte seine Hand auf den Arm von Madalena, die neben ihm saß.

»Auch meine Enkelin hat ihren Vater verloren, ebenfalls

102

durch einen ... nun ja ... Autounfall. Vor zwei Jahren. Der Verlust meines Sohnes hat eine große Lücke in unser aller Leben gerissen. Und auch was den Tod von Madalenas Vater betrifft, glauben manche, dass sich dieser Unfall nicht einfach so ereignet hat.«

Madalena starrte vor sich auf die Tischplatte. In ihr arbeitete es.

»Ich bin einer dieser Menschen«, fügte Dom Luis nach einer kleinen Pause hinzu. »Und sosehr ich mir wünsche, mit dieser tragischen Geschichte meinen Frieden machen zu können: Der Umstand, dass unsere Familie nach diesen fürchterlichen Todesfällen immer noch nicht in Ruhe gelassen wird, macht mich wütend.«

Er räusperte sich und schien um Fassung zu ringen. Seine Empörung wirkte echt, aber nach ein paar tiefen Atemzügen hatte er sich wieder im Griff und fuhr mit ruhigerer Stimme fort.

»Es ist an der Zeit, dass wir diesem Treiben ein Ende setzen. Ich bin überzeugt davon, dass wir diesen Ärger der Familie Lubke zu verdanken haben, aber ich werde Beweise suchen lassen, die auch den letzten Zweifel an ihrer Schuld ausräumen. Und dann werde ich Maßnahmen ergreifen, die diesen Spuk beenden. Ein für alle Mal.«

Ana wirkte sehr angespannt. Lisa sah sie fragend an, aber der Blick der jungen Wirtin hing gebannt am Gesicht ihres Großonkels. Auch die Art, wie Madalena ihn nun ansah, legte nahe, dass diese »Maßnahmen« nichts Gutes verhießen.

»Wir werden allerdings noch ein wenig Geduld aufbringen müssen«, sagte Dom Luis. »Um wirklich jeden Zweifel auszuräumen, werde ich keinen meiner Mitarbeiter mit den Nachforschungen betrauen können – ich werde jemanden hinzuziehen müssen, den die Lubkes auf keinen Fall kennen. Jemanden, der sich unauffällig erkundigen kann, ohne dass diese Sippe sofort erkennt, von welcher Seite ihnen da auf die Finger geschaut wird. Ich lasse derzeit schon einige alte Kontakte spielen und hoffe, dass mir bald jemand empfohlen wird, der sich für diese Aufgabe eignet.«

Madalena und Ana wirkten nicht sehr glücklich mit dem Plan, den der Patriarch ihrer Familie gefasst hatte. Lisa dagegen fand das alles zu spannend, um sich nun noch zurückhalten zu können.

»Vielleicht«, setzte sie an, »vielleicht kann ich da helfen.«

Der Alte lächelte sie etwas mitleidig an.

»Das ist nett von Ihnen, cara Senhora Lisa, aber die Aufgabe ist dann doch zu heikel, als dass ich Sie damit belasten möchte. Und derjenige wird vermutlich auch in gefährliche Situationen geraten, in denen ... wie soll ich sagen ... eine gewisse körperliche Robustheit durchaus hilfreich sein könnte.«

»Nein, Dom Luis, Sie haben mich falsch verstanden.«

Luis Pleider stutzte, dann sah er seine Großnichte fragend an.

»Ich habe wohl mal erwähnt, Onkel«, sagte Ana mit schuldbewusster Miene, »dass du hier in der Gegend ... äh ... von manchen so genannt wirst.«

»Entschuldigung, Senhor Pleider«, beeilte sich Lisa hinzuzufügen, »ich wollte Ihnen nicht zu nahe treten, ich ...«

Das Gesicht des Alten entspannte sich wieder, und schließlich verzog sich sein Mund zu einem Grinsen.

»Nein, nein, Senhora Lisa, bleiben Sie ruhig dabei. Meine Großnichte hat schon recht mit dem, was sie Ihnen vermutlich in Wirklichkeit gesagt hat: Ich werde ganz gern als Dom Luis angesprochen.«

Ana atmete hörbar auf, und auch Lisa war froh, dass sich die Spannung im Raum wieder verflüchtigt hatte. Madalena allerdings sah betont zur Seite, und es fiel Lisa erst nach genauem Hinsehen auf, dass sie sich mit viel Mühe ein Lachen verkniff. Luis Pleider tat so, als bemerkte er es nicht.

»Aber reden Sie doch bitte weiter, Senhora Lisa.«

»Ich ... ja, ich könnte Ihnen vielleicht jemanden empfehlen.«

»Ach?«

»Ich denke an einen Deutschen namens Fred Hamann, der zurzeit eine Security-Firma in der Toskana betreibt. Er verfolgt seine Ziele in erster Linie pragmatisch, und wenn es die Situation erfordert, geht er auch einmal eher unkonventionelle Wege. Ich meine, ihm ist nicht immer am wichtigsten, was das Gesetz ... nun ja ...«

»Ich glaube, ich habe Sie schon verstanden. Und dieser Senhor Fred ... woher kennen Sie ihn?«

»Ich hatte schon zweimal mit ihm zu tun, und ich habe seither guten Grund, ihm blind zu vertrauen.«

Dom Luis sah sie an und wartete, und schließlich rückte Lisa vollends mit der Sprache heraus.

»Ich bin Reisejournalistin und schreibe nebenbei Kriminalromane. Im Moment sieht es sogar danach aus, dass das Schreiben der Romane bald mein Hauptberuf sein wird und dass ich Aufträge für Reisereportagen nur noch als Zubrot annehmen werde. Deswegen bin ich immer interessiert an echten Kriminalfällen, gewissermaßen als Inspiration für meine eigenen Bücher – und in zwei solcher Fälle durfte ich

105

in gewisser Weise mitermitteln, und beide habe ich schon als Anregung für Krimis genommen.«

Luis Pleider musterte sie, aus seinem Gesichtsausdruck wurde sie nicht recht schlau, deshalb schob sie schnell nach: »Natürlich habe ich in meinen Romanen alle Namen und Lebensumstände der handelnden Figuren geändert und den realen Vorbildern – wenn überhaupt – nur sehr frei nachempfunden.«

»Na ja«, sagte der Alte und sah dabei eher vergnügt als abgeschreckt aus, »die Lubkes müssen Sie nicht groß verfremden – Hauptsache, sie kommen in Ihrem Krimi schlecht weg.«

Er lachte, nahm sich ein Törtchen und biss die Hälfte ab. Kauend sah er Lisa in die Augen. Schließlich schien er eine Entscheidung getroffen zu haben.

»Jetzt mal im Ernst, Senhora Lisa. Hätte dieser Senhor Fred denn Lust und auch Zeit, uns zu helfen?«

»Ich müsste ihn fragen.«

»Tun Sie das. Und da er eine Firma hat, für die er während seiner Abwesenheit eine Lösung finden muss, würde ich dafür sorgen, dass er finanziell ausreichend entschädigt wird. Wenn er mag, darf er gern selbst eine Summe nennen, die er für angemessen hält – ansonsten kann ich Ihnen versichern, dass auch ich den Aufwand, der ihm vergütet werden muss, in einer Höhe veranschlagen werde, die ihn nicht enttäuschen wird.«

»Ich kann ihn gleich anrufen«, bot Lisa an.

»Sehr schön. Und ...« Er beugte sich ein wenig zu ihr hin. »Falls Sie uns ebenfalls helfen möchten, würde ich mich auch Ihnen gegenüber erkenntlich zeigen. Sie haben ja sicher auch Auslagen und ...«

Nun hob Lisa die Hand. Ana sah sie entgeistert an, weil ihr Großonkel auf die Geste hin tatsächlich mitten im Satz verstummte.

»Ich würde Ihnen wirklich gern helfen«, sagte Lisa davon unbeirrt, »aber aus freien Stücken und ohne dafür bezahlt zu werden. Und Sie halten mich im Gegenzug über alles auf dem Laufenden, genauso wie Ihre Enkelin und Ihre Großnichte. Und sollte aus dem, was ich hier zusammen mit Ihnen und Ihrer Familie erlebe, tatsächlich einmal ein Kriminalroman werden, stimme ich gern mit Ihnen ab, was ich in meiner Geschichte verwenden darf und was nicht. Meine Krimis sollen ja unterhalten und niemandem schaden.«

Dom Luis blinzelte, und Ana befürchtete schon, dass ihr Großonkel der vorlauten Deutschen ordentlich über den Mund fahren würde. Aber er schwieg und musterte Lisa mit wachsendem Interesse. Dann gingen seine Mundwinkel nach oben, und er streckte die rechte Hand aus.

»Ich glaube, wir sind im Geschäft, Senhora Lisa«, sagte er und wandte sich an seine Großnichte. »Vielleicht solltest du dir ein Beispiel an deiner neuen Freundin nehmen, cara Ana. Es ist erfrischend, wenn mir mal jemand anderes widerspricht als immer nur meine widerspenstige Enkelin.«

Er zwinkerte Madalena zu, die breit grinsend am Tisch saß. Dann wurde Luis Pleider wieder ernst und wandte sich an Lisa.

»Aber eine Bitte: Sobald jemand von meinen Leuten mit im Raum ist, reden Sie anders mit mir, ja?«

Lisa lächelte und deutete eine Verbeugung an.

»Selbstverständlich, Dom Luis.«

107

– CINCO –

Dom Luis aß noch eine Kleinigkeit mit den drei Frauen, dann verließ er das Lokal, um – wie er sagte – einige Vorbereitungen zu treffen. Der Chauffeur ließ den Jaguar mit schnurrendem Motor und im Schritttempo vom Hof rollen.

Kaum war der Wagen nicht mehr zu sehen, machte sich Madalena auch schon daran, für Ana und Lisa Zimmer herzurichten. Dom Luis hatte zuerst vorgeschlagen, dass Lisa nicht hier, sondern auf dem Weingut von Freunden untergebracht werden sollte, damit sie möglichst niemand zusammen mit Mitgliedern der Familie Pleider sehen würde – aber Lisa war ja mit Ana angereist, konnte also auf der Fahrt durch die Innenstadt durchaus schon mit ihr zusammen im Wagen gesehen worden sein. Also einigten sich alle darauf, dass Lisa ebenfalls in Madalenas Haus wohnen würde. Fred dagegen, falls er helfen würde, sollte auf dem Weingut einchecken und sich nur im Geheimen mit Dom Luis, Lisa und den anderen treffen.

Lisa erreichte Fred auf dem Handy, schon nach dem ersten Klingeln ging er dran. Die Geschäfte in der Toskana liefen offenbar zu seiner Zufriedenheit. Er hatte genügend lukrative Aufträge und inzwischen auch ein schlagkräftiges Team beisammen, das sich um alles kümmerte. Dann ließ er durchblicken, dass es in gewisser Weise fast zu gut lief für seinen Geschmack.

»Es ist alles so gut geregelt hier ... Meine Leute bräuchten mich eigentlich gar nicht mehr. Also kann ich mich in Ruhe auch um den ganzen Bürokram kümmern.«

Sein Tonfall klang viel weniger erfreut als die Worte selbst. Dementsprechend rannte Lisa mit ihrer Bitte um Hilfe offene Türen ein.

»Klingt gut«, sagte Fred, als sie ihm alles Nötige erzählt hatte.

»Sie sind also interessiert?«

»Na klar!«

»Gut, dann müssten Sie nur noch klären, wann Sie frühestens hier sein könnten. Wollen Sie mich anrufen, sobald Sie da mehr wissen?«

»Am besten bleiben Sie kurz dran, das ist schnell geklärt.«

Er drückte das Gespräch kurz weg, ließ sie aber keine zwei Minuten warten.

»Okay«, sagte er fröhlich, »ich werde noch ein paar Telefonate führen müssen, aber dann kann ich packen. Wenn nichts dazwischenkommt, sitze ich morgen im Flieger nach Porto. Geben Sie mir am besten die Adresse in Peso da Régua durch. Ich buche einen Mietwagen mit Navi, dann sollte ich das ohne Probleme finden.«

»Sie müssen sich nicht um einen Mietwagen kümmern. Dom Luis wird Ihnen bestimmt ein Auto stellen, das steht dann für Sie am Flughafen bereit. Ich gebe ihm Ihre Handynummer, dann kann er Ihnen alles Weitere mitteilen.«

Madalena und Ana nahmen die Nachricht, dass der von Lisa so gelobte Fred ihnen helfen würde, freudig auf. Dann machten sie sich daran, die nächsten Schritte zu planen. Madalena hatte einige ihrer Mitarbeiter angerufen und sich so die Zeit bis nach dem Mittagessen freigeschaufelt. Zuerst wollte sie dem Immobilienmakler Ernesto einen Besuch abstatten, vielleicht konnte sie ihm einen Hinweis entlocken, ob er ihr Haus auf eigene Rechnung kaufen wollte – oder ob er dafür einen Auftraggeber hatte, und falls ja, wen. Ana und Lisa wollten die Werkstatt aufsuchen, in die der Abschleppdienst das Wrack des Autos von Anas Eltern gebracht hatte. Vielleicht konnte sich einer der Mechaniker noch an etwas erinnern, was ihm womöglich an dem Unfallwagen aufgefallen war. Gegen Mittag wollten sie sich in der Wohnung über dem *Cacho de prata* treffen, um zu schauen, was als Nächstes zu tun war. Danach würde sich Madalena um ihr Lokal kümmern, und die beiden anderen würden weitere Erkundigungen einziehen.

Die Werkstatt, deren Adresse Madalena ihnen notiert hatte, lag nicht weit von der Unfallstelle entfernt am nördlichen Stadtrand von Régua, direkt an der Nationalstraße, von der das Ehepaar Bermudes abgekommen war. Lisa fuhr zunächst langsam an der Werkstatt vorbei und dann das kurze Stück weiter bis zur Unfallstelle.

»Dort vorne«, sagte Ana. »Am besten fährst du hier links ab, direkt nach der Abzweigung kommt ein kleiner Feldweg – dort habe ich meinen Wagen auch immer abgestellt, wenn ich hier war.«

Lisa sah Ana fragend an, die mit den Schultern zuckte.

»Na ja, immerhin war das am Anfang so was wie ihre Grabstelle«, erklärte sie. »Hier habe ich mich ihnen nahe gefühlt, bis die Polizei ihre Leichen zum Begräbnis freigegeben hat.«

Von dem Feldweg waren es nur etwa hundert Meter bis zur Unfallstelle. Die Leitplanke war dort noch immer beschä-

111

digt, und auf dem Hang darunter konnte man am aufgewühlten Erdreich erkennen, wo der Wagen sich überschlagen hatte und schließlich liegen geblieben war. Lisa konnte
sich gut vorstellen, dass so etwas niemand überlebte – und
dass auch ein Fahrzeug nach einem solchen Absturz völlig
demoliert sein musste. Wenn Anas Eltern auf dem Weg nach
Régua gewesen waren und die Autobahn genommen hatten,
waren sie fünfzig, sechzig Meter von hier entfernt aus dem
Tunnel gekommen und hatten zu Beginn einer lang gezogenen Linkskurve die Kontrolle über ihr Auto verloren.

Sie sah sich um. Es gab kein Wohnhaus in der Nähe.
Gegenüber stand ein niedriges Häuschen mit Flachdach, das
wie ein alter Lagerschuppen aussah. Direkt darüber am
Hang stand ein Bürocontainer, der neuer wirkte. Links da-
von waren auf einer Plattform Lastwagen, Omnibusse und
Pkw abgestellt.

Ana war ihrem Blick gefolgt.

»Das ist ein Gebrauchtwagenhändler, der aber der Polizei
zufolge nichts von dem Unfall mitbekommen hat.«

»Na gut, wir können ihn ja trotzdem noch einmal befra-
gen.«

Ansonsten waren rundum nur Weinberge zu sehen, und
die nächsten Bauernhöfe und die ersten Wohnhäuser von
Régua waren zu weit entfernt, als dass jemand dort etwas
zum Hergang des Unfalls hätte sagen können.

»Wie sind denn deine Eltern nach Meinung der Polizei
von der Straße abgekommen?«

»Die Beamten hier in Régua hielten es für möglich, dass
mein Vater zu schnell gefahren ist – was ich mir nicht vorstellen kann. Er war ein sehr vorsichtiger Fahrer. Wenn ich
mit ihm unterwegs war und wir es eilig hatten, habe ich

112

mich immer ans Steuer gesetzt. Sie sind jedenfalls dort aus dem Tunnel gekommen, und die Polizei nimmt an, dass mein Vater durch das plötzliche helle Tageslicht geblendet wurde und deshalb die Kurve nicht richtig erwischt hat.«

»Um wie viel Uhr hat sich der Unfall denn ereignet?«

»Morgens gegen halb neun. Meine Eltern sind ... waren im Gegensatz zu mir richtige Frühaufsteher. Für die war es kein Problem, sich schon für neun Uhr hier in der Gegend zu einer Besprechung zu verabreden.«

Lisa schaute zum Himmel hinauf.

»Die Straße verläuft hier ziemlich genau in Richtung Westen – also kann dein Vater morgens schon mal nicht direkt von der Sonne geblendet worden sein. Und zu schnell gefahren ist er deiner Meinung nach auch nicht. Warum also könnte er hier von der Straße abgekommen sein?«

»Das alles hat Janira ihre hiesigen Kollegen auch gefragt. Letztendlich konnten die sich das nicht anders erklären, als dass er entweder doch zu schnell war oder übermüdet – nach eineinviertel Stunden Autofahrt so früh am Morgen. Aber wie gesagt, meine Eltern waren fast jeden Tag schon zwischen fünf und sechs Uhr auf den Beinen, und die waren dann auch gleich so fit, dass ich es als Jugendliche kaum ausgehalten habe.«

»Und das hast du der Polizei auch alles so gesagt?«

»Natürlich, es kamen noch am Todestag meiner Eltern zwei Beamte von der Polizei in Porto bei mir im *Triângulo* vorbei. Aber ich hatte den Eindruck, dass die beiden das ohnehin schon als normalen Verkehrsunfall abgehakt hatten und damit möglichst wenig Arbeit haben wollten. Sie haben ihre Fragenliste abgearbeitet, und dann waren sie schon wieder weg. Madalena hat ja vorhin von dem Polizis-

113

ten erzählt, der gestern Nacht keine Lust hatte, nach der Brandstiftung irgendwelche Spuren zu sichern – solche Leute gibt es natürlich auch in Porto.«

»Und was haben sie gemeint, als du deinen Vater als vorsichtigen Autofahrer beschrieben hast, der morgens hellwach ist?«

»Sie hielten es für möglich, dass mein Vater gesundheitliche Probleme hatte. Dass er vielleicht einen Herzinfarkt erlitten haben könnte, als er mit dem Wagen hier entlangfuhr.«

»Hatte dein Vater solche Probleme?«

»Ja, er hatte in den vergangenen Jahren ein paarmal einen Schwächeanfall, meistens war es mit ein bisschen Ausruhen getan, aber einmal erlitt er auch einen leichten Herzinfarkt. Das ist etwa ein Jahr her, er war ein paar Tage im Krankenhaus, danach war er wieder auf dem Damm. Und natürlich wollte er es nicht wahrhaben, dass er von nun an eigentlich etwas kürzertreten sollte. Na ja, er war halt ein Dickschädel und konnte schlecht delegieren. Als er und meine Mutter dann plötzlich nicht mehr da waren, stand ich ganz schön unter Strom. Zwar habe ich von klein auf im Lokal geholfen, aber das ist natürlich etwas anderes, als ein Restaurant ganz allein zu betreiben.«

»Noch einmal zurück zu dem Unfall: Könntest du dir vorstellen, dass dein Vater am Steuer einen weiteren Herzinfarkt bekommen hat?«

»Als die Polizisten mir die Nachricht vom Tod meiner Eltern überbracht und mich gleich anschließend befragt haben, konnte ich es gar nicht glauben. Dann kam Clemente mit seiner Verschwörungsgeschichte. Er wollte mitbekommen haben, dass mein Vater bedroht worden sei –

davon wusste ich aber nichts, also habe ich ihm auch nicht geglaubt, dass etwas anderes als ein tragischer Unglücksfall hinter dem Tod meiner Eltern stecken könnte. Als die Polizisten erfuhren, dass mein Vater schon mal Herzprobleme hatte, waren sie erst recht in ihrer Meinung bestärkt, dass es sich um einen Unfall handelte, an dem kein anderer beteiligt war. Und als ich so langsam begriff, dass meine Eltern nicht mehr lebten, schien es mir auch die naheliegendste Erklärung, dass mein Vater am Steuer einen Infarkt erlitten hatte.«

»Weißt du noch, wann die gesundheitlichen Probleme deines Vaters angefangen haben?«

Ana dachte nach.

»Genau kann ich es nicht sagen, aber ich glaube, es ging vor etwa sechs oder sieben Jahren los.«

»Könntest du dir vorstellen, dass es damals einen konkreten Auslöser gegeben hat? Besonders großer Ärger oder Überarbeitung, was weiß ich?«

»Viel gearbeitet hat er schon immer, aber ich habe ihn nie darüber jammern hören. Ohnehin war er keiner, der ständig davon geredet hat, wie viel Stress er hatte. Er liebte seinen Beruf, und es machte ihm nichts aus, auch mal länger und härter für das *Triângulo* zu arbeiten. Und wenn es mal eng wurde mit Terminen, war er der Einzige von uns allen, der das gut weggesteckt hat. Ich hatte allerdings den Eindruck, dass er sich in den vergangenen Jahren mehr Sorgen gemacht hat als früher.«

»Weißt du, warum?«

»Nein. Er hat nie darüber gesprochen, zumindest nicht mit mir. Und wenn ich ihn mal gefragt habe, weil er keinen guten Eindruck auf mich machte, hat er abgewiegelt und gemeint, dass alles in bester Ordnung sei. Er hat das alles in sich hineingefressen – so erkläre ich mir im Nachhinein seine Schwächeanfälle und den Herzinfarkt.«

»Meinst du, er hatte finanzielle Schwierigkeiten?«

»Finanzielle auf keinen Fall. Das *Triângulo* ist seit Jahren eine wahre Goldgrube, trotz unserer günstigen Preise – oder vielleicht gerade deswegen. Und als ich das Lokal übernehmen musste, war ordentlich Geld auf dem Konto, und auch die Bücher wiesen gute Zahlen auf.«

»Gab es Ärger mit Partnern oder Lieferanten?«

»Mir ist nichts bekannt. Von meinen aktuellen Lieferanten kaufen wir seit Jahren, der Rest wird frisch vom Markt geholt – da ist alles bestens, und die Qualität ist tadellos.«

»Was könnten deine Eltern in Peso da Régua oder in der Umgebung gewollt haben? Du hast vorhin eine Besprechung erwähnt.«

»Mein Vater hat mir am Abend vor der Fahrt hierher zwar gesagt, dass er eine geschäftliche Besprechung habe, aber er hat kein Wort darüber verloren, mit wem er sich treffen wollte. Das war allerdings nicht ungewöhnlich für ihn, er war in geschäftlichen Dingen nicht sehr gesprächig. Ich hab also leider keine Ahnung, was sie hier wollten.«

»Wurde im Wagen etwas gefunden, das auf den Grund ihres Besuchs in Régua hingedeutet hätte?«

»Nicht dass ich wüsste. Die Polizei hat gemeint, dass das Auto völlig zerstört gewesen und anschließend auch noch ausgebrannt sei.«

»Okay, vielleicht fällt mir dazu später noch was ein. Jetzt lass uns mal zu dem Gebrauchtwagenhändler dort oben gehen.« Sie deutete auf die Plattform mit den abgestellten Fahrzeugen und dem Bürocontainer. »Vielleicht hat er doch mehr gesehen, als sich die Polizei notiert hat – oder ihm ist, wenn wir Glück haben, noch etwas eingefallen, was er damals vergessen hat.«

»Heute? Am Sonntag?«

»Versuchen können wir's ja mal.«

Sie überquerten die Straße und umrundeten das Gelände des Händlers zwischen dem Autobahnzubringer und der Landstraße nach Vila Real. An der Zufahrt war ein zweiteiliges Stahltor angebracht, dessen eine Seite weit offen stand. Dahinter waren Lastwagen mit und ohne Aufbauten zu sehen, Bagger und kleinere Transporter, dazwischen einige ältere Pkw.

Lisa und Ana hielten direkt auf den Bürocontainer zu. Das Gelände wirkte menschenleer, und die Containertür war verschlossen. Lisa lugte durch ein Fenster nach drinnen, aber auch dort war niemand zu sehen. Ein Schreibtisch direkt am Fenster war mit Papieren übersät, darauf lagen Stifte und zwei Aktenordner, und auf der einzigen freien Ecke stand ein Kaffeebecher. Weiter hinten im Raum befand sich ein zweiter Tisch, der aufgeräumter wirkte. In den Schränken und Regalen drängten sich Aktenordner, Papierstapel, zwei verkümmerte Zimmerpflanzen und eine Kaffeemaschine.

Nach hinten gingen zwei Türen hinaus, aber beide waren geschlossen. Lisa umrundete den Container einmal, aber mehr als einen ebenfalls verschlossenen Hintereingang und ein schmales Fenster, hinter dem sich dem strengen Geruch nach zu urteilen die Toilette befand, entdeckte sie nicht.

»Er scheint gerade nicht hier zu sein, schade«, meinte Lisa. »Na gut, dann versuchen wir es halt ein andermal.«

Tadeu drückte sich an die Wand, bis er hörte, wie sich die Schritte der beiden Frauen auf dem Kiesboden vor dem Container entfernten. Erst dann rückte er zentimeterweise näher an das Fenster heran und riskierte schließlich einen Blick hinaus. Niemand war mehr auf dem Hof. Tadeo eilte zur Tür, öffnete sie nur einen Spalt und schlüpfte hindurch. Die Fahrzeuge, die zwischen dem Büro und der Landstraße abgestellt waren, boten ihm gute Deckung, versperrten ihm aber auch die Sicht. Also huschte er von Fahrzeug zu Fahrzeug, bis er schließlich die Landstraße und ihre Einmündung in die Nationalstraße einsehen konnte. Auf der anderen Straßenseite wurde gerade ein Motor gestartet, und ein Auto rollte langsam aus dem Feldweg, bog nach links ab und fuhr in Richtung Régua davon.

Die beiden Frauen, die im Wagen saßen, hatte er diesmal nicht genau sehen können, aber er hatte schon ein Foto von den beiden gemacht, als sie unten an der Unfallstelle beisammenstanden. Zwei, drei Schnappschüsse sollten dem Chefe helfen können, die zweite Frau zu erkennen. Die erste kannte er ja schon: Sie war nach dem Unfall einige Male hier gewesen und hatte jedes Mal ihren Wagen auf dem Feldweg abgestellt.

Er tippte auf seinem Handy eine Kurzwahlnummer und erstattete Bericht. Dann schickte er die besten Fotos hinterher und wartete auf weitere Anweisungen.

»Mit jedem Gespräch, das wir führen, kommt mir Clemente ein bisschen weniger durchgeknallt vor«, gab Ana zu, als sie wieder unten in der Stadt waren und in die kleine Seitenstraße einbogen, die auf dem Parkplatz des *Cacho de prata* endete. Inzwischen waren hier die meisten Stellplätze belegt, und schon im Vorüberfahren hatten sie durch die Glastür gesehen, dass im Lokal ordentlich Betrieb war. Ana ging durch den Hintereingang ins Haus, gefolgt von Lisa. Durch eine Tür kamen sie vom Flur in ein Treppenhaus, in dem es zu Madalenas Wohnung im ersten Stock ging. Oben öffnete Anas Cousine nach dem ersten Klingeln und führte sie in eine gemütlich eingerichtete Wohnküche. Ana und Lisa berichteten, was sie erfahren hatten – und Madalena freute sich diebisch, dass sie dem schmierigen Immobilienmakler Ernesto Barganha mehr hatte entlocken können, als der ihr eigentlich hatte erzählen wollen. Sie hatte ihn so geschickt mit Schmeicheleien und Fangfragen umgarnt, dass sich Barganha schließlich verplappert hatte.

»Scheint ganz so, als hätte mein Großvater doch recht: Barganha ist schon länger scharf auf mein Haus, weil er hofft, es mir unter Wert abschwatzen und es danach mit einem schönen Gewinn weiterverkaufen zu können. Aber erst seit gut einem Jahr liegt ihm ein konkretes Kaufangebot für mein Haus vor – ich habe Ernesto nicht entlocken können, auf welchen Betrag sich das Angebot beläuft, nicht einmal ungefähr, aber irgendwann ist ihm rausgerutscht, dass es sich bei dem Interessenten um eine Immobilienfirma handelt, die sich auf Gastronomieprojekte in Nordportugal spezialisiert hat: Gastronomia do Norte Limitada. Mir hat der Name des Unternehmens nichts gesagt, aber mein Opa konnte auf Anhieb sagen, dass diese GN Lda. von der Familie Lubke kontrolliert wird.«

»Also steckt doch diese alte Familienfehde hinter allem?« Lisa konnte es kaum glauben.

»Bisher spricht wirklich viel dafür, dass der beinahe ausgebrochene Brand gestern Nacht mit dem Kaufangebot dieser

Firma zu tun hat«, fasste Madalena zusammen. »Entweder stecken also Leute des Lubke-Clans selbst dahinter, oder sie haben so eindrucksvoll mit ihrem Geld gewedelt, dass womöglich sogar Barganha sich zu einem Brandanschlag verstiegen hat.«

»Du meinst, er könnte das Feuer selbst gelegt haben?«

»Das eher nicht – der Junge, der mich auf den Brand aufmerksam gemacht hat, bevor er gefährlich werden konnte, meinte, der Brandstifter sei über die Mauer hinter dem Parkplatz auf die dahinter liegende Wiese geflüchtet. Da kommt ein Moppel wie Ernesto im Leben nicht hinauf. Nein, er hat höchstens jemanden angeheuert, der für ihn die Drecksarbeit erledigt.«

»Dann wäre also doch dieser Francisco Lubke verdächtig, weil er mit seinem Nobelrestaurant davon profitiert, wenn du deinen Laden zumachen müsstest, Madalena«, merkte Lisa an. »Und seine Familie besitzt die Firma, die dein Haus kaufen möchte. Du hast uns diesen Francisco als harmlos und nett beschrieben. Bist du sicher, dass du ihn nicht falsch einschätzt?«

»Ganz sicher kann man sich ja nie sein, aber wenn Francisco Dreck am Stecken hätte, würde mich das wirklich überraschen.«

»Dann schauen wir uns den Burschen doch mal an, oder was meint ihr?«

Lisa sah in die Runde, aber Madalena schüttelte den Kopf.

»Mich kennt er natürlich, und Ana hat er, glaube ich, auch schon mal gesehen. Falls du dort unerkannt hinwillst, müsstest du allein gehen – und darauf hoffen, dass weder er noch einer seiner Leute dich bisher mit Ana gesehen hat.«

120

»Gut, dann geh ich allein hin. Hat sein Restaurant heute geöffnet?«

»Er ist noch nicht so weit, dass er sich einen Ruhetag leisten kann.«

»Okay, ich ruf an und bestell einen Tisch. Ist der Typ ein Schürzenjäger?«

Madalena grinste.

»Ich stehe ja mehr auf echte Kerle wie Vin Diesel oder Dwayne Johnson. Aber Francisco ist auf seine softe Art schon ein ganz Hübscher, er ist Single, soweit ich weiß, und Abenteuern nicht abgeneigt, wenn ich es mal so ausdrücken darf.«

Lisa ließ sich die Nummer des Lokals geben und rief vom Handy aus an.

»Lisa Langer ist mein Name«, meldete sie sich und bemühte sich um einen möglichst deutschen Akzent. »Ich würde heute Abend gern ein Menü bei Ihnen genießen. Könnten Sie mir einen Tisch reservieren? Für eine Person? Zwanzig Uhr, wenn das nicht zu früh ist.«

Die Männerstimme am anderen Ende bestätigte ihre Reservierung und erkundigte sich, woher sie als Deutsche von dem Lokal wisse.

»Ihr Restaurant ist mir empfohlen worden«, erklärte Lisa. »Ihr Küchenchef scheint ja wahre Wunderdinge zu vollbringen, und vielleicht kann ich zwischendurch auch mal mit dem Chefe sprechen. Ich bin Reisejournalistin und könnte mir gut vorstellen, Ihr Lokal zu empfehlen, wenn mir der Abend im *Coroa do Douro* gefällt.«

Sie legte auf und grinste die beiden anderen an.

»So, die Angel ist ausgeworfen. Drückt mir die Daumen, dass er anbeißt.«

Madalena hatte ihr den Weg zum Restaurant *Coroa do Douro* haarklein beschrieben, trotzdem verfranzte sich Lisa auf den kleinen Sträßchen durch die Weinberge mehrmals. Die Strecke verlief nicht allzu steil den Berg hinauf, aber teils in engen Serpentinen, und ab und zu musste sie auf noch schmalere Wege abbiegen, die gerade so für die Breite ihres Wagens reichten. Immerhin, die meisten Passagen waren geteert, aber die Fahrt brauchte ihre volle Aufmerksamkeit.

Die Dämmerung war schon fortgeschritten, aber es war noch hell genug, um die nächste Kurve zu erkennen. Lisa machte sich gewisse Sorgen, wie gut sie wohl nach dem Essen in der Dunkelheit den Weg ins Tal meistern würde. Aber dann kehrten ihre Gedanken zu dem zurück, was ihr direkt bevorstand: ein feines Menü – und hoffentlich ein ergiebiges Gespräch mit dem Chef des Restaurants. Sie hatte ihren Tisch extra schon für zwanzig Uhr bestellt, eigentlich viel zu früh für portugiesische Verhältnisse, eben weil um diese Zeit im Lokal vermutlich noch nicht so viel Trubel herrschte. Und wenn Francisco Lubke so aufgeschlossen für neue Frauenbekanntschaften war, wie Madalena angedeutet hatte, sollte es ihr zumindest gelingen, ihm die eine oder andere hilfreiche Information zu entlocken.

Lisa tastete sich vorsichtig um die nächste, besonders enge Haarnadelkurve, die obendrein auf beiden Seiten von hohen Natursteinmauern eingefasst war – und dann sah sie das Lokal vor sich. Von hier aus wirkte das *Coroa* wie ein kleines, nobles Kreuzfahrtschiff, das unter voller Beleuchtung Kurs setzte. Der Weg mündete in eine herrschaftliche Auffahrt, neben der ein Bediensteter im schwarzen Anzug darauf wartete, die Autoschlüssel der Gäste in Empfang zu nehmen. Das Gebäude ruhte auf einem massiven Sockel aus denselben Natursandsteinen, mit denen in Weinbergen die Erdterrassen abgestützt wurden. Durch die großen Fenster hatte man einen atemberaubenden Blick auf die Gasträume im Inneren des Gebäudes. Spektakuläre Lichteffekte tauchten die Weinreben der Umgebung in buntes Licht. Nach hinten schob sich eine Terrasse aus dunklen Holzbohlen ein Stück in den Berg hinein, und als Lisa ausstieg, war die Luft um sie herum erfüllt von leiser, sanfter Musik.

Der erste Bedienstete half ihr galant aus dem Wagen, nahm die Schlüssel entgegen und fuhr das Auto langsam zur Rückseite des Gebäudes, wo offenbar Parkplätze für die Gäste angelegt waren. Ein zweiter Bediensteter, der wie aus dem Nichts auftauchte, verbeugte sich vor Lisa und gab ihr ein Zeichen, ihm nach drinnen zu folgen. Es ging einige flache Stufen hinauf, eine Glastür glitt zur Seite, und sie wurde an einen dritten Bediensteten übergeben, der sich ihren Namen nennen ließ und sie dann in würdevollen Schritten eine weitere Treppe hinauf und an ihren Tisch geleitete.

Der Raum war groß, aber durch geschickt platzierte Trennelemente in Bereiche von angenehmem Zuschnitt unterteilt. Die Beleuchtung, die von außen so dramatisch gewirkt hatte, erwies sich im Inneren als stimmig, edel und unaufdringlich. Auf Pflanzen war im Inneren verzichtet worden. Hier herrschten Stein und Stahl vor, hier und da waren kleine rötliche Sandsteinmauern angedeutet. Alle Tische waren stilvoll eingedeckt, aber bisher befand sich außer Lisa noch kein Gast im Restaurant.

Ihr Tisch stand direkt an der Fensterfront. Von ihrem Platz aus konnte sie wahlweise den größten Teil des Restaurants oder die umliegende Landschaft sehen. Sie setzte sich und genoss den atemberaubenden Blick auf die in satten Farben inszenierten Weinreben zu ihren Füßen und hinunter auf den Douro und auf Peso da Régua, wo nun allmählich die Straßenlaternen und die Lichter in den Häusern angingen.

Die Kellnerin brachte einen Korb mit frisch gebackenem Brot, eine Schale Oliven, ein Schälchen mit hausgemachter Knoblauchsoße und einen Teller mit Garnelen. Lisa bestellte eine Karaffe roten Hauswein und Wasser und ließ sich die Vorspeise schmecken. Die Bedienung beschrieb ihr die Gänge der beiden Menüs, die heute zur Auswahl standen, und gab ihr die Tageskarte, falls sie sich selbst eine Speisenfolge zusammenstellen wollte. Lisa entschied sich für eines der Menüs. In dem Moment, als ihr Wein eingeschenkt wurde, verstummte die leise Musik, die den Raum aus gut versteckten Lautsprechern beschallt hatte, und auf einem Klavier wurde eine romantische Melodie angestimmt. Lisa schaute sich um und entdeckte schließlich das Klavier in einer entfernten Ecke. Eine hagere Frau im schwarzen Kleid mit hochgestecktem Haar beugte sich über die Tasten und schien ganz versunken in ihre Musik. Als wären die ersten Akkorde ein Zeichen gewesen, trafen nun weitere Gäste ein.

»Ist bisher alles zu Ihrer Zufriedenheit, Senhora?«

Lisa hätte nicht sagen können, auf welchem Weg der Mann an ihren Tisch gekommen war. Sie sah ihn jedenfalls erst, als er direkt vor ihr stand. Er deutete mit einem Kopfnicken eine Verbeugung an und lächelte charmant. Ende zwanzig, gelocktes schwarzes Haar, schlank, fast grazil, und ein sympathisches, freundliches Gesicht – Francisco Lubke hatte sie sich nach Madalenas Beschreibung ziemlich genau so vorgestellt. Sie erwiderte sein Lächeln und nickte.

»Ja, sehr schön haben Sie es hier«, sagte sie auf gut Glück für den Fall, dass sie wirklich den Restaurantleiter vor sich hatte. »Ich bin schon gespannt auf das Essen – die Vorspeise jedenfalls war exzellent.«

»Ich freue mich, Senhora, wenn es Ihnen in meinem kleinen Lokal gefällt. Wenn ich mich vorstellen dürfte: Francisco Lubke, der Wirt des *Coroa do Douro*. Ich hoffe, dass wir Ihnen einen wunderschönen Abend bescheren können. Wenn Sie erlauben, würde ich nachher noch einmal an Ihren Tisch kommen, wenn ich etwas mehr Zeit habe.«

Er wies mit einer Hand vage zu den neu ankommenden Gästen hinüber.

»Sehr gern«, sagte Lisa und lächelte noch etwas netter.

»Dann bis nachher, Senhora. Und bitte zögern Sie nicht, sich an meine Mitarbeiterin zu wenden, falls irgendetwas fehlt. Cari ist eine wahre Perle, meine beste Kellnerin.«

Er lächelte ihr noch einmal zu, dann schwebte er davon.

Das Menü war erstklassig, der Service ebenso, und auch wenn die Musikauswahl der Pianistin vielleicht ein wenig fröhlicher hätte sein können, so spielte sie wirklich gut. Die Töne perlten durch den Raum, ohne aufdringlich zu wirken, und als sich Lisa entspannt zurücklehnte und den leeren Dessertteller von sich schob, kam nicht nur die Kellnerin, um den Teller abzutragen, sondern im nächsten Moment auch Francisco Lubke.

»Einen Kaffee? Oder einen Feigenschnaps? Wir haben den besten in der ganzen Gegend auf der Karte.«

»Lieber einen Kaffee, ich muss nachher noch fahren.«

Lubke gab der Kellnerin, die während seiner Worte in Hörweite stehen geblieben war, ein Zeichen, zog sich vom leeren Nachbartisch einen Stuhl heran und setzte sich.

125

»Darf ich Sie fragen, wie Sie von meinem Restaurant erfahren haben? Bisher sind wir leider noch nicht in den einschlägigen Verzeichnissen gelistet – wobei ich natürlich hoffe, dass sich das bald ändern wird.«

»Da wäre ich an Ihrer Stelle ganz zuversichtlich. Wäre ich Gourmetkritikerin: Meinen Stern hätten Sie.«

»Das ist nett von Ihnen.«

»Ich habe mich ein wenig umgehört und dabei erfahren, dass Sie hier oben in den Weinbergen vor nicht allzu langer Zeit ein ambitioniertes Lokal eröffnet haben.«

»Schön, wenn sich das allmählich herumspricht. Am Empfang hörte ich, dass Sie Reisejournalistin sind – sind Sie wegen einer Reportage hier?«

»Nein, die Reportage ist schon geschrieben«, sagte sie und deklamierte selbstironisch: »Auf den Spuren von Portugal-Krimis durch Lissabon und die Algarve ...«

Er lächelte.

»Sie sprechen ein sehr schönes Portugiesisch.«

»Oh, ist das so etwas wie die Aussage: ›Das schmeckt aber interessant‹?«

Lubke lachte leise.

»Nein, Sie haben einen deutlich hörbaren Akzent, aber er klingt toll. Sie sind aus Deutschland, nicht wahr?«

»Ja, ich lebe in Hamburg, stamme aber ursprünglich aus Stuttgart. Und die Schwaben dort mögen eine weiche Aussprache ähnlich gern wie die Portugiesen, scheint mir.«

»Ah ... Estugarda ... Es ist schön dort, ich habe eine Tante in der Nähe, die ich schon zweimal besucht habe. Sie wohnt eine halbe Autostunde außerhalb von Stuttgart.«

»Eine halbe Stunde mit dem Auto – wenn kein Stau ist?«

Er lachte.

»Ja, wenn kein Stau ist!«

Die Kellnerin brachte zwei kleine Kaffeetassen, und Lisa plauderte eine ganze Weile sehr angenehm mit Lubke. Schließlich gab ihm jemand aus dem Serviceteam ein Zeichen, und er machte Anstalten, sich zu entschuldigen.

»Posso-lhe pedir um favor?«, fragte er im Aufstehen.

»Ob Sie mich um einen Gefallen bitten dürfen? Aber sicher doch. Um welchen denn?«

»Eigentlich sind es gleich zwei Gefallen. Zunächst einmal möchte ich Sie bitten, dass Sie mich Francisco nennen.«

»Gern, und ich heiße Lisa.«

»Angenehm. Und falls Sie heute Abend noch ein wenig Zeit haben, würde ich Sie gern in unsere Bar einladen. Teresa, die Pianistin, wird dort einige Lieder singen. Fado, sehr traurig, aber auch schön. Und ich würde mich freuen, wenn Sie dabei wären.«

Lisa nickte und stellte zufrieden fest, dass sie tatsächlich gleich heute Abend noch die Gelegenheit bekommen würde, den attraktiven Chefe des *Coroa do Douro* ein bisschen auszufragen.

»Jetzt muss ich mich ums Lokal kümmern. Wir sehen uns dann später in der Bar – ist das so in Ordnung für Sie, Lisa?«

»Aber selbstverständlich. Bis dahin.«

Tadeu hatte wieder den ramponierten Pick-up genommen, den sein Chef ohnehin nicht verkauft bekommen würde, weil er einfach zu viel Sprit verbrauchte und obendrein noch Öl verlor. Aber für seine Zwecke war die Karre ideal. Er musste nicht darauf achtgeben, ob er im Dunkeln an einem Mäuerchen hängen blieb, er kam auf allen Straßen und

Feldwegen gut durch und, wenn es sein musste, auch querfeldein. Und er fiel niemandem auf, weil viele Weinbauern solche alten Pick-ups fuhren.

Dass er auf dem Weg hinauf in die Weinberge plötzlich den Mietwagen vor sich sah, mit dem heute Vormittag die beiden Frauen davongefahren waren, die auf dem Gelände seines Chefs gewesen waren, das war purer Zufall. Und er staunte nicht schlecht, als sich herausstellte, dass die Frau am Steuer offenbar dasselbe Ziel hatte wie er. Auf den schmalen Wegen hangaufwärts konnte er genug Abstand halten, um nicht aufzufallen, und zur Sicherheit ließ er die Scheinwerfer des Pick-ups ausgeschaltet. Auf diesem Weg kannte er ohnehin fast jede Kurve und jedes Schlagloch.

Am letzten Wegstück zum Restaurant lenkte er seinen Wagen auf die Wiese neben dem Sträßchen, rumpelte noch ein paar Meter über freies Gelände, wendete und fuhr rückwärts zwischen zwei Büsche, sodass die Zweige das Fahrzeug fast vollständig verbargen. Dann stieg er aus und schaute zum Restaurant hinauf. Die Auffahrt vor dem *Coroa do Douro* konnte er von hier aus nicht sehen, aber die Straße endete dort, also konnte die Frau nirgendwo anders hingefahren sein.

Er behielt den verglasten ersten Stock des Lokals im Blick, und als er an einem der Fenster eine Bewegung wahrnahm, zog er sein kleines Fernglas aus der Jacke. Ja, an einem kleinen Tisch direkt an der Fensterfront nahm die Frau aus dem Auto Platz und unterhielt sich mit der Kellnerin.

Tadeu überlegte, ob er diese Information schon weitergeben sollte, aber dann entschied er sich, erst anzurufen, wenn er mehr zu berichten hatte. Und wenn er den Auftrag ausgeführt hatte, dessentwegen er eigentlich heute Abend hergekommen war. Er suchte sich ein gemütliches Plätzchen, von dem aus er alles sehen konnte, was vom Lokal herunterkam, setzte sich, streckte die Beine aus und nestelte seinen Tabakbeutel hervor.

Er musste nur eine knappe Stunde warten. Ein Kleinwagen schaukelte den Weg herunter, und Tadeu eilte zu seinem Pick-up, klemmte sich hinters Steuer und startete den Motor. Er ließ den Kleinwagen passieren und gab ihm sogar noch etwas Vorsprung, dann legte er den ersten Gang ein und fuhr so rasant zwischen den Büschen hervor, dass die Äste nur so gegen die Karosserie peitschten. Nach der zweiten Kehre hatte er den Wagen vor sich eingeholt. Zunächst hielt er normalen Abstand, bis sie die Stelle erreichten, die für sein Vorhaben ideal war. Dann ließ er den Motor aufheulen und näherte sich dem Kleinwagen mit zunehmendem Tempo. Als ihn nur noch zwei Meter von dem anderen trennten, steuerte er an den rechten Wegrand, touchierte den Wagen vor sich mit der Stoßstange, zog das Lenkrad in einer schnellen Bewegung scharf nach links, gab erst noch etwas Gas und stieg dann mit voller Kraft auf die Bremse.

Der Pick-up kam dicht vor der Mauer zum Stehen, die das Sträßchen links zum Hang hin begrenzte. Der Kleinwagen dagegen war durch den Aufprall außer Kontrolle geraten. Das Heck war nach links gegen die Begrenzungsmauer geschleudert worden, die Vorderräder brachen nach rechts aus, und nun schoss der Wagen auf den Abgrund zu. Im nächsten Moment war das Auto hinter der Hangkante verschwunden.

Tadeu ließ das Seitenfenster herunter und horchte. Ein lautes, hässliches Knirschen war zu vernehmen. Jetzt hatte er Feierabend. Er fuhr weiter und stellte den Pick-up am Stadtrand von Régua ab. Dann zückte er das Handy, um von der erfolgreichen Durchführung des Auftrags zu berichten. Das waren ihm die liebsten Anrufe. Man wurde gelobt, und oft wurde einem auch gleich der nächste Auftrag übermittelt. Die Frau, die zum Restaurant gefahren war, kam ihm in den Sinn. Das würde seinen Auftraggeber sicher auch brennend interessieren. Und vielleicht würde er ihn bitten zu warten, bis sie das Lokal verließ, und sie so lange zu verfolgen, bis er wusste, wo sie übernachtete.

Doch dann kam ihm Estefania in den Sinn und alles, was sie heute Abend miteinander vorgehabt hatten. Er wägte kurz ab, überschlug die Summe, die ihm die Aufträge der vergangenen Wochen eingebracht hatten, und kam zu dem Schluss, dass er es für heute auch einmal gut sein lassen konnte mit dem Arbeiten.

Er wählte die Nummer seines Auftraggebers und berichtete ihm von dem Unfall, den der Kleinwagen auf dem Weg vom *Coroa do Douro* nach Régua gehabt hatte. Am anderen Ende der Leitung erklang eine zufriedene Stimme und lobte ihn. Dann wurde die Verbindung getrennt.

Tadeu steckte das Handy weg und machte sich voller Vorfreude auf den Weg zu seiner Freundin. Und im nächsten Moment hatte er die Frau im Restaurant schon vergessen.

Natürlich kamen die beiden Männer nicht vom Flussufer her, wo auch an diesem Abend Touristen und Einheimische flanierten und die Außenbereiche der Restaurants noch immer gut besetzt waren. Sie näherten sich dem *Triângulo* durch enge Gassen und hielten sich in der Rua de Lada im Schatten der Häuser. Schließlich trennte sie nur noch eine

Hausecke vom Hintereingang des Lokals. Ein junges Pärchen verließ die Tapasbar gegenüber und schlenderte durch den Torbogen in Richtung Fluss davon. Als ihre Schritte verklungen waren, huschten die beiden Männer zur Hintertür, die Miguel an diesem Abend genauso wenig Mühe machte wie vor zwei Tagen. Doch diesmal durfte er nicht ins Haus, sondern musste draußen Schmiere stehen. An seiner Stelle ging Vicente nach drinnen, und er trug einen Beutel bei sich, der Benzingeruch verströmte. Den Weg zur Küche kannte er schon, denn wie seine Handlanger war auch er schon nachts in dieses Haus eingedrungen. Und heute musste er wenigstens keinen Bacalhau mit sich herumtragen, um ihn in den Kleiderschrank der Wirtin zu hängen.

Er tastete mit dem Licht der Taschenlampe die Küche ab. Alles lag und hing sauber und einsatzbereit an seinem Platz, die Arbeitsflächen, der Herd und das Spülbecken waren gereinigt. Das Lokal war heute geschlossen gewesen, der stinkende Stockfisch hatte wohl Wirkung gezeigt, endlich, oder vielleicht war es auch sein spontaner Einfall mit dem Toastbrot gewesen – seine ganz persönliche Francesinha sozusagen. Und musste es für eine Frau nicht besonders bedrohlich sein, in ihrer intimsten Wäsche die Spuren eines Eindringlings vorzufinden?

Vicente grinste. Er war sehr zufrieden mit sich. Der Dom wusste gar nicht, was er an ihm hatte.

Trotzdem durfte heute natürlich nichts schiefgehen. Er sah sich noch ein wenig in der Küche um. Abgesehen von mehreren Töpfen, die er mit Öl hätte füllen können, bot sich nichts an für ein Feuer – und das hatte ja schon in Peso da Régua nicht geklappt. Also ging er in den Gastraum hinüber, wählte zwei Tische in der Mitte aus, legte auf jedem von ihnen einige Servietten und Speisekarten zu einem kleinen Haufen zusammen, holte den mitgebrachten Kanister aus der Stofftasche und überschüttete sein Werk mit ausreichend Benzin.

Eine Bewegung an der Tür zum Flur, der nach hinten führte, ließ ihn herumfahren. Miguel war dort aufgetaucht und fuchtelte mit den Armen herum.

»Was ist los?«

»Da kommt einer«, presste Miguel mit gedämpfter Stimme hervor.

»Hierher, ins *Triângulo*?«

»Ich bin mir nicht sicher, aber er ist durch den Torbogen hereingekommen und sieht so aus, als wolle er in die Straße einbiegen, die hinter dem Haus vorbeiführt.«

»Ich bin ohnehin so gut wie fertig. Geh zurück auf deinen Posten, und wenn der Typ reinwill, ziehst du ihm eins über. Notfalls pfeifst du einmal kurz und laut auf den Fingern – dann weiß ich Bescheid und kann durch die Vordertür abhauen.«

Miguel wollte noch erwidern, dass er gar nicht auf den Fingern pfeifen konnte, aber Vicente sah nicht so aus, als würde ihn das im Moment interessieren. Also eilte er zurück zur Hintertür, die er zugezogen und abgeschlossen hatte, bevor er zu Vicente gegangen war. Er stellte sich ans Fenster neben dem Hintereingang, blieb in Deckung und spähte auf die Straße hinaus. Der Mann, den er seinem Kumpan gemeldet hatte, war inzwischen um die Ecke gebogen und kam ohne große Eile näher. Es war ein hagerer Typ, der wirklich das Haus von Ana Bermudes als Ziel zu haben schien. Er blieb vor dem Gebäude stehen und hob den Blick. Miguel zog sich etwas weiter in den Schatten zurück, bis er den Hageren nicht mehr sehen konnte. Dann wagte er sich wieder etwas näher ans Fenster. Plötzlich ließ ihn ein Geräusch hinter ihm herumfahren. Die Klinke der Hintertür wurde gedrückt, es wurde an der Tür gezogen, und als sie sich als verschlossen erwies, ging die Klinke wieder nach oben.

Miguel wartete noch einen Augenblick. Draußen waren Schritte zu hören. Er beugte sich ein wenig vor, konnte so aber nur einen kleinen Teil der Straße überblicken. Langsam schob er sich noch ein Stück nach vorn und sah den Hageren davongehen, beide Hände in den Jackentaschen vergraben.

Währenddessen stand Vicente vor den benzingetränkten Häufchen im Gastraum, zog eine Streichholzschachtel aus der Tasche und riss das erste Zündholz an. Er hielt die kleine Flamme an den ersten Haufen und, als dieser Feuer gefangen hatte, an den zweiten. Auch dort züngelten die ersten Flammen schnell nach oben. Er beobachtete die beiden Feuerchen noch einen Augenblick lang. Diesmal würde alles glattlaufen, davon war er überzeugt.

Er lauschte. Miguel hatte nicht gepfiffen, also war es wohl falscher Alarm und der Mann nur ein Passant gewesen, der zufällig hinter dem Lokal vorbeigekommen war. Typisch für seinen Helfer, der ihm nicht immer eine Hilfe war. Eigentlich konnte man ihm guten Gewissens nur einfache Botengänge anvertrauen. Aber manchmal war es eben doch nötig, ihm Wichtigeres aufzutragen und sich darauf zu verlassen, dass schon alles gut gehen würde. Oft genug ging es nicht gut, und die Standpauke des Dom durfte sich dann jedes Mal Vicente anhören. Miguel war ein Trottel, der ihn oft genug Nerven kostete. Vicente grinste böse. Diesmal

133

würde er ihm einen Streich spielen: Er würde sich heimlich davonmachen – sollte Miguel doch Schmiere stehen, bis er selbst merkte, dass sein Kollege längst weg war.

Vicente steckte den Kanister zurück in die Stofftasche und die Streichhölzer in die Jacke, sah sich ein letztes Mal im Gastraum um und ging dann in den Hausflur hinaus. Mit der Taschenlampe leuchtete er den Boden vor sich aus und schaltete, als er kein Hindernis vorfand, die Lampe wieder aus. Langsam zog er die Vordertür einen Spaltbreit auf. Vor der Tapasbar gegenüber standen zwei Männer beisammen, rauchten und quatschten. Sie hatten ihm den Rücken zugedreht und sahen nicht so aus, als würde sich das so bald ändern. Sonst war der Platz vor dem *Triângulo* leer. Vicente schob sich ins Freie und ließ die Tür offen stehen, um die Männer vor der Bar nicht womöglich doch noch durch ein unbedachtes Geräusch auf sich aufmerksam zu machen. Außerdem würde der Brand im Inneren durch die hereinströmende frische Luft vielleicht noch zusätzlich angefacht werden.

Schnell machte er ein paar Schritte vom Eingang weg und fiel dann in einen langsameren Gang. In aller Ruhe durchquerte er den Torbogen, wandte sich an der Uferpromenade nach rechts und schlenderte davon.

– SEIS –

Etwa zwanzig Minuten nach dem Dessert kam der Angestellte, der sie auch schon am Eingang in Empfang genommen hatte, an Lisas Tisch. Er führte sie an der entspannt improvisierenden Pianistin vorbei zu einem Aufzug und begleitete sie ins Untergeschoss. Dort brachte er sie zu einem kleinen Tisch, der in einer Nische auf einem Podest stand und von dem aus sie einen ausgezeichneten Blick auf eine kleine, ebenfalls erhöhte Bühne hatte. Der Hintergrund der Bühne war mit schwarzen Samtvorhängen ausgekleidet, in der Mitte stand ein Stativ mit Mikrofon und schräg dahinter eine akustische Gitarre auf einem Ständer. An die Bühne schloss sich ein wuchtiger Bartresen an, hinter dem ein junger Mann mit langem schwarzem Haar Zutaten für Cocktails vorbereitete, während ein Kellner neben ihm stand und Gläser polierte.

Kaum hatte Lisa Platz genommen, da eilte der Kellner auch schon herbei, um Lisas Bestellung aufzunehmen. Lisa lehnte den empfohlenen Portonic ebenso ab wie Wein oder Hauscocktail. Erst wirkte der Kellner, ein junger Bursche von kaum zwanzig Jahren, enttäuscht, doch als sie erwähnte, dass sie ja noch mit dem Wagen hinunter in die Stadt fahren musste, hellte sich seine Miene wieder auf.

»Darf ich Ihnen dann einen alkoholfreien Cocktail bringen?«, fragte er und machte eine kurze Kopfbewegung zum

Barmann hin. »Wenn Sie sich überraschen lassen wollen: Salvador hat einige tolle Rezepte auf Lager – aber zu seinem Leidwesen trinkt hier kaum jemand alkoholfrei.«

»Ja, gern«, stimmte Lisa zu, und wenig später stand das Glas vor ihr, gut gefüllt mit einer cremig aussehenden Mixtur, die Salvador mit einer Feigenscheibe und einem Stück Vanilleschote verziert hatte.

Der Cocktail schmeckte so lecker, wie er aussah, und nach der ersten Kostprobe bemerkte sie, dass der Barkeeper sie gespannt ansah. Sie setzte das Glas ab, leckte sich die Lippen und hielt einen Daumen hoch. Salvador strahlte über das ganze Gesicht.

Bald kamen weitere Besucher in die Bar. Der Raum füllte sich gut zur Hälfte, und schließlich schwang die Tür weit auf, und die Pianistin aus dem Speiseraum schritt würdevoll herein, am Arm geführt von Francisco Lubke, der sich immer wieder kurz zu ihr hinbeugte und ihr etwas ins Ohr flüsterte. Er betrat die Bühne als Erster, half der Frau im schwarzen Kleid mit einer galanten Bewegung zu sich herauf, stellte sich an den vorderen Bühnenrand und breitete die Arme weit aus.

»Liebe Freunde, verehrte Gäste, es ist so weit! Ich habe die große Ehre, die einzigartige, die unvergleichliche, die wunderbare Rouxinol anzukündigen! Bitte, meine Liebe …« Er verbeugte sich tief vor der Frau neben sich und deutete auf das Mikrofon. »Mach unseren Abend zu etwas Besonderem!« Dann ging er rückwärts zum hinteren Rand der Bühne und verschwand dort zwischen den samtenen Vorhängen.

Die Barbeleuchtung wurde gedimmt, ein Spot flammte auf und tauchte das Mikrofon in grelles Rampenlicht. Die Frau im schwarzen Kleid stand starr und stumm auf der

136

Bühne, bisher vom Strahler nur halb erfasst. Sie hatte die Augen geschlossen und schien sich zu konzentrieren. Dann schlug sie die Augen auf, ließ ihren Blick über den Zuschauerraum gleiten, nahm die Gitarre vom Ständer und streifte sich den Gurt über die schmalen Schultern. Sie trat ans Mikrofon, schloss erneut die Augen und atmete einige Male tief ein und aus. Erst ganz leise, mit jedem neuen Ton aber ein wenig deutlicher, strichen ihre Finger über die Saiten der Gitarre, melancholische Akkorde erklangen, schließlich öffnete sich ihr grellrot geschminkter Mund und …

»Sie ist fabelhaft, nicht wahr?«

Lisa zuckte zusammen. Hinter ihr stand Francisco Lubke, der ihr die Frage aus nächster Nähe ins Ohr geflüstert hatte. Die Frau im schwarzen Kleid hatte sich als Künstlernamen zwar das portugiesische Wort für Nachtigall ausgesucht – doch ihr Timbre erinnerte eher an eine Krähe. Lisa warf den anderen Gästen einen kurzen Blick zu, die meisten schienen das ähnlich zu empfinden. Schreckgeweitete Augen, peinlich berührte Gesichter und Paare, die sich entgeistert anstarrten … nur Lubke schaute ganz beseelt zur Bühne.

»Ja, sie …«, suchte Lisa nach einem Lob, das nicht zu unverschämt gelogen war und ihn trotzdem nicht vor den Kopf stieß. »Sie hat wirklich … etwas ganz Eigenes.«

Die ersten Gäste gingen, ohne dass sie etwas bestellt hatten. Ein Paar am Tisch ganz hinten ließ seine beiden Gläser stehen, obwohl sie nur ganz kurz daran genippt hatten. Rouxinol schmetterte unterdessen unbeirrt ihr erstes todtrauriges Lied zu Ende. Lubke applaudierte schon, bevor der letzte Ton verklungen war, und als er strahlend in die Runde schaute, überwanden sich auch einige der verbliebenen Gäste zu zaghaftem Beifall, der aber bald verebbte. Die Sängerin schloss erneut die Augen. Sie schien ein wenig zu schwanken und räusperte sich.

In die Stille hinein war ein leises »O Gott, die macht weiter!« zu hören. Stühlerücken, schnelle Schritte, die sich entfernten, und eine Tür, die leise ins Schloss gezogen wurde. Lisa schaute zur Bühne und lächelte höflich, aber aus den Augenwinkeln nahm sie wahr, dass Francisco Lubke peinlich berührt schien und den fragenden Blick der Sängerin mit einem Schulterzucken beantwortete.

Rouxinol senkte die Lider kurz, hob die Augen zur Decke und stimmte das nächste Lied an. Lisa konzentrierte sich auf den Text, um so vielleicht die Stimme besser ertragen zu können. Das Lied erzählte von einer Frau, die traurig auf der Dom-Luís-I.-Brücke sitzt und auf ihren Liebsten wartet – der aber Höhenangst hat und deshalb lieber eine Nachbarin aus der Ribeira von Porto heiratet.

»Diesen Fado hat sie selbst geschrieben«, raunte ihr Lubke zu.

Das glaubte Lisa sofort, verkniff sich aber jeglichen Kommentar, nickte nur und achtete weiterhin auf den Text. Dann, plötzlich, brach die Sängerin mitten im Satz ab und schaute nach und nach jedem einzelnen der Handvoll Zuschauer in die Augen, die es bis dahin in der Bar ausgehalten hatten. Wie in Zeitlupe streifte sie den Gitarrengurt ab, hielt das Instrument mit beiden Händen fest am Hals umklammert und hielt es in Richtung Publikum in die Höhe.

»Ignorante«, murmelte sie mit krächzender Stimme.

»Von wegen!«, erwiderte eine genervte Männerstimme aus dem dämmrigen Zuschauerraum. »Wir sind keine Ignoranten, sondern du bist eine Pfeife!«

»Ignorante!«, wiederholte Rouxinol, diesmal in einem markerschütternden Schrei. »Das hier ...« Sie reckte die Gitarre noch etwas mehr in die Höhe. »Das hier habt ihr überhaupt nicht verdient!«

»Da hast du wohl recht, du Heulboje!«, rief der Mann von eben. »Dass du so furchtbar rumkrähst, das haben wir wirklich nicht verdient!«

Die Sängerin richtete sich noch ein wenig auf, dann holte sie blitzschnell aus und zerschmetterte die Gitarre mit einer kräftigen Bewegung an der Bühnenkante. Abrupt wandte sie sich ab und stolzierte hocherhobenen Hauptes zum hinteren Ende der Bühne. Dort blieb sie einen Moment lang stehen, bevor sie den Vorhang mit großer Geste zur Seite schlug und aus dem Blickfeld der Zuschauer verschwand.

Francisco Lubke hatte alles mit vor Schreck geweiteten Augen verfolgt. Dann waren aus dem Bühnenhintergrund ein lautes Rumpeln und ein unterdrückter Schrei zu hören, und der junge Wirt sprang auf.

»Oje, ich ...« Er schaute zu Lisa hinunter. »Es tut mir leid, ich muss nach Teresa sehen. Es geht ihr im Moment vermutlich nicht so gut.«

»Kein Problem, Francisco, gehen Sie nur.«

»Ich bin zurück, sobald es geht. Nicht weggehen, ja?«

»Ich habe heute nichts mehr vor, da kann ich gut noch einen der alkoholfreien Cocktails Ihres Barkeepers probieren.«

»Danke«, sagte er und lächelte, dann verschwand er durch eine unscheinbare Seitentür nicht weit von Lisas Tisch entfernt.

Die Gäste in der Bar hatten den Zwischenfall größtenteils amüsiert verfolgt, nun entspannten sich alle Anwesenden und bestellten Getränke nach. Dem Mann, der Rouxinol in die Flucht getrieben hatte, prosteten einige dankbar zu, andere klopften ihm im Vorübergehen auf die Schulter, und als wenig später aus den Lautsprechern leise Jazzmusik erklang, war alles bereit für einen munteren Abend in angenehmer Atmosphäre.

»Alles klar im *Triângulo*«, sagte Henrique und setzte sich zu seinen Freunden. Clemente hatte mit einem Glas Wein auf der Terrasse des Lokals gesessen, in dem Tiago bediente, und darauf gewartet, dass der Kellner Feierabend hatte. Der hatte sich nach Dienstschluss ebenfalls ein Glas geholt und sich zu ihm gesellt. Die beiden hatten sich natürlich vor allem über Ana unterhalten und darüber, was wohl aus ihrem Lokal werden würde. Einen ersten Vorgeschmack darauf, was sich für sie alle ändern würde, falls Ana ihr Gasthaus dichtmachte, bekamen sie schon heute Abend. Und es gefiel ihnen gar nicht. Man saß schön auf der Terrasse von Tiagos Arbeitgeber, das schon, aber der Wein war teurer als im *Triângulo*, und das konnte an einem durstigen Abend einige Euro ausmachen. Und gemütlicher, familiärer war es bei Ana auch.

Henrique hatte am Vortag alle Kameras installiert, die er so schnell hatte auftreiben können, und alles auch gleich scharf geschaltet. Er hatte versucht, einen Alarm einzurichten, der ihn via Handy benachrichtigte, sobald die Bewegungsmelder der Kameras die Aufzeichnung aktivierten. Doch das entsprechende Bauteil hatte offenbar eine Fehlfunktion, und einen Ersatz würde es erst am nächsten Morgen geben. Für diesen Abend musste er sich also damit zufriedengeben, dass die Kameras zwar alles filmen, ihn aber nicht alarmieren würden. Deshalb machte er seit Einbruch der Dämmerung immer wieder mal eine Runde um das *Triângulo* und prüfte, ob am Haus auch alles in Ordnung war. Auf dem Hinweg hatte er Clemente und Tiago auf der Terrasse gesehen und angekündigt, dass er sich gleich zu ihnen setzen würde. Als er nach seiner Inspektion eintraf, stand daher schon ein zusätzliches Weinglas und eine volle Karaffe an seinem Platz, und die drei Freunde prosteten sich zu.

Nach einer Weile wurde Tiago unruhig. Er schnupperte und sah sich um.

»Na, wieder Maronenröster unterwegs?«, fragte Clemente im Spaß.

So spät hatten die Kastanienverkäufer längst Feierabend, und auch Clemente hatte seinen Ofen aufgeräumt, bevor er Tiago besuchte.

»Nein, natürlich nicht«, versetzte Tiago und hielt erneut seine empfindliche Nase in den leichten Abendwind. »Aber mir kam es gerade so vor, als würde ich Benzin riechen.«

Er schaute sich um. Pärchen gingen eng umschlungen vorbei, ein untersetzter Mann mit hoher Stirn schlenderte vorüber, eine Stofftasche in der Hand, und eine Gruppe von Gästen aus dem Nachbarlokal hatte ihren Tisch verlassen, stand nun aber noch auf der Promenade beisammen und unterhielt sich lebhaft.

»Ich riech nichts«, sagte Clemente.

»Das wundert mich nicht, bei dem Gestank, den du den ganzen Tag lang um dich hast. Aber jetzt riech ich's auch nicht mehr.«

Tiago schien davon nicht beruhigt zu sein. Er schaute erneut in alle Richtungen, und dann stand er auf.

141

»Kommt, wir schauen noch einmal nach dem *Triângulo*«, schlug er vor.

»Aber da war ich doch eben«, erinnerte ihn Henrique.

»Egal, lass uns kurz nachschauen. Nur zur Sicherheit. Das sind doch nur ein paar Schritte, und danach trinken wir unseren Wein aus.«

Er wartete die Antwort der beiden anderen nicht ab, sondern eilte voraus durch den Torbogen. Als ihn Clemente und Henrique am Ende des Durchgangs erreichten, sahen alle die Vordertür des *Triângulo* offen stehen, und dann rochen sie auch schon den Qualm.

»Mensch, Henrique!«, schimpfte Tiago. »Wo hattest du nur deine Augen? Das muss doch schon gebrannt haben, als du hier gerade nach dem Rechten geschaut hast!«

Der ärgerliche Ausruf des Kellners erregte die Aufmerksamkeit der beiden Männer, die rauchend vor der Tapasbar beisammenstanden. Sie drehten sich um und schauten erst zu den drei Neuankömmlingen und dann durch die Fenster des Lokals gegenüber.

»Schau mal, da brennt's«, sagte der eine zum anderen, mit heiserer Stimme und schwerer Zunge.

»Ja, das stimmt wohl«, lallte der andere. »Blöd, was?«

Tiago funkelte sie wütend an.

»Na los, rein da und löschen helfen!«, herrschte er sie an.

»Wir waren das aber nicht«, wehrte sich der eine der beiden Raucher. Er schnippte seine Kippe auf den Boden, zertrat sie mit dem Schuh und steckte beide Hände tief in die Jackentaschen.

Tiago winkte ab und stürmte ins *Triângulo*, wo seine beiden Freunde schon versuchten, das Feuer unter Kontrolle zu bekommen. Henrique rannte in die Küche, um einen Feuerlöscher zu holen, während Clemente die beiden Tische, in deren Platte sich das Feuer schon hineingefressen hatte, so umwarf, dass die brennenden Stellen direkt nebeneinander zu liegen kamen. Darauf zielte Henrique nun mit dem Feuerlöscher, und als die Flammen schon fast erstickt waren, warf Tiago einige Handtücher darüber, die er zuvor am Tresen mit Wasser getränkt hatte. Der ganze Raum war erfüllt von Qualm. Hustend rissen die drei Freunde alle Fenster auf.

»Vicente!«, rief eine fremde Männerstimme durch den dichten Nebel. »Was machst du denn für einen Lärm? Und warum löschst du den Brand denn gleich wieder?«

Seinem Ruf nach zu urteilen, hatte der Mann in der Küchentür gestanden, doch offenbar sofort gemerkt, dass sein Kumpan Vicente nicht mehr da war. Clemente reagierte am schnellsten, doch sein Griff ging ins Leere, denn der Fremde hatte sich schon durch den Hinterausgang aus dem Staub gemacht, gefolgt von Clemente, der unmittelbar nach ihm auf die Straße stolperte. Ohne zu zögern, lief er dem Klackern der Schuhabsätze hinterher, die sich in Richtung Westen entfernten. Er rannte schneller und schneller, und schon hatte er das Gefühl, dem anderen ein wenig näher zu kommen, da fuhr ihm ein Stich in die Seite, als habe ihm jemand ein Messer in den Leib gestoßen. Ein paar kräftige Schritte brachte Clemente noch zuwege, dann wurde das Stechen zu arg, und er gab auf. Breitbeinig blieb er stehen, beugte sich vornüber, stützte sich schwer mit beiden Händen auf die Oberschenkel und atmete keuchend. In der Ferne verklangen die Schritte des anderen, dann kam jemand von hinten heran.

»Hast du ihn nicht erwischt?«, fragte Henrique.

»Nein, leider nicht. Ich dachte eigentlich, dass ich besser zu Fuß wäre, jetzt, wo ich das Rauchen aufgegeben habe.«

»Mach dir nichts draus«, tröstete ihn Henrique und deutete hinter sich. »Zumindest haben wir den Burschen gefilmt, meine Kameras an der Außenwand müssten ihn erwischt haben. Vielleicht findet Janira seine Visage in der Polizeidatenbank.«

Als Clemente wieder zu Atem gekommen war, ging er mit Henrique um das Gebäude herum. Vor dem Hauseingang stand Tiago und sprach in sein Handy. Dann steckte er das Telefon weg.

»Ich habe Ana erreicht, sie wollte sich gleich ins Auto setzen und herkommen, aber ich habe ihr gesagt, dass sie momentan ohnehin nichts unternehmen kann – und dass wir uns erst mal um alles kümmern werden. Nun bleibt sie über Nacht bei ihrer Cousine und kommt morgen früh her. Sie will jetzt auch gleich Lisa Bescheid geben – die isst heute Abend in diesem Nobelschuppen bei Régua, vielleicht kann sie dem Chefe dort auch wegen des Brandes im *Triângulo* auf den Zahn fühlen.«

»Gut, dann rufen wir jetzt mal Janira an. Darum soll sich die Polizei kümmern.«

Lisa hatte ihr Handy auf lautlos gestellt, um das Konzert nicht zu stören, das so abrupt geendet hatte, doch es hatte den ganzen Abend über ohnehin niemand angerufen. Nun aber sah sie einen bläulichen Schimmer in ihrer Handtasche und wollte gerade rangehen, als sich die Seitentür neben ihrem Tisch öffnete und Francisco Lubke die Bar betrat. Sie steckte das Telefon weg, ohne den Anruf weiter zu beachten, und blickte dem Restaurantleiter gespannt entgegen. Er sah etwas derangiert aus: Ein Hemdknopf fehlte, sein Haar war verwuschelt, und wenn sich Lisa nicht täuschte, zeichneten sich auf seiner linken Wange die Abdrücke einer Hand ab.

»Alles in Ordnung?«, fragte Lisa.

»Na ja, geht so.« Lubke setzte ein entschuldigendes Lächeln auf. »Teresa ist recht emotional, und als ich sie nach dem abgebrochenen Auftritt beruhigen wollte, musste ich sie regelrecht schütteln. Da hat sie sich losgerissen und mir eine gescheuert.«

Er zuckte mit den Schultern und ließ seinen Blick durch die Bar streifen.

»Ich kann es ihr gar nicht wirklich übel nehmen – das Publikum heute Abend ...«

Er seufzte und lächelte Lisa erneut an.

»Wollen wir ein paar Schritte gehen?«

»Gern.«

Lisa wollte schon den normalen Ausgang nehmen, da deutete ihr Gastgeber auf die Seitentür.

»Lassen Sie uns gleich hier verschwinden. Je weniger ich von meinen anderen Gästen heute Abend sehen muss, desto besser.«

Die Tür ging auf einen schmalen Flur hinaus, der zu einem privaten Aufzug führte. Sie fuhren in die zweite Etage hinauf, wo schon ein Bediensteter bereitstand, der Lisas Jacke geholt hatte und auch eine für seinen Chef bei sich trug. Sie befanden sich auf einer Terrasse, die von einer hüfthohen Mauer umgeben war und sich zwischen der Rückseite des Gebäudes und dem Hang hinter dem Haus befand.

Die mit Natursteinen ausgelegte Fläche war weitgehend leer, nur wenige Gartenmöbel waren aufgestellt, und in einer Nische direkt im Hang war ein großer Steingrill mit hohem Kamin aufgebaut. Lubke führte Lisa an eine der Seitenmauern. Von dort aus konnte Lisa zu ihren Füßen unter dem Laubdach einer Pergola eine zweite Terrasse sehen, in stimmungsvolles Licht getaucht – jene Terrasse, die sie auf der Herfahrt hatte sehen können.

»Die Terrasse, auf der wir uns befinden, nutzen meine Mitarbeiter. Hier können sie unbeobachtet eine Pause einlegen, weil die Mauer sie vor Blicken von unten schützt und es auf dieser Seite des Hauses keine Gasträume gibt. Wir stehen gewissermaßen auf dem Dach der Bar und der kleinen Bühne, die zur Gästeterrasse gehören.«

Francisco führte sie durch einen schmalen Mauerdurchlass auf einen Pfad, der zwischen den Weinstöcken sanft den Hang hinauf verlief. Er ging ihr ein Stück weit voraus, bis sie einen etwas breiteren Weg erreichten.

»Hat es Ihnen heute Abend geschmeckt?«, fragte Lubke, als sie eine kleine Weile nebeneinander her durch die Nacht geschlendert waren.

»Sehr, Francisco, wirklich. Ihr Koch ist fabelhaft!«

»Das freut mich zu hören. Nun müssen es nur noch alle anderen erfahren, die gern gut essen, nicht wahr?«

»Da werde ich Ihnen keine große Hilfe sein können, fürchte ich. Natürlich empfehle ich Sie gern in Deutschland weiter – aber das wird sich auf meinen Bekanntenkreis beschränken müssen, denn für einen entsprechenden Artikel habe ich keinen Auftrag.«

Francisco lächelte wehmütig.

»Natürlich, Lisa. Aber lassen Sie uns von etwas anderem

reden. Sie sind mein Gast, und ich quatsche Ihnen die Ohren voll mit meinen Banalitäten ...«

»Aber nein, reden Sie nur weiter. Ich stelle mir das spannend vor, ein solches Lokal aufzuziehen und es zum Laufen zu bringen.«

»Tja, zum Laufen bringen ... das habe ich bisher leider nicht geschafft, wie Ihnen sicher aufgefallen ist. Obwohl ich mir seit der Eröffnung vor zweieinhalb Jahren viel habe einfallen lassen. Die Zahl unserer Gäste ist noch überschaubar, das Projekt ›Francisco gründet ein Sternelokal‹ schreibt immer noch keine schwarzen Zahlen.«

Er lachte leise.

»Wissen Sie, immerhin muss ich mir wegen des Geldes keine Gedanken machen. Ich stamme aus einer sehr wohlhabenden Familie, und mein Vater hält meine Idee, ein Feinschmeckerlokal zu installieren, zwar für Humbug, aber solange er nur Geld zuschießen muss, damit ich ihm nicht mehr mit meinen Träumen in den Ohren liege, nimmt er das gern in Kauf. Wobei ... er schien zuletzt ein wenig genervt davon, dass ich den Laden finanziell noch immer nicht auf Vordermann gebracht habe. Na ja, er wird es schon aushalten.«

Sie hatten einen Aussichtspunkt erreicht, der ihnen freien Blick in drei Richtungen gewährte.

»Schön, nicht wahr?«

Francisco schaute lächelnd auf die Stadt und den Fluss hinunter. Dann deutete er nach links, wo etwa einen Kilometer entfernt ein modernes Gebäude in gleißendes Licht getaucht war.

»Dort drüben sehen Sie das *Varanda da Régua* – ein sehr schönes Restaurant mit Sälen in verschiedenen Größen. Es hat eine ähnlich schöne Lage wie mein Lokal, aber es läuft deutlich besser.«

Jetzt zeigte seine linke Hand auf den westlichen Rand der Innenstadt von Régua.

»Und dort befindet sich das *Cacho de prata*, das Sie aber leider nicht sehen können, weil es sehr versteckt in einer kleinen Seitengasse liegt und von uns aus durch eine Mauer und einige Bäume verborgen wird. Gehen Sie da unbedingt auch mal essen, Lisa – das Lokal ist eines der beliebtesten im Städtchen, und es wird hervorragend geführt.«

Lisa hatte ihn währenddessen aufmerksam beobachtet, aber er schien alles wirklich genau so freundlich zu meinen, wie er es sagte. Francisco seinerseits warf ihr dabei keinen Seitenblick zu – er schien also nicht zu wissen, dass sie die Wirtin des *Cacho* nicht nur kannte, sondern dass sie ihr sogar helfen wollte.

»Ich war schon dort«, sagte sie trotzdem, nur für den Fall, dass er sich so geschickt verstellte, dass sie seinen Test nicht erkannte.

»Ah, gut!«

Er lächelte Lisa an.

»Was haben Sie gegessen?«, fragte er und wirkte ehrlich interessiert.

»Ich ... äh ...« Lisa überlegte, ob sie ihm von einem Gericht vorschwärmen sollte, obwohl sie nur für eine kalte Platte Madalenas Gast gewesen war – und entschied sich dagegen. »Ich hatte eigentlich schon gegessen und wollte beim ersten Mal nur auf ein Glas Wein ins Lokal. Dazu habe ich mir dann ein paar kalte Köstlichkeiten servieren lassen.«

»Eine Sünde, eigentlich, Lisa!«, tadelte er sie, weiterhin

148

freundlich lächelnd. »Madalena, die Wirtin, hat einen famosen Koch, und sie selbst kocht ebenfalls ausgezeichnet. Ich würde beide sofort nehmen, aber die gute Madalena ist gern ihr eigener Chef – da habe ich keine Chance, leider. Empfehlen muss ich Ihnen übrigens keines der Gerichte: Sie können im *Cacho* alles bestellen und werden in keinem Fall enttäuscht.«

»Das klingt ganz so, Francisco, als hätten Sie dort schon gegessen.«

»Aber natürlich! Ich habe die meisten Restaurants in der Umgebung ausprobiert, und die besten gleich mehrmals. Nicht nur Madalenas Lokal, sondern auch das *Varanda* dort oben – und auf halbem Weg nach Pinhão gibt es ein schönes Gourmetrestaurant direkt am Fluss, das ein Sternekoch aus Porto eröffnet hat. Aber am besten hat mir das *Cacho de prata* gefallen.«

Er lachte.

»Wissen Sie, warum das Lokal so heißt?« Er wartete ihre Antwort gar nicht ab, sondern plauderte gleich weiter: »Madalenas Vater, der das Lokal vor ihr führte, hatte schon als junger Mann graue Haare – deshalb taufte er sein Restaurant ›Silberlocke‹. Ein schöner Humor, nicht wahr?«

»Ja. Kennen Sie die Wirtin und ihre Familie denn näher?«

Ein Schatten huschte über sein Gesicht, aber das Lächeln drang schnell wieder durch.

»Madalenas Familie und meine Familie sind sich ... wie soll ich sagen ... seit sehr langer Zeit in inniger Feindschaft verbunden.«

Francisco zuckte die Schultern.

»Ich habe nicht viel übrig für Streitigkeiten und Abneigungen über Generationen hinweg. Wenn ich jemanden leiden oder nicht leiden kann, hat das mit der jeweiligen Person zu tun und nicht damit, welche Vorfahren jemand hat.«

Er seufzte.

»Das sieht mein Vater leider völlig anders.«

Das Lächeln wurde wehmütiger, Franciscos Blick ging in Richtung von Madalena Pleiders Lokal.

»Wissen Sie, Lisa, die Wirtin des *Cacho de prata* hatte schon schwere Schicksalsschläge zu verkraften. Vor vierzehn, fünfzehn Jahren starb ihre Mutter an einer heimtückischen Krankheit – und dann, vor zwei Jahren, verunglückte ihr Vater tödlich.«

Lisa musterte ihn. Er wirkte ehrlich betroffen, und als er anschließend lobte, wie gut Madalena das Lokal seither allein führe, hielt sie auch seine anerkennenden Worte für aufrichtig. Trotzdem: Einen letzten Test musste er noch bestehen.

»Aber ... und entschuldigen Sie bitte, Francisco, wenn ich das so direkt sage: Müsste es Ihnen als Geschäftsmann denn nicht in die Karten spielen, wenn Ihre Konkurrenz Probleme hat – und seien die Gründe dafür noch so tragisch?«

Francisco sah sie entgeistert an, und einen Moment lang war seine Miene abweisend. Aber dann wurden seine Gesichtszüge wieder weicher, und er schüttelte betrübt den Kopf.

»Meine Güte, Lisa, was haben Sie nur für eine fürchterliche Meinung von mir? Natürlich möchte ich erreichen, dass mein Restaurant das erfolgreichste in der ganzen Gegend wird – aber deshalb wünsche ich doch nicht meinen Kollegen die Pest an den Hals! Ich will das *Coroa* zur Nummer eins machen, weil wir am besten kochen, weil wir das

150

schönste Ambiente schaffen und weil wir mit Künstlern wie Teresa ein tolles Programm auf die Beine stellen – und nicht, weil anderen Wirten schlimme Dinge zustoßen!«

Lisa legte ihm eine Hand auf den Arm.

»Tut mir leid, Francisco, so war es natürlich nicht gemeint.«

Er nickte und wirkte schon wieder besänftigt. Francisco Lubke war offenbar genau der nette Kerl, als den ihn Madalena beschrieben hatte.

In der Nähe des Lokals wurde ein Motor gestartet, ein Auto fuhr mit durchdrehenden Rädern los und schoss mit hohem Tempo über die Straße in Richtung Tal davon.

»Um Himmels willen«, entfuhr es Francisco. »Das war Teresa – sie wird doch hoffentlich keinen Unfall bauen!«

Gespannt lauschte er in die Dunkelheit, schaute nach den Scheinwerfern des davonbrausenden Wagens, der ab und zu in ihr Blickfeld kam und gleich wieder hinter Büschen und Bäumen verschwand. In einer der Serpentinen kam das Auto kurz ins Schlingern, aber es war kein Geräusch zu hören, das darauf hingedeutet hätte, dass die Sängerin mit ihrem Fahrzeug gegen einen Baum oder eine Mauer geprallt oder in den Abgrund geschlittert war. Und als in einiger Entfernung die Rücklichter des Wagens wieder auftauchten und nun im Tal und kurz vor dem Stadtrand angelangt waren, atmete Francisco erleichtert aus.

»Gott sei Dank!«, murmelte er. »Gut, dass sie heute Abend betrunken war ...«

»Wie bitte?«

»Na ja ... nüchtern ist Teresa keine besonders sichere Fahrerin.«

Er grinste und hielt Lisa seinen rechten Arm hin.

»Wollen wir zurückgehen?«

Als die beiden ins Restaurant zurückkehrten, waren die meisten Gäste schon gegangen. Nur in der Bar hockte noch eine trinkfreudige Gruppe beisammen, die mit ihrem lärmenden Benehmen den Barkeeper nervte, ihn aber immerhin mit laufenden Bestellungen ordentlich beschäftigt hielt. Lisa hatte Francisco noch bis zur Seitentür begleitet, durch die er nur kurz die Lage peilte, bevor er den Nebeneingang wieder schloss.

»Eigentlich würde ich Sie jetzt gern noch auf einen Kaffee in die Bar einladen, aber dort ist es mir gerade zu laut. Möchten Sie ... vielleicht ... ich meine: Ich wohne über dem Lokal, und wenn es Ihnen nicht zu spät ist, lasse ich uns noch eine Kleinigkeit herrichten, und ich mache uns einen Kaffee oder ...«

Er war ins Stammeln geraten, und Lisa bemerkte amüsiert, dass sich sein sympathisches Gesicht leicht rötete.

»Das ist sehr freundlich von Ihnen«, sagte sie und lächelte ihn an. »Und ich würde sehr gern noch einen Kaffee mit Ihnen trinken, Francisco, aber ich bin so müde, dass ich wirklich froh bin, wenn ich die enge Straße hinunter nach Régua geschafft habe.«

»Natürlich, natürlich, entschuldigen Sie bitte, ich wollte nicht ...«

»Sie müssen sich nicht entschuldigen, Francisco. Ich finde Sie sehr nett und zuvorkommend, und wenn ich darf, komme ich gern in den nächsten Tagen noch einmal hier herauf in Ihr wunderbares Restaurant.«

»Aber sicher, Lisa, unbedingt! Ich würde mich sehr freuen!«

Er nestelte eine Visitenkarte aus der Hemdtasche, zauberte einen Kugelschreiber hervor und kritzelte eine Handynummer auf die Karte.

»Bitte schön, Lisa«, sagte er und hielt ihr strahlend die Visitenkarte hin. »Über diese Nummer können Sie mich immer erreichen. Sie können natürlich jederzeit auch unangemeldet kommen – aber ich würde mich freuen, wenn Sie vorher Bescheid geben, damit ich auch wirklich Zeit für Sie habe.«

»Danke.«

»Ich würde ja jetzt gern mit einem Satz protzen wie: ›Für Sie ist im *Coroa* immer ein Tisch frei‹ – aber ich fürchte, das macht nicht viel Eindruck, so schlecht, wie wir ausgelastet sind.«

Er lachte, Lisa stimmte ein, und spätestens jetzt war er in ihren Augen von jedem Verdacht befreit, auch nur das Geringste mit dem Tod von Madalenas Vater oder dem vereitelten Brandanschlag auf das *Cacho de prata* zu tun zu haben.

Francisco brachte sie zum Vordereingang, wies seinen Mitarbeiter an, Lisas Auto vorzufahren, und blieb vor dem Gebäude stehen, bis sie in den Wagen gestiegen und weggefahren war. Lisa sah ihn noch im Rückspiegel, als das *Coroa do Douro* in der ersten Kurve aus ihrem Blickfeld verschwand.

Sie war bereits ein ganzes Stück gefahren, da fiel ihr wieder ein, dass sie vorhin angerufen worden war. An der nächsten möglichen Stelle lenkte sie den Wagen auf ein flaches Stück Wiese neben dem Weg, drehte den Zündschlüssel um und spielte die Nachricht ab, die hinterlassen worden war: Ana war zu hören, mit zittriger Stimme und offenbar etwas durcheinander. Sie erzählte von einem

Brandanschlag auf ihr Lokal in Porto, der aber wohl einigermaßen glimpflich verlaufen war. Lisa sah nach, wann der Anruf eingegangen war – es war zwar schon eine Weile her, aber so aufgewühlt, wie Ana auf der Mailbox klang, war sie seither sicher noch nicht schlafen gegangen. Lisa steckte das Handy weg. Gleich würde sie Ana im *Cacho de prata* antreffen oder in Madalenas Gästezimmer, und dann konnten sie über alles reden, was sich mittlerweile in Porto ereignet hatte – und was man vielleicht auch schon über die Hintergründe wusste.

Der Abend war angenehm mild für Ende Oktober, also ließ sie die Seitenscheiben herunter und genoss die würzige Luft. Sie horchte, ob ihr auf dem engen Pfad ins Tal hinunter womöglich ein Fahrzeug entgegenkam, doch es war kein Motor zu hören. Dafür wehte eine leichte Brise ein Geräusch zu ihr, das sie nicht gleich zuordnen konnte. Es schien von der Hangkante zu kommen, an der das flache Wiesenstück endete, auf dem ihr Wagen stand. Erst dachte sie an ein maunzendes Kätzchen, aber dann schien es ihr, als habe sie einen Wortfetzen aufgeschnappt.

Lisa zog den Zündschlüssel ab, drückte die Fahrertür auf und stieg aus. Langsam näherte sie sich dem Ende der kleinen Wiese, und als sie nur noch einen Schritt von der Kante entfernt war, sah sie, dass es danach ein Stück steil nach unten ging, bevor das Gelände kurz wieder flacher wurde, um schließlich nach einer Mauer vollends steil ins Tal abzufallen.

Sie starrte in die Tiefe und versuchte trotz der Dunkelheit etwas zu erkennen. Allmählich schälten sich weit unten erste Umrisse aus den Schatten, und schließlich glaubte sie ein Auto auszumachen. Dem aufgewühlten Erdreich nach zu urteilen, hatte sich der Wagen mehrmals überschlagen und war auf der Seite liegen geblieben, mit dem eingedellten Dach gegen einen Baumstamm gelehnt, der den Sturz aufgehalten hatte. Die Fahrertür lag ein paar Meter von dem Wrack entfernt, und als Lisa in die Hocke ging, sah sie, wo der Wagen von der Wiese über die Hangkante gerutscht war. Sie kletterte vorsichtig bis zur Mauer hinunter und versuchte zu erkennen, ob sich noch jemand im Auto befand, aber dafür war es zu dunkel. Gerade suchte sie eine geeignete Stelle, um über die Mauer auf den darunter liegenden Hang zu gelangen, da hörte sie das Geräusch von vorhin wieder. Es war lauter, diesmal war deutlich die klagende Stimme eines Mannes zu erkennen.

Sie ging auf die Stimme zu und achtete darauf, weit genug von der Mauer entfernt zu bleiben, um nicht auszurutschen oder ins Leere zu treten. Nach einigen Schritten sah sie erst einen helleren Fleck vor sich auf dem Boden und dann ein schmerzverzerrtes Gesicht und eine Hand, die sich ihr entgegenstreckte. Der Mann lag gekrümmt auf der Seite und hielt sich mit der anderen Hand den Oberschenkel. Sie kniete sich neben ihn und redete beruhigend auf ihn ein, aber das Jammern riss nicht ab. Er sprach ein sehr undeutliches Portugiesisch, und als sie ihm mit der Taschenlampenfunktion ihres Handys ins Gesicht leuchtete, erschrak sie und erkannte den Grund: Seine Mundwinkel und die Lippen waren blutig und schmerzten beim Reden sicherlich, auch die Nase war aufgeschlagen und an Wangen und an der Stirn gab es ebenfalls Schürf- und Schnittwunden.

»Was ist mit Ihrem Bein?«, fragte sie und leuchtete nun auf seinen Oberschenkel, auf das Knie und – sie sog zischend die Luft ein, als sie sah, in welchem unmöglichen Winkel der Unterschenkel des Mannes abstand.

»Das sieht nicht gut aus«, sagte Lisa und sah den Mann an.

»Kann ich mir vorstellen«, brachte er mühsam heraus.

Lisa sah sich um, ob sie wohl irgendwo einen starken Ast entdecken konnte, vielleicht noch mit einer Astgabel als Auflage für die Achsel – doch da war nichts. Unterhalb der Mauer gab es einige Weinstöcke, aus denen sie vielleicht eine Krücke hätte schneiden können – doch sie hatte kein passendes Werkzeug bei sich.

»Bekommen Sie Luft?«, fragte sie.

»Geht so.«

Sie zog ein Papiertaschentuch aus der Hosentasche und wischte ihm die Mundwinkel ab. Sofort verzog der Mann vor Schmerz das Gesicht.

»Vielleicht machen Sie das lieber selbst«, schlug Lisa vor und gab ihm das Taschentuch in die freie Hand. Ganz vorsichtig tupfte er sich über die Lippen. Sie zückte ihr Handy: kein Empfang, der Verletzte lag offenbar in einem Funkloch.

»Ich geh rauf zum Auto und rufe Hilfe. Und Sie bleiben hier liegen, ja?«

Der Mann verzog den Mund leicht zu einem Grinsen.

»Das war blöd von mir«, schob Lisa nach. »War nicht böse gemeint. Halten Sie es noch für einen Moment allein aus?«

Er nickte, und Lisa arbeitete sich, so schnell es ging, zu ihrem Auto hinauf. Vom Restaurant her war ein aufheulender Motor zu hören. Das Geräusch kam schnell näher, doch Lisa kam kaum dazu, sich dem Wagen in den Weg zu stellen, als sie auch schon erkannte, dass dieses Fahrzeug nicht für sie bremsen würde. Sie machte einen Satz zurück auf die Wiese und sah durch die offenen Seitenfenster drei der Zecher aus der Bar. Sie grölten einen Popsong, und dem Schlingern des Autos in der nächsten Kurve nach zu urteilen, hatte der Fahrer nicht viele Getränkerunden ausgelassen.

Noch während sie überlegte, wie die Notrufnummer in Portugal lautete, näherte sich der nächste Wagen von oben. Es handelte sich um einen Kleinwagen, der deutlich langsamer unterwegs war als das Auto der drei Zechbrüder. Die Frau am Steuer sah Lisa winkend am Wegesrand stehen und stieg sofort auf die Bremse. Als sie ausstieg, stellte Lisa fest, dass es die Kellnerin war, die sie im Restaurant bedient hatte.

»Oh Gott, Frau Langer«, rief sie aus, »was ist denn passiert?«

Sie schaute erschrocken auf Lisas Hose, die nach der Kletterpartie arg mitgenommen aussah.

»Mit mir ist alles in Ordnung, aber dort unten liegt ein Mann mit gebrochenem Bein. Außerdem hat er sich den Kopf angeschlagen, er hat Blut im Mund und bekommt schlecht Luft. Es sieht aus, als sei er mit seinem Wagen vom Weg abgekommen – anscheinend konnte er sich noch aus dem Auto retten, bevor es den Hang hinunterstürzte.«

»Ich rufe sofort einen Notarzt. Gehen Sie wieder runter zu ihm? Ich komme gleich nach.«

Lisa hatte die Hangkante noch nicht erreicht, als sie hinter sich schon die Kellnerin hörte, die einige knappe Infos und Kommandos ins Telefon sprach. Fast gleichzeitig trafen sie bei dem Verletzten ein. Nun leuchtete die Kellnerin ihm ins Gesicht, und sie erkannte ihn sofort.

»Ach, du Scheiße!«, rief sie aus und kniete sich neben

157

ihn. »Was machst du denn für Sachen, Rodrigo? Ich hab dir schon so oft gesagt, dass du bei der Arbeit nichts trinken sollst – wieso hörst du nicht auf mich?«

»Ich hab nicht getrunken, Cari!«, presste der Mann hervor.

Lisa nahm ihn genauer in Augenschein. Er mochte Mitte zwanzig sein, war schlank und trug das schwarze Haar kurz geschnitten. Cari hatte ein Taschentuch gezückt und beherzt draufgespuckt. Nun rieb sie Rodrigo damit vorsichtig das Blut aus dem Gesicht. Mit jeder weiteren gesäuberten Stelle kam Lisa das Gesicht des jungen Mannes etwas bekannter vor.

»Rodrigo ist der Bruder unseres Barkeepers Salvador«, erklärte Cari, als sie Lisas forschenden Blick bemerkte. »Er übernimmt für uns Botengänge, holt auch mal Gäste vom Schiffsanleger drunten in Régua ab – und der Chefe hat ihm versprochen, dass er eine Ausbildung im Service machen darf, wenn er sich noch ein, zwei Monate lang gut führt. Unser lieber Rodrigo hat sich jahrelang zu viel um seinen Durst gekümmert, und wenn er betrunken ist, wird er gern mal rabiat oder geht im Drogeriemarkt klauen.«

»Hab ich schon lang nich mehr!«, protestierte Rodrigo, soweit es seine Verletzungen zuließen.

»Schon gut, halt lieber die Klappe, du Held«, schnitt sie ihm das Wort ab, aber ihr war anzuhören, dass sie den jungen Mann mochte. Sie wandte sich wieder an Lisa: »Dabei wurde er irgendwann mal erwischt und saß für kurze Zeit hinter Gittern. Der Chefe will ihm eine Chance geben, falls er sich am Riemen reißt.«

Ihr Blick ging nun wieder zu dem Verletzten. Sie wedelte sich etwas Luft zu und schnupperte.

»Scheinst ja wirklich nüchtern zu sein. Aber warum bist du denn mit dem Wagen vom Weg abgekommen, wenn du nichts getrunken hast?«

»Mich hat einer gerammt.«

»Gerammt? Ist dir jemand entgegengekommen, und du warst zu schnell unterwegs, um noch rechtzeitig bremsen zu können?«

»Nee, der kam von hinten und hat mich gerammt.«

»Von hinten? Hast du plötzlich gebremst oder was?«

»Nee, der hat Gas gegeben und ist mir zwei-, dreimal hinten draufgefahren. Hat keine Ruhe gegeben, bis ich auf die Wiese geschleudert bin.«

»Ja, spinnt der? Und dann ist er einfach abgehauen?«

»Nee, im Rückspiegel hab ich ihn stehen sehen mit seiner Karre. Der hat zugeschaut, wie ich den Hang runter...«

Er unterbrach sich stöhnend, Cari legte ihm ganz sanft den Zeigefinger auf die Lippen.

»Erzähl das lieber nachher. Jetzt soll erst einmal der Arzt nach dir schauen. Kannst du auf einem Bein stehen? Dann können wir versuchen, dich nach oben zu schaffen.«

Rodrigo sah nicht sehr zuversichtlich drein, aber Cari packte ihn schon unter dem rechten Arm und gab Lisa ein Zeichen, die andere Seite zu übernehmen. Gemeinsam hievten sie den Verletzten hoch, der etwas wacklig auf seinem gesunden Bein stand und seiner Miene nach zu urteilen starke Schmerzen hatte.

»Was meinst du, Rodrigo, wird's gehen?«

Er zuckte mit den Schultern und gab sich Mühe, nicht laut aufzuschreien – es war deutlich zu sehen, dass er Cari gegenüber keinerlei Schwäche zeigen wollte. So vorsichtig wie möglich arbeiteten sie sich in kleinen Schritten an den

Hang heran und dann mit noch kleineren Schritten den Hang hinauf. Rodrigo versuchte, mit seinem gesunden Bein mitzuhüpfen, aber die beiden Frauen schleiften ihn mehr, als dass sie ihn stützten. Immer wieder stöhnte er auf, wenn sein verletztes Bein, das er hinter sich her über den Boden zog, durch ein Loch im Boden oder ein Grasbüschel verdreht oder gedehnt wurde. Aber irgendwann waren sie glücklich auf der Wiese angelangt, auf der neben Lisas Wagen nun auch Caris kleiner Flitzer stand. Sie betteten Rodrigo aufs Gras und redeten ihm gut zu. Von der Stadt her hörten sie schon das Martinshorn des Notarztwagens, und wenig später war das Gefährt auch schon eingetroffen.

Zwei Rettungssanitäter, ein Mann und eine Frau, sprangen aus dem Wagen und sprinteten zu Rodrigo. Die Frau untersuchte das Bein, der Mann inspizierte die Verletzungen im Gesicht. Dann bremste hinter dem Rettungswagen ein schwarzer Kombi so heftig, dass Kieselsteine in alle Richtungen davonspritzten, und der Notarzt stieß zu den beiden. Während er Rodrigo einige Fragen stellte, holten die Sanitäter eine Liege, betteten den Verletzten darauf und schafften ihn in ihr Fahrzeug. Die Sanitäterin sprang zu Rodrigo in den Fond des Wagens und zog die Türen hinter sich zu, und schon im nächsten Moment brauste ihr Kollege auf dem Weg talwärts davon.

»Wir bringen ihn ins Krankenhaus, dort wird er auch gleich versorgt. Er hat zwei Zähne verloren und sich in die Zunge gebissen, außerdem ist die Nase geprellt oder gebrochen, das schauen sich meine Kollegen gleich noch an – bis die Schwellungen zurückgehen, wird er sich mit dem Atmen etwas schwertun. Das ist unangenehm, aber nicht bedrohlich, er wird wohl Beruhigungsmittel bekommen. Und dass das Bein gebrochen ist, haben Sie vermutlich selbst gesehen. Wo haben Sie ihn denn gefunden?«

»Dort unten, neben der Mauer vor dem nächsten Abgrund.«

Der Arzt hob die Augenbrauen.

»Und Sie beiden haben ihn von dort heraufgeschafft? Respekt! Das muss ihm ja höllisch wehgetan haben.«

»Er hat kaum geschrien«, sagte Cari.

Der Arzt grinste.

»Und wem von Ihnen beiden wollte er damit imponieren?«

»Mir vermutlich«, antwortete Cari.

»Sind Sie seine Frau? Oder Verlobte?«

»Das hätte er vermutlich gern«, bemerkte Cari grinsend.

Er gab ihr seine Visitenkarte.

»Die zeigen Sie am Empfang, falls man im Krankenhaus Zicken macht, wenn Sie ihn besuchen wollen. Sagen Sie denen, das ist eine ärztliche Anweisung von mir: Sie müssen bei ihm sein, um die Heilung zu beschleunigen.«

Cari nickte und lächelte.

»Danke.«

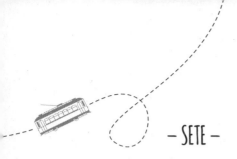

– SETE –

Es wurde eine kurze Nacht. Als Lisa bei Ana und Madalena eintraf, waren beide noch wach. Ihr Bericht von dem Unfall in der Nähe des *Coroa do Douro* sorgte auch nicht gerade dafür, dass die drei Frauen schneller zur Ruhe kamen. Entsprechend müde stiegen Ana und Lisa denn auch ins Auto, als sie sich am frühen Morgen noch einmal auf den Weg zu dem Gebrauchtwagenhändler machten.

Wie Ana aus Porto erfahren hatte, war Janira mit den Ermittlungen zu dem Brandanschlag auf das *Triângulo* betraut worden. Inzwischen war sie zusammen mit Experten von der Kripo dabei, Spuren im Lokal zu sichern. Offenbar verwandte die Polizei etwas mehr Mühe als im Fall von Madalenas Restaurant, um die Übeltäter auch wirklich dingfest zu machen.

»Du musst dich nicht beeilen, Ana«, hatte Janira ihr versichert. »Ich kümmere mich hier um alles. Komm einfach, wenn du dich von dem Schreck erholt hast. Und gib mir bitte auch Bescheid, sobald du unterwegs bist, ja?«

»Danke, Janira, du bist echt eine gute Freundin.«

Doch da hatte die andere das Gespräch schon unterbrochen, und Ana entschied, Lisa zu dem Gebrauchtwagenhändler zu begleiten – und anschließend mit ihr zusammen die Werkstatt aufzusuchen, in die der Unfallwagen ihrer Eltern gebracht worden war.

Das Tor zum Gelände des Gebrauchtwagenhändlers stand offen, und vor dem Bürocontainer stand ein dicker, älterer Mann mit einer speckigen Schiebermütze, beide Hände tief in den Taschen seiner weiten Cordhose vergraben. Er hatte eine halb aufgerauchte Zigarre im Mundwinkel hängen und schaute mürrisch zu, wie Lisa ihren Mietwagen auf seinem Hof abstellte und mit Ana auf ihn zukam. Gemächlich nahm er die linke Hand aus der Hosentasche und zog die Zigarre aus dem Mund. Dann fuchtelte er mit dem Stumpen in die Richtung einiger seiner Lastwagen.

»Bom dia«, brummte er. »Ich würde Ihnen ja gern helfen, aber ich fürchte, ich habe nicht die richtigen Fahrzeuge für Sie beide.«

»Wir wollen auch gar kein Fahrzeug kaufen«, sagte Ana.

»Ach, du meine Güte«, knurrte der Dicke. »Machen Sie eine Umfrage oder so was? Tut mir leid, für so einen Quatsch ist mir meine Zeit zu schade.«

»Ich sehe natürlich, wie beschäftigt Sie sind, Senhor«, versetzte Lisa ätzend. »Aber vielleicht könnten Sie Ihren stressigen Alltag doch für einen Moment unterbrechen, um uns ein paar Fragen zu beantworten?«

»Ach was, eine Ausländerin auch noch? Na, dann will ich mal nicht so sein. Man soll ja immer freundlich sein zu Touristen. Also schieß los, Mädchen!«

»Das ist nicht Ihr Mädchen, Senhor!«, fuhr Ana ihn an. »Und wenn Ihnen diese Freundin nicht passt, komm ich mit meiner anderen wieder – und die ist bei der Polizei!«

Der Dicke tat so, als wäre er erschrocken, schaute dann an sich hinunter und grinste Ana breit an.

»Na so was! Jetzt hab ich mir doch fast vor Angst in die Hose gemacht!«

Damit steckte er sich den Stumpen wieder in den Mundwinkel. Ana stemmte beide Fäuste in die Hüften und baute sich direkt vor dem Mann auf. Sie war fast einen Kopf größer als er und schaute wütend auf ihn hinunter.

»Mein Name ist Ana Bermudes«, blaffte sie ihn an, »und meine Eltern sind vor vier Wochen dort unten auf der Nationalstraße ums Leben gekommen.«

»Scheiße ... Sie sind das?«

»Ja, ich bin das. Darf ich Ihnen jetzt ein paar Fragen dazu stellen?«

Der Dicke nahm die Zigarre wieder aus dem Mund, wischte die Glut an seiner Cordhose ab und steckte den erloschenen Stumpen in die Tasche. Dann nahm er mit der Linken die Mütze ab, knetete sie zwischen seinen schmutzigen Fingern und fuhr sich mit der Rechten durch die zerzausten Haare.

»Natürlich. Fragen Sie, aber ...« Er zuckte entschuldigend mit den Schultern. »Aber ich fürchte, ich kann Ihnen nicht viel helfen. Ich habe den Unfall gar nicht richtig mitbekommen. Ich saß im Büro und hab mich um den leidigen Papierkram gekümmert. Dann hat's gekracht, und bis ich rausgekommen bin, war alles schon vorbei.«

Er rieb sich die Stelle an seiner Seite, an der seine stattliche Wampe in eine beachtliche Speckfalte überging.

»Die Hüfte macht nicht mehr so richtig mit, deshalb bin ich nicht mehr der Schnellste.«

»Trotzdem: Was haben Sie gesehen, als Sie vor dem Container standen?«

»Erst gar nichts. Dann ist ein Auto stehen geblieben, der Fahrer stieg aus und hat vom Straßenrand aus den Abhang hinuntergeschaut. Dann hat er sein Handy gezückt und einen Anruf getätigt, ich nehme an, er hat den Notarzt gerufen oder die Polizei.«

»Und dann?«

»Dann ist er eingestiegen und weggefahren.«

»Wie ... der ist nicht geblieben? Das war doch ein wichtiger Augenzeuge!«

»Das dürfen Sie mich nicht fragen, Senhora. Ich bin zu der Stelle rübergegangen und habe selbst hinuntergeschaut. Das Auto Ihrer Eltern – Gott hab sie selig – habe ich gar nicht gleich entdeckt, so weit unten hat es gelegen. Aber so, wie es geraucht hat, und so zermatscht, wie es aussah, war mir sofort klar, dass da auch kein Arzt mehr helfen kann. Also bin ich auch gar nicht erst hinuntergeklettert. Wobei ... Sie wissen schon, die Hüfte. Weit wäre ich vermutlich gar nicht gekommen.«

»Ja, schon recht – und dann?«

»Der Rettungswagen kam, die Sanitäter sind im Galopp den Abhang runter – aber so langsam, wie sie wieder heraufkamen, war schon zu erkennen, dass da nichts mehr zu retten war. Die Polizei ist gekommen und hat ein Stück der Fahrbahn abgesperrt. Die Beamten haben mich befragt, und ich hab denen alles erzählt, was ich auch Ihnen berichtet habe. Als die Bull... die Polizisten gehört haben, dass ich den Mann nicht kannte, der die Polizei gerufen hat, und dass ich auch das Kennzeichen seines Wagens nicht sehen konnte, haben sie mich zurück auf mein Gelände geschickt. Den Rest habe ich deshalb nur von hier aus beobachtet. Als Nächstes kam der Abschleppdienst. Die sind auf einem Feldweg den Hang hinuntergefahren und haben das Auto Ihrer Eltern aufgeladen. Inzwischen war auch der Bestatter eingetroffen, der Leichenwagen ist ebenfalls auf dem Feldweg nach unten gefahren. Ich habe das natürlich nicht mit eigenen Augen gesehen, aber sie werden die Leichen Ihrer Eltern aus dem Wrack geholt und ins Bestattungsinstitut gebracht haben. Der Wagen oder das, was von ihm noch übrig war, haben sie zu der Werkstatt ein paar Hundert Meter die Nationalstraße hinunter gebracht. Die können Ihnen sicher mehr zu dem Unfall sagen.«

Lisa sah sich um. Neben dem Bürocontainer stand ein kleines Motorrad mit Rostflecken und verbeultem Tank, und sie fragte sich, ob das Gefährt nicht auch gestern schon dort gestanden hatte.

»Ist das Ihr Moped?«

Der Dicke folgte ihrem Blick und lachte heiser.

»Oje, auf das Ding passe ich schon lange nicht mehr drauf. Das war früher mal meins, ist lange her. Ich hab's Tadeu geschenkt, meinem Mitarbeiter.«

»Ist der hier?«

»Müsste er eigentlich sein, aber weiß der Teufel, wo der sich wieder rumtreibt. Er nimmt sich oft einen meiner Gebrauchten und gurkt in der Gegend rum. Und am tollsten finde ich das natürlich, wenn er mir überall Dellen reinfährt – er bleibt gern mal irgendwo hängen mit der Stoßstange oder dem Kotflügel. Ist ja eigentlich ein Ding, dass ausgerechnet ein Automechaniker nicht besonders gut Auto fahren kann. Und ich würd ja auch was sagen, aber ich bin froh, dass ich ihn habe. Er ist billig, und wenn Arbeit ansteht, erledigt er sie auch. Im Moment ist es eher ruhig bei uns.«

»Meinen Sie, er könnte mehr von dem Unfall gesehen haben als Sie?«, fragte Ana.

»Muss mal nachdenken ...« Der Dicke legte seine Stirn in Falten. »Sicher bin ich mir nicht, aber ich glaube, dass er

167

auch zur Zeit des Unfalls mal wieder eine Spritztour unternommen hat. Aber das wäre eh egal. Sobald die Polizei im Spiel ist, hat Tadeu grundsätzlich nichts gehört und nichts gesehen, wenn Sie verstehen, was ich meine.«

Er zwinkerte den beiden Frauen zu und verzog sein Gesicht zu einem schmierigen Grinsen. Lisa und Ana verabschiedeten sich und sahen zu, dass sie zügig vom Gelände kamen.

Tadeu hatte sich im Bürocontainer so neben eines der Fenster gedrückt, dass er nicht gesehen wurde, selbst aber alles verfolgen konnte, was auf dem Gelände vor sich ging. Sein dicker Chef sah den Frauen nach, zog schließlich die Mütze wieder auf, holte die Zigarre hervor und zündete sie umständlich an. Dann spuckte er ein paarmal auf den Boden und tappte hustend auf dem Hof umher. Tadeu wählte auf dem Handy eine Nummer und holte sich Anweisungen.

Das laute metallische Hämmern war schon zu hören, bevor die beiden aus dem Wagen gestiegen waren. Lisa stellte den Mietwagen zwischen einigen Modellen unterschiedlicher Hersteller und Altersklassen ab, die vor dem Schaufenster des Autohauses zum Kauf angeboten wurden.

Das Geräusch kam offenbar aus einer Garage in zweiter Reihe, zu der eine schmale, steile Zufahrt hinaufführte. Dort oben befand sich ein gepflasterter Hof, der auch das flache Dach des Verkaufsraums als Parkplatz miteinbezog. Nach hinten, zum Hang hin, wurde die Fläche durch mehrere kleine Gebäude begrenzt. Auch dort standen Autos, zur Straße hin in einer sauber ausgerichteten Reihe, vor den Garagen dagegen kreuz und quer.

168

Aus der Garage waren nun außer dem Hämmern auch ein paar laute Flüche zu hören. Der Mann dazu schien sich in der Grube zu befinden, über der ein Auto stand, und schließlich wurde ein Stück Stahl so unter dem Wagen hervorgeworfen, dass es ein paarmal auf dem Steinboden aufsprang und direkt vor Anas Schuhspitze liegen blieb. Nun hörte das Hämmern auf, auch das Fluchen, und ein ölverschmiertes Gesicht erschien am vorderen Rand der Grube.

»Oh, Senhora, ich habe Sie doch nicht getroffen, oder?«

»Nein, alles gut«, antwortete Ana. »Aber wenn Sie kurz Zeit haben, würden wir gern mit Ihnen reden.«

Der Mann in der Grube musterte die beiden Frauen, schenkte ihnen ein breites Lächeln und kraxelte unter dem Auto hervor. Er rückte seine Mütze zurecht und wischte seine Hände an seinem ursprünglich wohl blauen Overall ab, riet seinen Besucherinnen aber dennoch davon ab, ihm die Hand zu geben.

»Das ölige Zeug bekommen Sie so schnell nicht mehr von den Fingern«, sagte er bestens gelaunt. »Willkommen vor der kleinen Werkstatt von João Ferro. Wie kann ich Ihnen helfen, meine Damen?«

Er sah sich um, konnte aber kein Fahrzeug entdecken, das nicht schon vorher auf dem Hof gestanden hätte.

»Haben Sie Ihr Auto nicht gleich mit heraufgebracht?«, fragte er.

»Nein, wir haben es unten vor Ihrem Schaufenster abgestellt.«

»Oh, oh! Das ist nicht mein Schaufenster, sondern das von meinem Vermieter. Ich hab hier nur diese eine Garage – zu mehr hat's bisher nicht gereicht. Soll ich mir den Wagen gleich mal anschauen? Er sollte nicht zu lange dort unten stehen, wissen Sie? Mein Vermieter mag das nicht so gern.«

Er machte Anstalten, die schmale Zufahrt hinunterzugehen, aber als Lisa und Ana stehen blieben, hielt er inne und sah sie fragend an.

»Mein Name ist Ana Bermudes, und das ist eine Freundin«, stellte Ana sich und Lisa vor. »Meine Eltern sind vor vier Wochen hier verunglückt und …«

»Oh ja … tut mir leid … ich …«

Er machte hastig einen Schritt auf Ana zu, ergriff ihre Rechte mit beiden Händen und drückte und schüttelte sie unbeholfen.

»Mein Beileid, Senhora, mein aufrichtiges Beileid! Schreckliche Sache, das! Und dann auch gleich beide …«

Er ließ Anas Hand los und sah erst jetzt, was er angerichtet hatte.

»Ich geh schnell Waschpaste holen«, schlug er vor. »Damit müsste zumindest das meiste weggehen.«

»Nein, schon recht, aber wenn Sie vielleicht einen Lappen für mich hätten, das sollte fürs Erste reichen.«

Er zog etwas Putzwolle aus einer Tasche des Overalls und hielt sie Ana hin, die damit ihre Finger wenigstens halbwegs wieder sauber bekam.

»Ich fürchte allerdings, wir haben Sie umsonst bei der Arbeit unterbrochen«, sagte Lisa. »Wenn das Geschäft Ihrem Vermieter gehört, müssen wir uns wohl an ihn wenden.«

»Wieso? Worum geht's denn?«

»Wir wollten mit jemandem reden, der uns Genaueres über den Unfallwagen sagen kann.«

»Da sind Sie bei mir schon richtig«, entgegnete João

Ferro. »Das Wrack wurde zu mir gebracht. Ich hatte zu der Zeit eigentlich geschlossen und deshalb kein Kundenauto da, deshalb war Platz in meiner Garage. Die Kriminaltechniker haben sich das Auto auch zuerst bei mir angeschaut, aber dann hab ich sie wohl etwas zu sehr genervt.« Er kicherte. »Am nächsten Morgen wurde das Wrack abgeholt und zur Polizei gebracht.«

»Womit haben Sie die Polizei denn genervt?«

»Na ja ... wenn man wie ich seit vielen Jahren an Autos herumschraubt und das obendrein noch gern tut, sammelt man eben doch einiges an Erfahrung. Und mir sind ein paar Kleinigkeiten an dem Wrack aufgefallen, die mich stutzig gemacht haben.«

»Ach? Und welche?«

»Mein Vermieter hatte mich angerufen, ob ich nicht Platz in meiner Garage hätte, also bin ich gleich hergekommen und habe das Tor aufgeschlossen. Dann kam auch schon der Abschleppwagen mit dem Wrack. Ich habe beim Abladen geholfen, und dann bin ich hiergeblieben, bis die Kriminaltechniker kamen. Das hat fast eine Stunde gedauert, und in der Zeit habe ich mir das Auto halt schon mal ein bisschen angeschaut.«

»Dass das der Polizei nicht gefallen hat, kann ich mir gut vorstellen.«

»Das war es gar nicht, was sie gestört hat. Der Wagen hatte sich mehrmals überschlagen und schließlich Feuer gefangen – da musste die Polizei nicht mehr befürchten, dass ich irgendwelche verwertbaren Spuren verwischen würde. Ich kenn das ja auch, das war nicht mein erster Unfallwagen, den sich die Polizei näher anschauen wollte. Nein, die ärgerten sich, dass ich sie auf Details hingewiesen habe, die mir aufgefallen waren und ihnen nicht. Natürlich haben sie behauptet, dass sie das ebenfalls gesehen hätten, aber das war nur vorgeschoben.«

Ferro lachte.

»Und welche Details waren das?«, hakte Lisa nach.

»Zum einen ist mir aufgefallen, dass die hintere Stoßstange und der Rahmen darunter stark eingedellt waren. Das passte nicht zu der Vorstellung, die sich die Polizisten vom Unfallhergang machten. Die Beamten gingen davon aus, dass der Fahrer in der lang gezogenen Linkskurve nach dem Tunnel die Kontrolle über sein Fahrzeug verloren hatte, dass der Wagen daraufhin ins Schlingern geraten und schließlich über die Leitplanke gekippt war. Auf dem Weg den Hang hinunter überschlug sich der Wagen mehrmals, rollte dabei aber um die Längsachse, also war erst die eine Beifahrerseite unten, dann das Dach, dann die Fahrerseite, dann die Räder – und dann wieder alles von vorn, bis der völlig demolierte Wagen unten liegen blieb.«

Ana senkte den Blick und schluckte. João Ferro bemerkte es.

»Entschuldigen Sie bitte, Senhora Bermudes. Ich bin so ein Esel! Da beschreibe ich alles haarklein und bedenke gar nicht, wie schlimm sich das für Sie anhören muss!«

»Nein, reden Sie bitte weiter«, sagte Ana und räusperte sich. »Genau solche Details wollen wir ja erfahren.«

Der Mechaniker zögerte noch einen Moment lang, dann erklärte er, was ihn stutzig gemacht hatte.

»Wenn das Auto aber über die Seite nach unten gerollt ist, hätte es niemals einen solchen Schaden am Heck des Wagens geben dürfen. Ich kenne den Hang gut, ich habe dort immer wieder mal bei der Weinlese geholfen – da gibt es keinen Felsen und keinen Pfosten oder sonst was, an dem ein solcher Schaden hätte entstehen können. Außerdem hätte der Wagen dazu rückwärts den Hang hinunterstürzen müssen – er verließ die Straße aber nach Angaben der Polizei mit der Motorhaube nach vorn, also in normaler Fahrtrichtung.«

»Was hat die Polizei dazu gesagt?«, wollte Lisa wissen.

»Die waren sauer, dass ich mich einmische. Aber ich nehme mal an, dass sie es in ihrem Bericht so dargestellt haben, dass es ganz allein ihr Verdienst war, diesen Punkt nicht übersehen zu haben.«

Lisa sah Ana an, aber die zuckte nur mit den Schultern, was wohl bedeutete, dass sie nicht sicher wusste, ob dieses Detail im Bericht der Polizei erwähnt worden war. Lisa nahm sich vor, Anas Freundin Janira danach zu fragen, die mit ihren hiesigen Kollegen gesprochen hatte.

»Noch zwei Punkte haben mich stutzig gemacht«, fuhr der Mechaniker fort. »Zum einen lag unter dem Fahrersitz ein kleiner Stein, Sandstein, wenn ich mich nicht irre. Außerdem fand die Polizei im Fußraum auf der Fahrerseite ein bisschen groben Sand. Die sind nicht schlau daraus geworden – und als ich ihnen als Erklärung vorschlug, dass der kleine Stein doch von einem größeren abgebrochen sein könnte und durch das Abbrechen der Sand dorthin kam, lachten sie mich aus und schickten mich raus. Aus meiner eigenen Garage, das muss man sich mal vorstellen! Na ja, Polizei …«

»Aber wieso hätte auf der Fahrerseite ein Sandstein liegen sollen?«

»Es gibt doch immer wieder diese Idioten, die Steine oder Holzprügel von Brücken werfen und nicht daran denken, was da alles passieren kann. Genau oberhalb der Stelle, an der Ihre Eltern aus dem Tunnel herauskamen, verläuft die Landstraße. Was, wenn dort oben jemand gestanden und einen Stein auf die Nationalstraße geworfen hat? Einen Stein, der ausgerechnet Ihren Vater getroffen und ihn so erschreckt hat, dass er das Lenkrad verrissen hat und von der Straße abgekommen ist? Ich weiß, das ist ein sehr unwahrscheinlicher Zufall – aber so würde sich das mit dem kleinen Stein und dem Sand erklären lassen.«

»Gibt es denn am Hang, wo das Auto hinuntergerollt ist, nicht auch Sandsteine, mit denen zum Beispiel kleine Mauern zwischen den Weinreben gebaut wurden?«

»Nein, an dieser Stelle nicht. Der Hang direkt an der Straße ist sehr steil, aber da wurden keine Terrassen angelegt, die man hätte mit Steinen abstützen müssen. Und ein paar Meter weiter war das Gefälle schon wieder so gering, dass man die Reben einfach so pflanzen und pflegen konnte – auch da hätte das hinunterrollende Auto keinen solchen Sandstein aufsammeln können. Wobei ich es ohnehin für sehr unwahrscheinlich halte, dass auf diese Weise während des Absturzes ein Stein ins Auto gelangt.«

Lisa dachte nach, dann fiel ihr auf, wo der Haken in der Theorie des Mechanikers war.

»Und wo war dann der größere Sandstein, von dem der kleinere abgebrochen sein könnte?«

»Nicht mehr im Auto. Vielleicht wurde er hinausgeschleudert.«

»Hat die Polizei keinen Stein gefunden, der passen würde?«

»Na ja, da ist wohl eher die Frage, ob sie überhaupt nach einem solchen Stein gesucht haben. Wie gesagt: Sie haben meine Theorie für Quatsch gehalten.«

174

»Gut, Senhor Ferro«, sagte Lisa schließlich und nickte ihm zu. »Sie haben uns sehr geholfen. Haben Sie denn sonst noch irgendetwas in oder an dem Auto vorgefunden, das Ihnen komisch vorkam?«

»Eher im Gegenteil.«

»Wie bitte?«

»Ich habe etwas nicht vorgefunden, was ich aber unbedingt erwartet hätte.«

Lisa und Ana sahen ihn gespannt an.

»Während die Spurensicherung noch in meiner Garage an dem Autowrack arbeitete, kamen Kollegen von der Polícia Judiciária, der Kripo, und berichteten den Kriminaltechnikern, was sie bisher über die Unfallopfer herausgefunden hatten. Ich stand ... ähem ... ganz zufällig in der Nähe der Beamten, als sie sich unterhalten haben. Sie haben die Namen Ihrer Eltern genannt, Senhora, und sie haben erwähnt, dass Kollegen aus Porto mit Ihnen gesprochen hätten und dass Ihre Eltern wegen einer Besprechung nach Régua gefahren waren.«

»Ja, das stimmt alles. Und?«

»Na ja ... wenn ich zu einer Besprechung fahre, habe ich Unterlagen dabei, einen Block, einen Stift, solche Sachen eben. Ich hatte ja Gelegenheit, schon mal einen Blick in das Wrack zu werfen, bevor die Polizei anrückte – und darin gab es nichts dergleichen.«

»Aber das Auto brannte doch aus, wurde mir berichtet«, sagte Ana.

»Das schon, aber das Feuer war nicht so schlimm, dass alles restlos verbrannt gewesen wäre. Es wurde relativ schnell gelöscht – ein Weinbauer hatte das Auto den Hang hinunterstürzen sehen und alarmierte sofort die Feuerwehr, die dann auch schnell zur Stelle war. Zumindest Asche hätte man von Unterlagen finden müssen oder die Reste eines Kugelschreibers, wenn sie zum Beispiel in einer Tasche im Fußraum oder auf dem Rücksitz gelegen hätten – aber da war nichts. Im Handschuhfach fand die Polizei Reste des Servicehefts, angekokelt und mit teils geschmolzenem Kunststoffeinband. Hätten sich dort Unterlagen befunden, wäre sogar mehr als Asche zurückgeblieben – aber auch da war nichts.«

»Und was schließen Sie daraus?«

João zuckte mit den Schultern.

»Verstehe ...«

»Konnte ich Ihnen denn ein bisschen helfen? Ich meine, das wussten Sie sicher alles schon von der Polizei – bis auf das mit der fehlenden Asche vielleicht, aber ...«

»Die Polizei hat von all dem nichts gesagt«, unterbrach ihn Ana, verstummte aber gleich wieder. Sie sah Lisa fragend an, ob sie aus Versehen zu viel gesagt hatte, aber die hatte ihren Blick in diesem Moment ganz auf den Mechaniker konzentriert. Der wirkte ehrlich überrascht.

»Echt nicht?«, fragte er schließlich. »Ich hätte schwören können, dass sich die Kripoleute damit schmücken, was sie alles bemerkt und herausgefunden haben. Das ist eigenartig.«

Noch auf der Fahrt hinunter in die Stadt schickte Ana dem Mechaniker eine SMS. Er hatte ihr seine Visitenkarte gegeben und ihr angeboten, dass sie ihm ihre Kontaktdaten aufs Handy schicken dürfe, falls sie seine Hilfe wolle. Nun schrieb sie, dass sie sein Angebot dankend annehme, und er antwortete kurz darauf, dass er sich mal ein bisschen umhören werde.

All das bekam Tadeu, der die beiden Frauen vom Gelände des Gebrauchtwagenhändlers aus verfolgt und seither unablässig beobachtet hatte, natürlich nicht mit. Aber auch so war ihm klar, dass er sich den Mechaniker würde vorknöpfen müssen. So lange, wie der sich mit den beiden unterhalten hatte ... da konnte er sich ja nur verquatscht haben. Außerdem interessierte es Tadeu ohnehin brennend, was der Kerl im Zusammenhang mit dem Tod der beiden Wirtsleute aus Porto alles wusste.

Doch zuerst musste er wissen, wohin die beiden Frauen fuhren, wo sie wohnten und zu wem sie gehörten.

Vicente stand vor Dom Pio, den Kopf ergeben gesenkt, und ließ sich wieder einmal abkanzeln wie ein Schuljunge. Eine Tirade nach der anderen hallte von den Wänden wider, und der Dom legte wie so oft ein erstaunlich umfangreiches Vokabular an Schimpfwörtern an den Tag. Irgendwann aber kam die verbale Hinrichtung an ihr Ende, und Pio Lubke stützte sich schwer atmend auf seinem massiven Schreibtisch ab. Vicente wartete noch kurz, nachdem der Schwall von Beschimpfungen über ihn hinweggerollt war und nichts Neues nachkam, dann hob er vorsichtig den Blick und schaute direkt in Dom Pios vor Zorn funkelnde Augen, die ihn zu durchbohren schienen.

»Wo ist die kleine Pleider jetzt?«

»In Régua, bei ihrer Cousine.«

»Das passt ja! Deren Restaurant anzuzünden, warst du ja auch zu blöd.«

Vicentes Kiefer mahlten, aber er sagte kein Wort.

»Irgendwann einmal«, knurrte Dom Pio, »musst du mir erklären, warum ich mich mit Handlangern wie dir und deinen Hilfstrotteln abgebe, wenn ich am Ende doch alles selber machen muss!«

Der Dicke kam schnaufend um seinen Schreibtisch herum, tappte an Vicente vorbei und zog einen dünnen Sommermantel vom Garderobenhaken.

»Sie wollen ... selber ...?«

Vicente hatte den Dom seit Monaten während der Besprechungen, die doch meist Beschimpfungen waren, nicht mehr anders erlebt als an seinem Schreibtisch oder vor einem vollen Teller drüben im Speiseraum. Dass er sein Haus in Vila Nova de Gaia verließ, kam nicht oft vor. Was er brauchte, hatte er vor Ort, und wenn nicht, ließ er es sich kommen. Dass er jetzt tatsächlich nach draußen wollte, bedeutete nichts Gutes für seine Gegner. Und leider auch nicht für seine Helfer – denn was anderes als ein Versagen von ihm, Vicente, und seinen Mitarbeitern konnte den Dom zwingen, das Haus zu verlassen und sich selbst um die Erledigung einer wichtigen Angelegenheit zu kümmern?

»Vielleicht hörst du endlich auf, mich anzugaffen«, blaffte der Dom und riss Vicente aus seinen Gedanken, »und hilfst mir gefälligst in diesen verdammten Mantel?«

Dom Luis reichte seinem Mitarbeiter kaum bis zur Schulter, dafür war er mehr als doppelt so breit, und bei dem Versuch, den Mantel selbst überzustreifen, hatte er sich heillos verheddert. Unter den ungeduldigen Blicken seines Chefs griff Vicente nach dem Mantel, half ihm, in die Ärmel zu schlüpfen, und zog den Stoff dann über den Schultern glatt, bevor er mit der flachen Hand ein, zwei Flusen wegstrich, die er entdeckt hatte.

»Lass das, du Mädchen!«, herrschte Dom Pio ihn an. »Bring mir lieber meinen Stock!«

178

Vicente beeilte sich, dem Kommando nachzukommen, doch dem Dom ging es zu langsam. Er riss Vicente den Gehstock unwirsch aus den Händen und verpasste seinem Helfer mit dem Knauf einen leichten Hieb gegen den Rücken.

»Und jetzt raus mit dir und hol den Wagen!«

Vicente eilte hinaus, schob sich hinter das Steuer der schwarzen Luxuslimousine und ließ den Wagen so ausrollen, dass die rechte Hintertür direkt vor dem Hauseingang zu stehen kam. Dann wartete er in einer leichten Verbeugung, bis Dom Pio aus dem Haus trat, und half ihm in den Fond der Limousine. Als sich der Alte schließlich ächzend auf die Polster der Rückbank hatte fallen lassen, standen ihm Schweißtropfen auf seiner Stirn. Vicente sprang auf den Fahrersitz und schaute in den Rückspiegel, bereit, sich das Ziel ihrer Fahrt nennen zu lassen.

»Wo finden wir denn in diesem Moment deine vertrottelten Handlanger?«, fragte Dom Pio.

»Äh ... die ... die warten drüben in Porto in einer Kneipe auf weitere Anweisungen.«

»Gut, dann bring mich dorthin.«

»Aber, Dom, diese Kneipe ist ... nun ja ... ich glaube nicht, dass Sie sich dort wohlfühlen ...«

»Halt die Klappe, du Hohlkopf! Du sollst nicht glauben, du sollst losfahren! Und schau zu, dass wir vorher noch am *Triângulo* vorbeikommen – ich will mir das Lokal zumindest mal wieder von außen ansehen.«

Henrique staunte nicht schlecht, als er die Luxuskarosse im Schritttempo auf sich zurollen sah. Gerade war er auf dem Rückweg von der Polizeistation, wo er mit Janira und zweien ihrer Kollegen gesprochen hatte. Er hatte den Beamten einen Datenstick mit einigen Videoaufnahmen übergeben, die zwei Männer zeigten, wie sie kurz vor der Brandstiftung durch die Hintertür in Anas Haus eindrangen. Janira hatte sich herzlich bei ihm bedankt, hatte den Stick aber zunächst in ihre Schreibtischschublade gelegt, anstatt sich die Aufnahmen gleich am PC anzusehen.

Nun war Henrique nur noch ein paar Schritte von dem Lokal entfernt, in dem Tiago heute die Tagesschicht hatte, und die Limousine hielt wenige Meter vor ihm an. Die Fahrertür schwang auf, ein untersetzter Endvierziger mit hoher Stirn sprang heraus und zückte im Loslaufen sein Handy.

»Idiota!«, rief ihm jemand aus dem Wagen hinterher, woraufhin der Untersetzte hektisch zum Auto zurückkehrte und die Fahrertür zuschlug.

Obwohl Henrique im Vorübergehen nur einen kurzen Blick in die Limousine hatte werfen können, war ihm gleich klar gewesen, wer auf der Rückbank der Limousine saß: Dom Pio, das Oberhaupt des Lubke-Clans, der ihm als gebürtigem Bewohner Portos durchaus bekannt war. Seit Henrique von den Sabotageaktionen gegen Anas Lokal wusste, hatte er ein wenig im Internet recherchiert und war dabei auf der Homepage mehrerer Firmen auf das feiste Gesicht des Mannes gestoßen. Den anderen Mann kannte er von den Videoaufnahmen, die in der vergangenen Nacht vor dem Brandanschlag auf das *Triângulo* entstanden waren.

So unauffällig wie möglich änderte Henrique nun seine Richtung. Statt auf Tiagos Arbeitsplatz hielt er nun auf den kurzen Tunnel zu, der zu dem Platz vor Anas Lokal führte – dorthin war gerade auch der mutmaßliche Brandstifter

180

geeilt. Sobald er den Tunneldurchgang erreicht hatte, zog Henrique sein Handy hervor und rief seinen Freund an.

»Tiago? Hier ist Henrique«, meldete er sich. »Stell dir vor: Einer der beiden Zündler von heute Nacht ist schon wieder auf dem Weg zum *Triângulo*! Ich folge ihm gerade, und er ...«

Henrique unterbrach sich mitten im Satz, denn der Mann, den er verfolgte, stand nur wenige Meter vor ihm auf dem kleinen Platz zwischen Anas Lokal und der gegenüberliegenden Tapasbar, hielt sein Handy hoch und schien das *Triângulo* und seine unmittelbare Umgebung zu filmen. Als er mit der Handykamera einen zügigen Schwenk in Richtung Tunneldurchgang machte, wandte sich Henrique schnell ab und ging auf die Tapasbar zu. Der Mann mit der hohen Stirn schien ihn jedoch nicht weiter zu beachten, sondern beendete seine Filmerei und eilte zurück zur Limousine.

»Hallo, Tiago, bist du noch dran? Puh, das war knapp – der Typ hätte mich fast bemerkt. Er fährt gerade Pio Lubke spazieren, die Luxuslimousine steht direkt vor deinem Lokal, du müsstest sie eigentlich sehen können.«

»Wart mal, ich schau kurz«, sagte Tiago.

Es entstand eine kleine Pause, während der sich Henrique verstohlen nach dem Mann mit der hohen Stirn umsah. Als er ihn nicht mehr sehen konnte, eilte er bis zum Tunneldurchgang und beobachtete von dort aus sicherer Deckung, wie der Mann seinem Fahrgast das Handy reichte, anschließend auf den Fahrersitz schlüpfte, die Tür hinter sich schloss und losfuhr.

Erst jetzt meldete sich Tiago zurück: »Ja, jetzt sehe ich ihn, aber er fährt gerade weg.«

»Ja, das sehe ich auch.«

»Soll ich mir die Nummer notieren?«

»Nein, Tiago, musst du nicht. Wie gesagt: Im Wagen saß Dom Luis, der Patriarch der Lubkes. Also wissen wir ja, wer hinter der Brandstiftung heute Nacht steckt.«

Tiago pfiff leise durch die Zähne.

Vicente bog gleich nach dem Tunnel zu Füßen der Kathedrale von der Hauptstraße ab und tauchte in das Gewimmel der Gassen am Hang ein. Er musste sich konzentrieren, um die Limousine unbeschadet zwischen den eng stehenden Häusern hindurchzusteuern. Trotzdem warf er immer wieder einen kurzen Blick in den Rückspiegel, weil er insgeheim mit einem Wutausbruch des Doms rechnete. Der Film, den er mit dem Handy aufgezeichnet hatte, zeigte das Gebäude, das heute eigentlich teilweise in Schutt und Asche liegen sollte, fast unbeschädigt. Doch sein Fahrgast wirkte weniger wütend als nachdenklich. Er sah sich den Film an, spielte ihn noch einmal ab, wiederholte eine kleine Szene ein weiteres Mal und zog schließlich ein Standbild größer.

»Kennst du diesen Mann?«, fragte er schließlich und hielt das Handy nach vorn.

Vicente hielt mitten auf der Gasse an und betrachtete das Bild.

»Nein, den kenn ich nicht. Warum fragen Sie, Dom?«

»Du hast wirklich nicht bemerkt, dass dich dieser Mann beobachtet?«

»Äh ...«

Dom Pio schüttelte den Kopf, seufzte und gab Vicente das Handy.

182

»Schau dir einfach noch einmal ganz genau das Video an, das du gerade selbst gedreht hast.«

Vicente machte Anstalten, der Aufforderung sofort nachzukommen.

»Doch nicht jetzt, du Dummkopf! Fahr mich zu dieser blöden Kneipe, damit ich mit deinen vertrottelten Helfern reden kann.«

»Aber ich ...«

»Das Video schaust du dir danach an! Und lass das Standbild erst mal auf dem Display. Vielleicht weiß einer der anderen, wer das ist. Los jetzt!«

Vicente trat so fest aufs Gaspedal, dass die Limousine einen Satz nach vorn machte, und als er sah, dass an der Abzweigung zur Rua da Bainharia ein Schutzmann stand, schaute er kurz in den Rückspiegel. Dom Pio erwiderte seinen Blick so finster, dass Vicente ihn lieber nicht darauf hinwies, dass er ungern vor den Augen eines Polizisten gegen die Fahrtrichtung in eine Einbahnstraße fahren wollte. Unterdessen ließ Pio Lubke das Seitenfenster herunter und nickte dem Schutzmann leicht zu. Der hatte schon den Wagen erkannt, erwiderte den Gruß ebenso unauffällig, wandte sich ab und ging davon.

Auf dem ersten, besonders engen Stück der Gasse kam ihnen kein Fahrzeug entgegen. Kurz vor Pepes Kaschemme verbreitete sich die Straße wieder, und direkt gegenüber der Kneipe manövrierte Vicente die Limousine geschickt in eine Parklücke zwischen zwei Lastwagen mit Bauschutt und stieg schnell aus, um seinem Chef die Tür aufzuhalten. Auf der Baustelle daneben hob ein Arbeiter unwillig den Kopf, weil damit für den dritten Laster, der jeden Moment eintreffen musste, kein Platz mehr blieb. Doch als er sah, dass

183

offenbar der Wagen eines reichen und vermutlich mächtigen Mannes im Weg stand, sagte er lieber nichts und kümmerte sich wieder um seine Zeitung.

Wirt Pepe machte große Augen, als er sah, wen Vicente in seine Kneipe mitgebracht hatte. Er eilte dem Gast im Maßanzug entgegen und dienerte mehrmals.

»Welche Ehre, Dom Pio! Sie in meinem bescheidenen Lokal!«

Pio Lubke hob eine Augenbraue.

»Kennen wir uns?«

»Nein, Dom Pio, Sie kennen mich natürlich nicht, woher denn auch? Aber ich weiß natürlich, wer Sie sind! Es gehört zu meinem Job, alle wichtigen Leute in der Stadt zu kennen.« Lubke kräuselte genervt die Lippen, und Pepe schob schnell nach: »Da muss ich natürlich auch den wichtigsten von allen kennen, Dom Pio!«

»Hoffentlich gehört es dann auch zu deinem Job, darüber zu schweigen, dass ich deine ...« Er sah sich geringschätzig um. »... deine billige Absteige besuche.«

»Natürlich, natürlich, kein Wort wird über meine Lippen kommen, Dom Pio, kein Wort, ich schwöre!«

»Lass gut sein.«

Pio Lubke wandte sich an Vicente und deutete auf einen Tisch in der Ecke, an dem sich inzwischen zwei Männer erhoben hatten und nun nervös von einem Bein aufs andere traten. Der eine war ein schmaler Mittzwanziger mit schulterlangen blonden Haaren, der andere ein durchtrainierter Typ mit aufgedunsenem Gesicht.

»Sind das die beiden?«

Vicente nickte und geleitete den Chef zu seinen Helfern Miguel und Ramón.

184

»Setzt euch«, knurrte Dom Pio und ließ sich auf einen freien Stuhl sinken, der unter ihm bedenklich knarrte.

Pepe eilte herbei. Vicente bemerkte, dass der Wirt schnell eine saubere Schürze umgebunden hatte, und während sonst billiger Wein aus schmutzigen Karaffen serviert wurde, schenkte Pepe nun ein relativ sauberes Glas halb voll und stellte das Glas und die angebrochene Flasche unter mehrmaligen Verbeugen vor Dom Pio ab. Vicente kannte den Wein nicht, aber das schicke Etikett ließ darauf schließen, dass dieser Rote besser schmeckte als die Plörre, die Pepe seinen Gästen sonst zumutete.

»So«, sagte Lubke, als er Vicentes Handlanger eine Weile schweigend gemustert und Pepe sich wieder hinter seinen Tresen getrollt hatte. »Ihr seid also die Pappnasen, die Vicente dabei helfen, einen Job nach dem anderen in den Sand zu setzen.«

Miguel sah einen Moment lang aus, als wolle er zu einer Erwiderung ansetzen, aber Vicente gab dem jüngeren seiner Helfer mit einem leichten Kopfschütteln zu verstehen, dass er lieber nichts sagen sollte. Lubke hatte die stumme Zwiesprache bemerkt und lächelte.

»Gute Entscheidung, mein Junge. Hör einfach zu, wenn ich rede. Ich sag dir dann schon, wann du mit Sprechen dran bist.«

Miguel schluckte. Dom Pio hatte zwar freundlich gesprochen und dazu weiterhin gelächelt, aber es war nicht zu übersehen, dass mit ihm im Moment ganz gewiss nicht gut Kirschen essen war.

»Ihr könnt euch sicher vorstellen«, fuhr Lubke fort, »dass ich mich nur ungern auf den Weg zu euch gemacht habe, um endlich meinen Willen zu bekommen. Ich bin es gewohnt, dass Leute, die für mich arbeiten, tun, was ich ihnen sage. Und dass sie es so erfolgreich tun, wie ich es erwarte. Das ist – ich will es mal ganz vorsichtig ausdrücken – in eurem Fall leider nicht so gut gelaufen. Und ich kann weder mein Ziel aufgeben noch euch euer Versagen durchgehen lassen.«

Vicente fühlte ein Stechen in der Magengrube. Wurden sie gerade mehr oder weniger schonend darauf vorbereitet, dass der Dom sie im Douro oder anderswo einfach verschwinden lassen wollte? Seinen Helfern sah er an, dass sie ebenfalls begriffen, wie eng es für sie werden konnte – Ramón allerdings ein wenig mehr als der dümmliche Miguel.

»Ihr habt ja nicht gern mit der Polizei zu tun, und mir geht es im Allgemeinen ähnlich, aber eines können wir von den Bullen lernen: Wer sich ihnen gegenüber kooperativ zeigt, dem wird angeboten, dass das auf die Höhe seiner Strafe angerechnet wird. Ähnlich halte auch ich es gern.«

Ramón sah den Dom gespannt an. Miguel schien angestrengt nachzudenken und aus den salbungsvollen Worten Lubkes schlau werden zu wollen. Vicente jedenfalls atmete auf. Dom Pio würde ihnen offenbar noch eine Chance geben.

»Ich habe eine Idee, was ihr als Nächstes für mich tun könnt. Und falls ihr damit einverstanden seid und …« Dom Pio hob warnend den rechten Zeigefinger. »… nicht auch diesmal versagt, dann will ich euch das auf eure Minuspunkte anrechnen, die ihr zuletzt bei mir gesammelt habt.«

»Geht klar, Dom«, versicherte Vicente schnell. »Was sollen wir tun?«

»Sag ich euch gleich, aber zuerst schaut ihr beiden euch dieses Foto an.«

Er gab Vicente ein Zeichen, dass er den anderen das Standbild auf seinem Handy zeigen sollte.

»Kennt ihr diesen Mann?«, fragte Lubke.

Ramón kniff die Augen zusammen und dachte kurz nach, schüttelte dann aber den Kopf. Miguel dagegen nickte.

»Den habe ich heute Nacht im brennenden Lokal gesehen – glaube ich zumindest.«

»Na, so riesig ist das *Triângulo* nun auch wieder nicht. Hast du ihn gesehen oder nicht?«

»Die Gaststube war voller Qualm, deshalb bin ich mir nicht ganz sicher. Aber der Typ steht doch ganz in der Nähe des Lokals, das sehe ich doch richtig, oder?«

Dom Pio nickte. »Spiel das Video ab«, befahl er Vicente, der ihm sofort Folge leistete. Miguel lachte, als die Handykamera den Mann zum ersten Mal einfing, woraufhin dieser sich schnell wegdrehte.

»Hat der echt geglaubt, du bemerkst nicht, wie er dich beobachtet?«

Er sah Vicente amüsiert an und wunderte sich, warum der sich unter seinem Blick förmlich wand.

»Also, Miguel«, hakte Lubke nach. »War dieser Mann in der vergangenen Nacht im *Triângulo* oder nicht?«

»Eher ja als nein«, antwortete Miguel und wiegte nachdenklich den Kopf.

»Okay, dann muss das fürs Erste reichen.«

»Aber wenn ich auch nicht hundertprozentig sicher bin, dass er da war: Ich kenne den Typen.«

»Ach? Und wer ist das?«

»Er heißt Henrique und schippert mit so einem alten, renovierten Kahn Touristen auf dem Fluss herum. Und er ist befreundet mit Ana Bermudes, der Wirtin vom *Triângulo*.«

»Na, das würde ja passen! Sehr gut, Miguel, vielen Dank.«
Der Junge setzte sich etwas aufrechter hin und strahlte.

»Und kennst du auch die anderen Freunde von Ana?«

»Ja, klar. Wir haben uns für Sie ja erst einmal gründlich umgeschaut, der Vicente, der Ramón und ich. Spätabends im Lokal hockt sie immer mal wieder mit Henrique zusammen. Außerdem gibt es unter ihren Freunden einen Kellner namens Tiago, der in einem benachbarten Restaurant arbeitet, einen Kastanienverkäufer, dessen Namen ich aber nicht kenne, und dann noch einen Säufer namens Afonso, der tagsüber in einer Kellerei in Vila Nova arbeitet.«

»Sehr schön, sehr schön«, lobte Lubke, und Miguel schien noch ein wenig zu wachsen. »Dann will ich euch jetzt mal anvertrauen, was ihr für mich machen sollt.«

Er schaute sich um. Pepe polierte angelegentlich Gläser, aber es war ihm trotzdem anzusehen, dass er sehr bemüht war, möglichst viel von der Unterhaltung in seiner Kneipe aufzuschnappen.

»Was bin ich Ihnen schuldig, Senhor Pepe?«, rief Lubke zu ihm hinüber, als habe er das nicht bemerkt.

»Sie? Schuldig? Mir?« Der Wirt sprach jedes Wort mit noch größerem Erstaunen aus und eilte herbei. »Sie sind mir doch nichts schuldig, Dom Pio. Was für eine Ehre, Sie in meinem bescheidenen Lokal bewirten zu dürfen! Selbstverständlich sind Sie mein Gast!«

»Vielen Dank«, gab Lubke zurück, legte aber trotzdem einen Schein auf den Tisch. »Das ist für die Umstände, die ich Ihnen gemacht habe«, sagte er und erhob sich. »Ich wünsche gute Geschäfte«, sagte er in eigentümlichem Tonfall zu Pepe und legte ein Haifischlächeln auf – doch der Wirt nahm den Satz für bare Münze, bedankte sich unterwürfig bei seinem hohen Gast und begleitete ihn unter mehreren Verbeugungen bis zur Tür. Dann trat er zur Seite und machte Platz für die drei anderen, die Lubke hinaus auf die Straße folgten.

Erst als sich die Türen der Limousine hinter ihnen geschlossen hatten, schilderte Pio Lubke, was Miguel, Ramón und Vicente an diesem Abend für ihn tun sollten.

– OITO –

In seiner Villa oberhalb von Pinhão nahm Luis Pleider kurz nacheinander zwei Telefonate an.

Der erste Anruf kam aus Frankfurt am Main. Fred Hamann gab ihm durch, dass er pünktlich gelandet sei und dass sein Anschlussflug voraussichtlich wie geplant gegen halb vier Uhr am Nachmittag in Porto eintreffen werde. Pleider musste schmunzeln. Dieser Fred Hamann imponierte ihm. Er hatte ihm bei ihrem zweiten Gespräch angeboten, für dessen Ticket ein Upgrade auf Businessclass zu bezahlen, aber Hamann hatte abgelehnt.

»Die Businessclass«, hatte er gesagt, »kommt auch nicht früher in Porto an – und wenn Sie unbedingt mehr Geld ausgeben wollen, kann ich gern meinen Tagessatz erhöhen.«

Der zweite Anruf erreichte ihn aus Porto. Der Wirt einer schmuddeligen Kaschemme aus der Altstadt war dran, und er raunte ihm die Info, die er ihm verkaufen wollte, so geheimnistuerisch ins Ohr, dass es Dom Luis regelrecht schüttelte. Dieser Pepe war ihm widerlich, aber er hielt auf nützliche Weise Augen und Ohren offen und spielte ihm immer wieder gute Informationen zu. Gut möglich, dass er seine Beobachtungen auch anderen verkaufte, und vermutlich war er auch mit der Lubke-Sippe im Geschäft – aber das sollte ihm jetzt erst einmal gleichgültig sein.

»Dom Pio war hier«, hatte Pepe verraten, und Pleider musste sich sehr beherrschen, den Schmierlappen nicht ordentlich zusammenzufalten: Dom Pio ... pah! Pio Lubke war ein Fettklops, der alles Mögliche verdiente, aber sicher nicht die ehrerbietige Anrede Dom. »Er hat sich mit drei Handlangern unterhalten und heckt offenbar irgendetwas aus. Ich habe leider nicht mitbekommen, was – denn als es spannend wurde, ist er mit seinen Helfern rausgegangen und hat sich in seiner Limousine eingeschlossen. Aber es würde mich nicht wundern, wenn es um Ihre Großnichte gehen würde.«

»Um Ana? Wie kommst du darauf?«

»Bevor er mit den dreien rausging, hat er sie noch ordentlich unter Druck gesetzt. Soweit ich aufgeschnappt habe, war einer seiner Handlanger heute Nacht im *Triângulo* – als es dort gebrannt hat.«

»Aha ... Und wer sind diese Handlanger?«

»Vicente ist ihr Boss, und die anderen beiden sind Ramón und Miguel, ein älterer Muskelprotz und ein dummes Jüngelchen. Alle drei keine großen Lichter in der Stadt, aber seit längerer Zeit für die Lubkes aktiv.«

Luis Pleider legte auf, ohne sich bei Pepe zu bedanken. Er würde wie immer in den nächsten Tagen einen Boten vorbeischicken, der ihm eine kleine Belohnung überbringen würde. Solange die Kasse stimmte, konnte Pepe auf Höflichkeit gut verzichten. Nun hätte er am liebsten gleich Madalena angerufen, um ihr zu sagen, dass es wirklich die Lubkes waren, die hinter den Anschlägen auf Anas Lokal und damit vermutlich auch auf das Restaurant seiner Enkelin steckten. Doch dann besann er sich anders und rief seinen Chauffeur an, um einige Anweisungen zu erteilen. Anschließend ging er unter die Dusche, um sich für einen kleinen Ausflug frisch zu machen.

Tadeu staunte nicht schlecht, als er die Vorwahl von Lissabon auf seinem Smartphone sah. Üblicherweise wurde er von einem Handy aus angerufen, über einen Prepaid-Account, soweit er wusste. Verständlich, denn niemand sollte den Kontakt zwischen ihm und seinem Auftraggeber nachvollziehen oder im schlimmsten Fall gar durch Verbindungsdaten beweisen können. Und nun der Anruf aus dem Festnetz …

»Es gibt Arbeit!«, begann die weibliche Stimme am anderen Ende, ohne sich erst mit einer Begrüßung aufzuhalten. Dann erzählte sie Tadeu, was er wissen musste. Und am Ende stand die klare Anweisung: »Mach sie weg, bevor sie Blödsinn anstellt.«

Seit heute wusste er, wo die Frau zu finden war, um die er sich kümmern sollte. Also nahm er sich wieder den Pickup, mit dem er meistens unterwegs war, und fuhr in die Stadt hinunter. Er stellte den Wagen in der Nähe der Markthalle ab und ging zu Fuß weiter. Die Sackgasse, die zum *Cacho de prata* führte, schlenderte er entlang und warf im Vorübergehen einen unauffälligen Blick durch die gläserne Eingangstür des Restaurants. Allein an einem Tisch in der Mitte des Lokals saß eine der beiden Frauen, die er heute beobachtet hatte.

Tadeu suchte sich eine Stelle, an der er vor Blicken aus dem Restaurant halbwegs geschützt war, selbst aber eine gute Sicht auf das Innere des Restaurants hatte. Eine andere Frau kam vom Tresen her an den Tisch und setzte sich auf einen freien Stuhl. Tadeu kannte auch sie: Es war Madalena

193

Pleider, die Wirtin des *Cacho de prata*. Die beiden Frauen plauderten eine Weile miteinander, doch nach gut fünf Minuten erhob sich die Wirtin wieder und sprach mit einer jungen Frau, deren Gesicht ihm nichts sagte. Sie trug schwarze Kleidung und eine weiße Schürze, war also wohl Kellnerin im *Cacho*. Kurz darauf verschwand Madalena Pleider aus seinem Blickfeld, und die junge Kellnerin brachte Kaffee an den Tisch. Das also war Lisa Langer, eine deutsche Reisejournalistin, die naseweis in der Gegend herumfragte und offenbar die Hintergründe des Todes von Ana Bermudes' Eltern ausleuchten wollte.

Dem würde er ein Ende bereiten, und er würde dafür sorgen, dass es wie ein Unfall aussah. Doch für den Moment konnte er nichts unternehmen, also ging er zu seinem Wagen zurück, von dem aus er genau sehen konnte, wenn sich die Deutsche auf den Weg machen würde, wohin auch immer. Aus Lissabon waren ihm nicht nur das Kennzeichen ihres Mietwagens, sondern auch die Autonummer des Kombis von Madalena Pleider übermittelt worden – er war also selbst für den Fall gewappnet, dass die Wirtin ihrem Gast ihr Auto lieh.

Als ein schwarzer Wagen, an dessen Steuer ein Mann mit Uniformmütze und weißen Handschuhen saß, in die Gasse fuhr, die zum *Cacho de prata* führte, fotografierte er das hintere Nummernschild und schickte das Foto an das Prepaid-Handy seiner Lissabonner Auftraggeberin. Kurz darauf rollte der schwarze Wagen wieder aus der Sackgasse heraus und bog nach rechts ab. Die hintere Seitenscheibe war heruntergelassen, und so konnte er auf der Rückbank Ana Bermudes erkennen. Jetzt kam auch die Info rein, dass der schwarze Wagen auf Luis Pleider zugelassen war.

»Vermutlich lässt der Großonkel Ana nach Porto fahren, damit sie den Schaden an ihrem Lokal begutachten kann. Ich schicke jemanden hinterher, der sie im Auge behält. Bleib du an der Deutschen dran.«

Dann geschah lange nichts. Tadeu nickte immer wieder ein, ging sich zwischendurch etwas zu essen und zu trinken holen, achtete aber darauf, immer die Einmündung der Sackgasse zum *Cacho de prata* im Blick zu haben. Irgendwann stöckelte Teresa Luazes auf seinen Pick-up zu, von der er wusste, dass sie in Francisco Lubkes neuem Nobelrestaurant Klavier spielte und sang. Sie hatte mal ein Auto bei seinem Chef gekauft, eine wahre Schrottkarre, allerdings nicht lange Freude daran gehabt. Sie war viel zu schnell vom Gelände des Händlers gefahren, hatte einen Wagen auf der Landstraße zur Vollbremsung gezwungen, danach die Kontrolle über das Fahrzeug verloren und es mit so viel Karacho gegen die Böschung donnern lassen, dass es noch ein Stück weit hinaufraste, bis ein Baum die Fahrt beendete.

Dass die Bremsen nicht mehr die besten gewesen waren, wussten sowohl Tadeu als auch sein Chef – aber sie sagten Teresa Luazes nichts davon. Und weil ihr anzumerken war, dass sie etwas getrunken hatte, mussten sie ihr das Herbeirufen der Polizei gar nicht erst ausreden. Sein Chef gab ihr ein paar Hundert Euro vom völlig überhöhten Kaufpreis zurück und ließ Tadeu das Wrack zurück aufs Gelände schleppen. Zwei Monate später verkauften sie es an einen chilenischen Studenten, der vom Norden in den Süden Portugals fahren, aber kein Mietauto bezahlen wollte.

Tadeu rutschte im Fahrersitz ein bisschen nach unten, aber Teresa hielt den Blick ohnehin fest auf den Boden gerichtet. Vermutlich hatte sie schon wieder ein Gläschen zu viel erwischt, obwohl erst Mittag war. Jedenfalls achtete sie nicht auf den Pick-up, und als sie den Wagen fast erreicht hatte, blieb sie stehen und sah blinzelnd geradeaus. Nach kurzem Halt ging sie weiter und schüttelte den Kopf. Tadeu schaute ihr nach und bemerkte eine ältere Frau mit Einkaufstasche, die gerade den gegenüberliegenden Gehweg erreichte – und er reimte sich das so zusammen, dass sie wegen Teresa die Straßenseite gewechselt hatte.

Darüber nachzudenken, hielt ihn eine Weile wach. Und als er eine Stunde später wieder wegdämmerte, war er sicher, dass die Deutsche das Gebäude, in dem das Lokal untergebracht war, nicht verlassen hatte.

Der Chauffeur hatte Ana in Porto an der Uferpromenade aussteigen lassen und ihr seine Visitenkarte gegeben, damit sie ihn sofort anrufen konnte, wenn sie von ihm irgendwohin gebracht werden wollte. Vor ihrem Lokal wurde sie bereits von Henrique und Clemente erwartet. Sie schilderten ihr die Erlebnisse der vergangenen Nacht und schmückten sie in den tollsten Farben aus.

»Und heute war ein Typ vor deinem Lokal«, erzählte Henrique wie aufgedreht, »der hat hier einmal im Kreis gefilmt und ist hinterher zu Dom Pio ins Auto gestiegen, dem Oberhaupt der Lubke-Sippe. Fast hätte er mich bemerkt, es war knapp, aber natürlich habe ich mich schnell genug weggedreht. Und derselbe Typ war heute Nacht auch bei dir im Haus.«

»Also stecken doch die Lubkes hinter den ganzen Schweinereien?«, sagte Ana wie zu sich selbst. »Ich hätte nicht gedacht, dass Onkel Luis mit seinem Verdacht richtigliegt.«

»Wir können es übrigens auch beweisen«, fügte Henrique hinzu. »Meine Kameras haben die beiden Typen eingefangen, wie sie die Hintertür aufbrechen, wie einer Schmiere steht und der andere das Gebäude durch die Vordertür verlässt, als die ersten Flammen durchs Fenster zu sehen sind. Der muss direkt an Tiago, Clemente und mir vorbeigegangen sein, als wir auf der Terrasse an der Uferpromenade einen Wein miteinander tranken – aber zu diesem Zeitpunkt wussten wir ja noch nicht, dass er im *Triângulo* gewesen war.«

»Die Filme müssen unbedingt zur Polizei«, sagte Ana.

»Ist schon erledigt. Ich war grad bei Janira, sie wird alles den Kriminaltechnikern zur Auswertung geben. Damit sollte es nur noch eine Frage der Zeit sein, bis die beiden Brandstifter dingfest gemacht sind. Ich könnte mir gut vorstellen, dass diese Galgenvögel längst in der Datenbank der Polizei verzeichnet sind. Und wenn die Kripo sie erst einmal in den Fingern hat, kommt sie auch den Hintermännern auf die Spur – zumal wir ja schon von der Verbindung zur Familie Lubke wissen.«

Henrique zog sein Handy hervor und zeigte Ana einen Zusammenschnitt der wichtigsten Szenen, den er angefertigt und auf seinem Smartphone abgespeichert hatte, bevor er das Material zur Polizei brachte.

»Das war ganz schön knapp«, sagte Ana schließlich. »Danke, dass ihr euch so für mich ins Zeug gelegt habt.«

»Ich hab den Burschen leider nicht erwischt«, merkte Clemente zerknirscht an, aber Ana legte ihm tröstend eine Hand auf die Schulter.

»Wollen wir uns das Restaurant kurz anschauen?«, schlug sie vor.

»Das geht noch nicht. Die Kriminaltechnik wollte nachher noch einmal rein und letzte Spuren sichern. Im Moment ist nur ein Beamter drin, aber Verstärkung ist wohl unterwegs.«

»Gut, dann rufe ich jetzt mal Janira an, um mich bei ihr zu bedanken, dass sie sich schon wieder so uneigennützig um alles kümmert.«

Die Polizistin nahm das Gespräch schon nach dem ersten Läuten entgegen. Im Hintergrund waren Gläserklirren und undeutliche Gespräche zu hören.

»Ah, Ana, bist du wieder in der Stadt?«

»Ja, und als Henrique mir erzählt hat, dass er dir die ganzen Videos gebracht hat, die seine Kameras heute Nacht im *Triângulo* aufgezeichnet haben, wollte ich gleich mit dir sprechen. Haben deine Kollegen von der Kriminaltechnik denn schon was rausgefunden?«

Janira zögerte einen Moment, bevor sie antwortete.

»Na, was soll ich sagen … Henrique war vielleicht etwas zu euphorisch in seiner Bewertung der Videos. Hat er vielleicht noch mehr Material?«

Ana fragte ihn und gab die Antwort an Janira weiter: »Nein, er hat dir alle Videos gegeben, die er hatte.«

»Gut. Ich meine, schlecht«, entgegnete die Polizistin in betrübtem Tonfall. »Denn auf den Videos, die ich von ihm bekommen habe, ist kein Gesicht deutlich genug zu erkennen, als dass wir damit in die Fahndung gehen könnten. Vielleicht hat er an den Kameras gespart, teilweise hat auch der Rauch des Feuers die Bildqualität beeinträchtigt. Und die Winkel waren leider auch nicht so, dass man da jemanden genau hätte erkennen können. Tut mir leid, Ana.«

198

»Oh ... und deine Techniker können die Videos nicht bearbeiten, damit mehr zu sehen ist? Das machen sie doch immer in diesen Fernsehkrimis.«

»Ja, nur sind wir leider nicht im Fernsehen. Da ist nichts zu machen, die Videos können wir wegwerfen.«

Einen Augenblick lang erwog Ana, ihrer Freundin zu erzählen, dass Henrique die beiden Brandstifter sehr wohl deutlich erkannt und dass einer der Männer heute tagsüber das *Triângulo* gefilmt hatte. Aber dann ließ sie es aus einem vagen Bauchgefühl heraus bleiben, verabschiedete sich von Janira und legte auf.

»Was ist mit den Videos?«, fragte Henrique.

»Janira sagt, darauf sei niemand verlässlich zu erkennen.«

Henrique schnappte nach Luft und deutete dann empört auf sein Smartphone.

»Ich hab dir doch grad den Zusammenschnitt gezeigt – und da sind die Gesichter der beiden ganz klar zu sehen. Warum behauptet Janira denn so was?«

»Glaub mir, Henrique, das frage ich mich auch.«

Auf dem Aeroporto Francisco Sá Carneiro lief alles glatt. Das Flugzeug landete pünktlich, und Fred hatte nicht einmal den Ausgang des Flughafengebäudes erreicht, da winkte ihm auch schon ein Herr in einem gut sitzenden dunkelgrauen Anzug zu. Es war der Autoverleiher, dem Luis Pleider aufgetragen hatte, Fred einen Wagen auszuhändigen. Der Dom hatte dem Verleiher auch gleich ein Foto des Deutschen gemailt, damit er ihn erkennen konnte.

»Ich hoffe, der Wagen ist zu Ihrer Zufriedenheit«, sagte der Vermieter und deutete auf einen schwarzen Aston Martin, zu dem er Fred geführt hatte. »Senhor Pleider ist einer meiner liebsten Kunden, und ich würde ihn und seine Freunde nur ungern enttäuschen.«

»Oh, da müssen Sie sich wirklich keine Sorgen machen. Mir gefällt der Wagen sehr.«

Wenig später ließ Fred den Flughafen Porto hinter sich, und als er bei Vila Real auf die Autobahn wechselte, die nach Süden führte, war kaum eine Stunde vergangen. Etwa zwanzig Minuten später lotste ihn das Navi, in das er die Koordinaten seiner Unterkunft eingegeben hatte, westlich aus Peso da Régua hinaus und auf einer kurvigen Strecke den Berg hinauf. Es ging auf einem schmalen Weg steil nach oben. Ein älterer Mann stand am Ende der Auffahrt und gab ihm mit ausholenden Armbewegungen zu verstehen, dass er weiter hinauf und hinter das Haus fahren solle.

Fred stellte den Aston Martin neben einem sehr gepflegten Jaguar älteren Baujahrs ab und stieg aus. Er hatte gerade den Koffer herausgewuchtet, da stand auch schon der Mann von eben vor ihm, strahlte ihn an, schüttelte ihm die freie Hand und redete in sprudelndem Portugiesisch auf ihn ein.

»Pode falar um pouco mais devagar?«, kramte Fred aus seiner Erinnerung hervor, doch der Mann tat ihm den Gefallen nicht und redete keinen Deut langsamer auf ihn ein als zuvor.

Vom Haus her war ein mächtiges Lachen zu hören, und ein paar schnelle portugiesische Sätze flogen zwischen den zwei Männern hin und her, dann trollte sich der erste, und der andere kam mit wiegenden Schritten auf Fred zu und drückte ihm grinsend die Hand.

»Luis Pleider«, stellte er sich vor und fügte in stockendem Deutsch hinzu: »Sehr angenehm. Ich freue mich, dass Sie hergekommen sind, um uns zu helfen.«

Fred antwortete ihm auf Portugiesisch, wenn auch mit starkem Akzent.

»Ich verstehe Ihre Sprache halbwegs, und ich mag sie, wenn ich sie auch längst nicht so gut spreche, wie ich gerne wollte. Aber das gerade war mir einfach zu schnell.«

»Ich werde versuchen, daran zu denken«, gab Dom Luis zurück, erleichtert, dass er wieder in seine Muttersprache wechseln konnte. »Kommen Sie mit ins Haus. Meine Freunde haben für Sie eine Kleinigkeit zu essen vorbereitet, und dazu ein Glas Hauswein – beides kann ich Ihnen nur wärmstens empfehlen. Und nebenbei bringe ich Sie auf den neusten Stand.«

Tadeu hatte einen leichten Schlaf, wenn er jemanden observieren sollte. Und so schreckte er hoch, als Lisa Langers Auto auf die Hauptstraße einbog. Er setzte seinen Pick-up im genau richtigen Abstand hinter sie, um nicht von ihr entdeckt zu werden, sie aber zugleich nicht aus den Augen zu verlieren.

Zunächst ging die Fahrt Richtung Westen. Tadeu überlegte, wohin die Frau vor ihm wohl fahren wollte. Nach Porto ging es auf der Autobahn schneller – und die Auffahrt lag nordöstlich von Régua. Hatte sie einen privaten Ausflug im Sinn, immer der schön verlaufenden Straße den Fluss hinunter? Immerhin stand die Sonne schon sehr tief, und bald würde es dämmrig genug sein, um einen Unfall inszenieren zu können, ohne dass Augenzeugen allzu viel beobachten konnten. Er ging mögliche Stellen durch, an denen er die Deutsche von der Straße rammen konnte, aber bevor sich die Strecke beim Örtchen Rede nicht in Serpentinen die Hügel hinaufschraubte, war an einen fingierten Unfall nicht zu denken – zu viel los, zu wenig Gefälle, zu übersichtlich.

Doch die Überlegung war hinfällig, als die Frau vor ihm nicht am braunen Hochhaus des Hotels *Dom Quixote* nach links zum Fluss hin abbog, wie es der Weg Richtung Porto erfordert hätte, sondern sich am nächsten Kreisverkehr rechts hielt. Inzwischen hatte er drei andere Autos zwischen sich und den Mietwagen einfädeln lassen, im Kreisverkehr kam noch ein kleiner Transporter dazu – und in der engen Bahnunterführung passierte es: Der Transporter vor ihm bremste abrupt, und dann sah er auch schon den Traktor mit Anhänger kommen. Das sperrige Gefährt tastete sich langsam durch die Engstelle, und als er endlich wieder halbwegs freie Fahrt hatte, war von Lisa Langers Auto nichts mehr zu sehen. Zweimal versuchte er, halsbrecherisch den Wagen vor ihm zu überholen, aber er kam nicht vorbei, und nach einer Weile wurde die Straße links und rechts so eng von Mauern eingefasst, dass an ein Überholen nicht mehr zu denken war.

Endlich bogen der Transporter und ein anderes Auto vor ihm ins Wohngebiet ab. Tadeu trat das Gaspedal durch und hatte Glück: Auch die Deutsche war aufgehalten worden und hing im Schritttempo hinter einem Traktor fest. Langsam fuhr sie das steile Sträßchen bergauf, und als an einer Stoppstelle der Traktor nach rechts tuckerte, wandte sie sich nach links und war im nächsten Augenblick aus seinem Blickfeld verschwunden. Immerhin kannte er nun die Richtung, in die sie unterwegs war, doch als auch die beiden anderen Autos zwischen ihm und der Deutschen abgebogen waren, sah er den Mietwagen, den er verfolgte, nirgendwo vor sich. Er flitzte weiter hinauf, musste einige Male ordentlich auf die Bremsen steigen, um einen Zusammenstoß zu vermeiden – aber Lisa Langer blieb wie vom Erdboden verschluckt.

Als sich in Fontelas die Landstraße gabelte, wählte er auf gut Glück die linke Abzweigung, fuhr durch Santa Bárbara und Pombal und nahm dann die andere Landstraße, die in einem Bogen zurück nach Fontelas führte. Doch nirgendwo war die Deutsche zu sehen. Er hatte Lisa Langer verloren.

Als Lisa in ihrem Mietwagen das Weingut von Pleiders Freunden erreicht hatte, schrieb sie Ana noch eine kurze Textnachricht, um sie auch in Porto auf dem Laufenden zu halten, dann stieg sie aus und betrat das Wohnhaus. Erfreut begrüßte sie Fred, die beiden erzählten sich in groben Zügen, was sie seit dem gemeinsamen Abenteuer in der Toskana erlebt hatten – doch dann zog Dom Luis das Gespräch wieder an sich.

»Ich habe also allem Anschein nach recht mit meinem Verdacht, dass zwischen all den Sabotageakten und den Anschlägen auf die Lokale meiner Großnichte und meiner Enkelin die Lubke-Sippe steckt. Und wenn wir uns zudem noch vor Augen halten, dass Anas Eltern durch einen sehr seltsamen Unfall ums Leben gekommen sind und dass ich auch am Unfalltod von Madalenas Vater vor einigen Jahren so meine Zweifel habe ... dann würde das bedeuten, dass diese verdammte Familie Lubke völlig durchdreht und inzwischen wegen unserer jahrhundertealten Rivalität nicht einmal mehr vor Brandstiftung und Mord zurückschreckt.«

203

Er hatte in seiner Erregung doch wieder etwas schneller gesprochen, deshalb musste Fred sich einige seiner Sätze ein zweites Mal durch den Kopf gehen lassen, bevor er alles verstanden hatte.

»Nun bin ich ja hier und kann hoffentlich helfen«, sagte er. »Aber wie genau stellen Sie sich das vor, Senhor Pleider?«

»Ach, sagen Sie doch bitte Luis zu mir, am besten Dom Luis.«

Lisa versuchte, ernst zu bleiben, und war heilfroh, dass Pleiders gnädiger Blick gerade ganz konzentriert auf Fred ruhte.

»Gut, Dom Luis, welche Aufgabe soll ich also zuerst für Sie übernehmen?«

»Soweit ich herausfinden konnte, wollten Anas Eltern wegen eines Geschäftsabschlusses nach Régua fahren. Der Mechaniker, der den Unfallwagen noch vor der Polizei zu sehen bekam, sagte aber, dass im Auto keine Unterlagen, ja, nicht einmal ein Notizblock mit Kugelschreiber, gelegen haben. Jetzt frage ich Sie: Wer geht zu einer Geschäftsbesprechung und hat keinerlei Unterlagen dabei?«

Die Frage war rhetorisch gemeint, und Lisa und Fred warteten ruhig ab, bis Dom Luis weitersprach.

»Anas Vater war ein tüchtiger Kerl. Er hat aus dem etwas heruntergekommenen Lokal seiner Schwiegereltern in der Ribeira von Porto mit viel Engagement ein richtig gutes Restaurant gemacht. Und er hat nicht ständig die Preise erhöht, bis irgendwann nur noch die Touristen sich dort ein Essen oder eine Flasche Wein leisten können – so wie es die anderen Wirte am Douro seit Jahren machen, um sich die Taschen vollzustopfen. Nein, er ist bescheiden geblieben, hat Speisen und Getränke weiterhin günstig angeboten und so auch die Einheimischen für sein Lokal begeistert. Allerdings …«

Er ließ der Spannung zuliebe eine kleine Pause, obwohl seine Zuhörer ohnehin ganz Ohr waren.

»Allerdings war Augusto Bermudes auch nicht ganz der tadellose und ehrenwerte Geschäftsmann, als den seine Tochter Ana ihn noch heute verehrt. Der gute Augusto hatte ein Näschen für lukrative Geschäfte, und ich will es mal so ausdrücken: Wenn ein solches Geschäft einmal nicht ganz legal war, hat ihm das nicht viele schlaflose Nächte beschert.«

»Was hat er denn getrieben?«

»Ein Beispiel will ich Ihnen nennen: Er hat billigen Wein in Spanien aufgekauft, die Brühe heimlich zu Winzern zwischen Pinhão und Régua transportieren lassen – und dort wurde guter Wein vom Douro mit dem schlechten spanischen verschnitten. Die Mischung hat er dann an Portweinkellereien in Vila Nova verkauft. Den Gewinn hat er sich mit den Winzern geteilt.«

»Wie lange wissen Sie schon davon?«, fragte Lisa.

»Ach, das habe ich damals schon erfahren, da war der daraus fabrizierte Portwein noch gar nicht in Flaschen abgefüllt.«

»Und Sie haben Anas Vater nicht zur Rede gestellt oder ihm gedroht, seine krummen Touren auffliegen zu lassen?«, wollte Fred wissen.

Ein hämisches Grinsen spielte um die Mundwinkel von Dom Luis.

»Die beiden Kellereien, denen Augusto das Zeug angedreht hat, gehören den Lubkes. Da dachte ich mir: Wenn

205

die blöd genug sind, den Schwindel nicht zu erkennen, dann geschieht es ihnen ganz recht, hereingelegt zu werden.«

»Und Sie glauben, die Lubkes sind ihm jetzt doch noch auf die Schliche gekommen, und er musste deshalb sterben?«

Dom Luis zuckte mit den Schultern.

»Pio Lubke, das Oberhaupt dieser windigen Familie, hat Dreck am Stecken, das ist klar. Er zieht seine Geschäftspartner über den Tisch, besticht Beamte, mauschelt hier und betrügt dort – aber eigentlich war er bisher nicht der Typ, der Morde in Auftrag gegeben hätte. Lieber hat er einen Freund bei der Bank oder bei Gericht angerufen und Leute um einen Gefallen gebeten, die ihm noch was schuldeten – und schon hatte der Rivale, den er aus dem Weg räumen wollte, so viele Probleme, dass er gar keine Zeit mehr hatte, Pio den jeweiligen Deal streitig zu machen.«

»Warum, glauben Sie, könnte das diesmal anders gelaufen sein?«, hakte Fred nach.

»Das weiß ich nicht. Und dass ich das nicht weiß, treibt mich gewaltig um – denn normalerweise weiß ich alles, was sich für mich zu wissen lohnt. Einerseits bin ich überzeugt, dass wir den ganzen Schlamassel in Porto und auch hier diesen Lubkes zu verdanken haben. Andererseits ...«

Er trank sein Glas leer und schaute Lisa und Fred tief in die Augen, bevor er weitersprach.

»Andererseits kann ich nicht ausschließen, dass womöglich jemand ganz anderes hinter all dem steckt. Und deshalb würde ich gern etwas mehr über die Lissabonner Vorgeschichte von Anas Vater in Erfahrung bringen. Ich habe auch schon einen guten Bekannten losgeschickt, der sich ein bisschen für mich umhört. Ich hoffe, noch heute, spätestens morgen von ihm zu hören.«

»Und was können wir bis dahin tun?«, wollte Fred wissen.

Dom Luis lächelte verschmitzt und zog einen mehrfach gefalteten Zettel aus seinem Jackett.

»Ich habe herausgefunden, zu welchem Weingut Augusto wollte, als er von der Autobahn abfuhr und auf der Nationalstraße die Kontrolle über seinen Wagen verlor.«

Ana hatte lange mit sich gerungen, ob sie es wirklich tun sollte. Und als sie sich endlich auf den Weg machte, war es schon so spät am Nachmittag, dass sie gar nicht sicher war, ob sie vor Ort noch jemanden antreffen würde, der ihr die gewünschte Auskunft geben konnte. Doch die Polizei schien nicht die Arbeitszeiten zu haben, die man sich gemeinhin für Beamte vorstellte: In dem Gebäude, in dem die Polícia Judiciária untergebracht war, wuselte und wimmelte es. Und als Ana sich am Empfang vorstellte und nach einem Kriminaltechniker fragte, der mit dem Brandanschlag auf ihr Lokal befasst war, bat sie der Pförtner, sich einen Moment in den Wartebereich zu setzen, es werde gleich jemand kommen.

Sie sah sich immer wieder um und fürchtete fast, jeden Moment Janira gegenüberzustehen, doch die war offenbar andernorts beschäftigt. Dafür kamen nun ein Mann und eine Frau in Zivil auf sie zu: die Kommissarin, die die Ermittlungen zum Brand im *Triângulo* leitete, und ein ältlicher Herr von der Kriminaltechnik, der gerade die im Lokal gesicherten Spuren auswertete. Sie bedauerten, dass sie Ana noch vertrösten mussten und ihr im Moment noch keine Auskünfte erteilen konnten, versicherten ihr aber, dass unter Hochdruck an dem Fall gearbeitet werde – zumal man inzwischen auch von den zerstoßenen Rasierklingen in Anas Vorräten wusste und davon, dass möglicherweise ein anderer Brandanschlag in Peso da Régua mit den Ereignissen in der vergangenen Nacht in Zusammenhang stehen konnte.

»Trotzdem hätte ich zu einem Detail gleich jetzt eine Frage«, fasste Ana nach. »Mir wurde gesagt, dass auf den Videofilmen, die in der Brandnacht in und an meinem Haus gemacht wurden, die Gesichter der beiden Männer, die in meinem Haus waren, nicht zu erkennen seien.«

Die Augenbrauen der beiden Beamten gingen nach oben.

»Janira Leite, eine Kollegin von Ihnen, die zur Guarda Nacional Republicana gehört, hält mich unter der Hand ein wenig auf dem Laufenden«, fuhr Ana fort. »Ich hoffe, Sie drehen ihr daraus keinen Strick.«

»Nein, das machen wir nicht«, beruhigte sie der Kriminaltechniker, »und es ist auch kein Problem – die Kollegin wird schon einschätzen können, was sie Ihnen erzählen darf und was nicht. Aber diese Videos ...«

»Ja?«

»Ich nehme an, Sie haben nach der Sache mit den Rasierklingen privat einige Überwachungskameras installieren lassen – und die haben in der Brandnacht gefilmt, richtig?«

»Genau.«

»Hm. Gut möglich, dass diese Filme vor Gericht keine Beweiskraft besitzen, weil sie illegal erstellt wurden, aber ...«

»Aber?«

»Aber sehen würde ich sie trotzdem ganz gern mal. Wem haben Sie die Videos denn gegeben?«

»Janira, also Senhora Leite. Ein Freund von mir, der auch die Kameras installiert hat, war bei ihr und hat sie ihr gegeben. Sie wollte die Videos an die Kriminaltechnik weiterleiten. Am Telefon hat sie mir aber gesagt, dass man auf den Filmen leider keine Gesichter erkennen könne.«

»Nun, ich habe jedenfalls keine Videos bekommen, Senhora Bermudes.«

Lisa und Fred machten sich gemeinsam, aber mit zwei Autos auf den Weg. Fred würde nach dem Besuch der *Quinta do Cantar* in den Bergen, deren Adresse ihnen Dom Luis gegeben hatte, noch zwei andere Weingüter in der Gegend anfahren, um weitere Erkundigungen einzuziehen. Anschließend wollte Lisa zu Ana nach Porto fahren und ihr helfen, das von dem Brandanschlag sicher stark in Mitleidenschaft gezogene Restaurant wiederherzurichten.

Dom Luis hatte ihnen den Weg zur *Quinta do Cantar* beschrieben, aber Lisa war froh, dass sie zusätzlich die Koordinaten ihres Ziels eingegeben hatte, denn nicht jede Abzweigung war rechtzeitig zu sehen auf der engen Straße, die sie immer weiter die Hügel hinaufführte.

In Fontelas, einem kleinen Nest in den Bergen, mussten sie scharf rechts abbiegen, um die etwas größere der beiden Landstraßen zu nehmen, die sich hier trennten. Sie kamen an dem gut gehenden Restaurant vorbei, von dem Francisco gestern Abend gesprochen hatte, als sie in den Weinbergen beieinanderstanden. Sie passierten einen Aussichtspunkt, von wo aus man einen weiten Blick über das Tal des Douro hatte, und kamen an einer kleinen, weiß getünchten

Kapelle vorbei. Dann ging es auch schon auf die schmale Zufahrt zur *Quinta do Cantar*.

Das Kiessträßchen führte bergan durch ein kleines Waldstück und schließlich zwischen Wiesen und Feldern hindurch. Die Gebäude des Weinguts waren schon auf der Hügelkuppe zu sehen, als Lisa den Wald hinter sich gelassen hatte. Die Sonnenstrahlen ließen das Dach des Hauptgebäudes aufleuchten, aber je näher sie dem Anwesen kam, desto schäbiger wirkte es. Von den Außenwänden blätterte an mehreren Stellen der Putz, am Wohnhaus war ein Loch in der Mauer nur notdürftig geflickt, und auch die Fahrzeuge und Anhänger, die auf dem Hof standen, hatten ihre besten Jahre wohl hinter sich.

Doch all das war mit einem Schlag vergessen, als Lisa die Wagentür öffnete und ausstieg. Die Luft um sie war erfüllt von einem quälenden Geräusch, das sie schmerzlich an den gestrigen Abend erinnerte. Sie lauschte noch einmal, dann gab es keinen Zweifel mehr: Hier oben in den Bergen übte Teresa Luazes, die Nachtigall, das, was sie für Singen hielt.

»Um Himmels willen, was ist das denn?«, stöhnte Fred, der neben sie getreten war.

»Dieser Frau durfte ich gestern Abend zuhören, als sie in der Bar eines Nobelrestaurants Fado gesungen hat.«

»Ach, du meine Güte! Damit tritt die auf?«

Kopfschüttelnd steuerte er das Wohnhaus an. Die Tür war zu, eines der Fenster daneben stand jedoch sperrangelweit offen. Fred betätigte den Türklopfer, aber das Krächzen und Schnarren der Frauenstimme riss nicht ab. Er klopfte noch einmal lauter, wieder ohne Erfolg. Dann ging er zu dem offenen Fenster und rief recht kräftig hinein – die Frau lärmte weiter. Lisa stellte sich neben Fred und schaute in den Raum: Teresa stand mit dem Rücken zu ihnen neben einem Tisch, auf dem eine Flasche Whisky und ein halb geleertes Glas standen. Sie trug ein langes schwarzes Kleid, das mit winzigen Pailletten besetzt war, die im Sonnenlicht glitzerten und funkelten.

»Was machen Sie da?«

Die Stimme, die sie angeherrscht hatte, gehörte zu einem Mann um die sechzig, etwas stämmig, mit streng zurück-gekämmten grauen Haaren, der eine Schaufel in der Hand hielt. Das Werkzeug hatte er wie eine Waffe erhoben, und er funkelte die beiden ungebetenen Besucher zornig an.

»Senhor Luazes?«, fragte Fred beschwichtigend.

»Wer will das wissen?«

»Mein Name ist Fred Hamann, und ich wollte Ihnen gern ein paar Fragen stellen.«

»Ich bin Winzer. Von mir können Sie Wein bekommen, gern auch Trauben – aber mit Antworten kann ich grund-sätzlich nicht dienen. Es ist nicht immer gesund, auf Fragen zu antworten.«

»Meine Begleiterin und ich müssen natürlich niemandem verraten, was Sie uns erzählt haben.«

»Das wird Ihnen nicht schwerfallen. Ich erzähle Ihnen nämlich nichts.«

»Es geht um einen gemeinsamen Bekannten. Oder, um genauer zu sein: Wir helfen einer Freundin, den Tod ihrer Eltern aufzuklären.«

Luazes hatte sich gut unter Kontrolle, aber nun zuckten doch die Augenwinkel.

»Ich nehme an, den Namen Bermudes kennen Sie«, fuhr Fred fort.

»Wie war der Name?«, fragte er zurück. »Bermudes? Sagt mir nichts.«

Seine interessiert zusammengekniffenen Augen straften ihn Lügen.

»Eigenartig«, sagte Fred und grinste. »Augusto Bermudes und seine Frau Maria waren auf dem Weg zu Ihnen, als sie oberhalb von Régua von der Nationalstraße abkamen und in den Abgrund stürzten.«

»Was fantasieren Sie sich denn da zusammen? Ich kenne keinen Bermudes, auch keine Frau dieses Namens. Und mit dem Tod der beiden habe ich schon gar nichts zu tun.«

»Das habe ich bisher auch nicht behauptet. Ich würde mich nur gern mit Ihnen darüber unterhalten, was Bermudes mit Ihnen besprechen wollte. Vielleicht gibt uns das einen Hinweis darauf, warum er sterben musste. Denn wir gehen davon aus, dass er und seine Frau nicht durch einen normalen Verkehrsunfall ums Leben gekommen sind.«

Das Gesicht des Weinbauern war verschlossen, seine Lippen aufeinandergepresst, und seine Finger umklammerten den Stiel der Schaufel so fest, dass die Knöchel weiß hervortraten.

»Und dann ist es natürlich so«, fuhr Fred im gemütlichsten Plauderton fort. »Wenn Bermudes tatsächlich wegen eines Geschäfts mit Ihnen sterben musste, wäre ich an Ihrer Stelle vorsichtig und würde mich mit dem Wagen von steilen Abhängen lieber fernhalten.«

Luazes stand starr, aber in seinem Gesicht arbeitete es.

»Ich darf Ihnen sogar sagen, von wem wir wissen, wohin Augusto Bermudes am Tag seines Todes wollte: von Dom Luis, Sie wissen schon, dem Oberhaupt der Familie Pleider, zu der auch Augusto Bermudes gehörte.«

Der Winzer stutzte, und es schien fast, als wolle er nun doch mit ihnen reden. Doch daran lag es nicht, dass Lisa die Atmosphäre plötzlich weniger angespannt empfand – sie brauchte allerdings einen Moment, bevor sie begriff, was der Grund dafür war: Das schrille Geplärre im Haus war verstummt, und Teresa Luazes lehnte nun auf der Fensterbank und verfolgte interessiert die etwas zähe Unterhaltung. Nach kurzem Nachdenken erkannte sie Lisa, und sie rief ihrem Mann zu: »Batista, sei doch nicht so unfreundlich zu unseren Gästen. Die Dame hier ist die Deutsche, von der ich dir gestern Abend erzählt habe.«

Nun war Luazes vollends verwirrt. Er blinzelte und sah Lisa fragend an.

»Sie arbeiten für die Pleiders – und gehen bei einem Lubke essen?«

»Wenn Sie mit uns reden und endlich die blöde Schaufel zur Seite legen, erkläre ich Ihnen auch das, kein Problem.«

»Entre! Immer herein, Sie beide. Ich mach uns schnell Kaffee – oder wollen Sie lieber etwas essen?«

»Nein, wir haben gerade gegessen, vielen Dank.«

Teresa verschwand im Inneren des Hauses. Als ihr Mann die Schaufel an die Hauswand gelehnt hatte und die Besucher ins altmodisch eingerichtete Wohnzimmer führte, standen dort schon Tassen und eine Schale mit Keksen auf dem Tisch.

»Bin gleich fertig!«, rief die Frau des Hauses aus der Küche, und Batista Luazes bot ihnen ungelenk Platz an.

»Weiß Ihre Frau von Ihren Geschäften mit Augusto Bermudes?«, fragte Fred. »Dann sollten wir das jetzt vielleicht noch schnell ohne sie besprechen.«

Luazes wand sich.

»Es sollte an dem Tag, an dem er starb, nicht um Geschäfte zwischen Augusto und mir gehen.«

»Sondern?«

»Ich kannte ihn von früher her, und diesmal wollte ich ihn um Hilfe bitten – aus alter Freundschaft, nichts weiter.«

»Sie kannten ihn von früheren Geschäften her, nehme ich an.«

»Kann man so sagen. Aber darüber möchte ich wirklich nicht reden.«

»Das ist auch nicht nötig. Ich weiß ohnehin, worum es damals ging«, versuchte Fred einen Schuss ins Blaue. »Guter Wein von hier, gestreckt mit billigem Wein aus Spanien – ich vermute mal, Sie und Bermudes haben dabei beide einen guten Schnitt gemacht.«

Luazes sah ihn verblüfft an, dann zuckte er mit den Schultern und nahm sich einen Keks.

»Und wofür oder wogegen haben Sie vor vier Wochen seine Hilfe gebraucht?«

Teresa kam herein, schenkte allen Kaffee ein und stellte die Kanne auf den Tisch.

»Milch? Zucker?«

»Ja, beides bitte«, sagte Fred, und Teresa eilte wieder hinaus.

»Weiß Ihre Frau von dem Problem, mit dem Sie sich an Augusto Bermudes gewandt haben?«

»Ich habe keine Geheimnisse vor meiner Frau.«

Fred grinste.

»Okay, fast keine. Von der alten Geschichte mit dem Wein muss sie nichts wissen, ist auch schon ewig her.«

Teresa kehrte zurück und stellte ein Milchkännchen und eine Zuckerschale vor Fred ab.

»Danke, nein, ich trinke meinen Kaffee schwarz«, sagte er und schob beides zu Lisa.

Teresa schaute ihn verwirrt an, dann setzte sie sich und plapperte auf ihren Mann ein.

»Weißt du noch, Batista, was ich dir über das schreckliche Publikum gestern Abend im *Coroa* erzählt habe? Lauter Banausen, Kunstverächter! Keine Ahnung vom Fado! Nur Sie hier ...« Sie drückte Lisa den Arm. »Nur Sie hier wussten meine Darbietung zu schätzen. Und jetzt sitzen Sie bei uns am Tisch – was für eine schöne Überraschung! Was ist denn der Grund Ihres Besuches?«

Lisa sah Batista Luazes an, um ihm die Chance zu geben, das Thema so anzusprechen, wie es ihm seiner Frau gegenüber am liebsten war.

»Nun ja, Teresa, vielleicht erinnerst du dich noch an den alten Freund aus Porto, von dem ich dir mal erzählt habe?«

Sie sah ihn fragend an.

»Augusto Bermudes«, half er ihr auf die Sprünge. »Der nette Kerl, der in der Ribeira diese Wirtschaft in der Nähe des Flusses betreibt.«

Ein Lächeln erhellte ihr herbes Gesicht.

»Ah, ja, Augusto, ich erinnere mich! Wie heißt seine Frau noch mal ... Marta? Maria? Ja, Maria heißt sie, jetzt weiß ich es wieder. Und hat sein Lokal nicht diesen witzigen Namen? *Triângulo*?«

Sie beugte sich zu Lisa hin und kicherte.

»Er heißt Bermudes und sein Lokal *Triângulo* – Sie verstehen?«

»Ja, wegen des Bermudadreiecks.«

»Ja! Köstlich, oder?«

Sie nahm schlürfend einen Schluck Kaffee.

»Und was ist mit diesem Augusto?«, fragte sie dann und schaute fragend in die Runde.

»Du ...«, setzte ihr Mann zögernd an, »... du hast doch sicher von dem schlimmen Unfall gelesen, bei dem drüben nahe der Autobahn ein Ehepaar mit seinem Wagen in die Tiefe gestürzt ist?«

»Ja, natürlich, wie tragisch! Und ...«

Sie unterbrach sich mitten im Satz, riss den Mund weit auf und schlug sich die flache Hand vor die Lippen.

»Oh Gott, wie schrecklich!«, stöhnte sie dann auf. »Und das war dein Freund Augusto?«

Luazes nickte.

»Und ... und seine Frau Maria?«

Er nickte wieder.

»Aber das hättest du mir doch erzählen müssen! Oder hast du es selbst nicht gewusst und eben erst durch unsere Gäste erfahren?«

»Nein, ich wusste es schon. Augusto war auf dem Weg zu uns, als er verunglückte.«

»Und wieso hast du es mir dann nicht erzählt?«

»Ach, Liebes ... du bist so emotional, und es war vor vier Wochen ja auch keine leichte Zeit für dich, und da dachte ich ...«

Sie strahlte ihn dankbar an und erklärte dann ihren Gästen, was ihr Mann meinte.

»Vor vier Wochen hatte sich ein Gast des *Coroa do Douro* beim Restaurantchef Francisco beschwert. Es war ein Gast, der sich drei Tage lang hier in der Gegend aufhalten wollte.

Er stammte aus Lissabon und hielt sich für den größten Fado-Kenner aller Zeiten. Als er mir an seinem ersten Abend im *Coroa* in der Bar zugehört hatte, war er ganz außer sich – leider nicht vor Begeisterung ... Er wollte sofort den Chefe sprechen, und Francisco versuchte mir hinterher seine Beschwerden schonend beizubringen. Aber er konnte mir nichts vormachen: Der Gast war sehr ungehalten und hat wohl auch drastische Worte gebraucht, um mich zu kritisieren.«

Sie schüttelte entrüstet den Kopf und schaute in die Runde, ob auch ja alle Anwesenden die Tragweite dieser natürlich völlig grundlosen Kritik erfassten. Lisa hatte Mühe, ernst zu bleiben, nickte aber gewichtig, um ihre Gastgeberin nicht vor den Kopf zu stoßen.

»Das muss man sich mal vorstellen!«, schnaubte Teresa. »Da stammt der aus Lissabon und hat trotzdem keine Ahnung von Fado!«

Sie räusperte sich.

»Jedenfalls sprach Francisco danach einige Male davon, das Konzept seiner Bar zu überdenken, mehr auf dezente Klaviermusik zu setzen und mich keine Fados mehr singen zu lassen. ›Liebe Teresa‹, sagte er, ›wir sind hier in Régua und nicht in Lissabon oder Coimbra. Fado ist für eine Bar in unserer Gegend vielleicht gar nicht das Richtige.‹ Fado – nicht das Richtige! Das muss man sich mal vorstellen! Ich habe ihm gesagt, dass Fado überall dort wichtig und richtig ist, wo Rouxinol auftritt – und das hat ihn dann wohl überzeugt. Er hat noch zweimal davon angefangen, dann war es ausgestanden. Aber der Gedanke, dass ich womöglich irgendwann einmal im *Coroa* nicht mehr Fado singen soll ... der hat mir schon sehr zugesetzt.«

»Aber Sie könnten doch auch anderswo singen, Teresa«, wandte Lisa vorsichtig ein.

»Na ja ...« Ein schmerzlicher Zug glitt über ihr Gesicht. »Die Familie Lubke ist in Régua nicht sehr beliebt, wissen Sie? Von hier bis Pinhão hält Dom Luis, das Oberhaupt der Pleiders, die meisten Fäden in der Hand. Seit ich in Franciscos Bar auftrete und im Speisesaal Klavier spiele, bin ich deshalb für viele meiner Bekannten quasi gestorben. Erst heute hat wieder eine frühere Freundin die Straßenseite gewechselt, als ich auf sie zukam.«

Batista tätschelte ihr tröstend die Hand, und sie dankte es ihm mit einem wehmütigen Lächeln. Dann fiel ihr Augusto Bermudes wieder ein, und ihre Miene verdüsterte sich.

»Du hast gesagt, Bermudes sei auf dem Weg hierher gewesen, als er mit dem Wagen verunglückte, der Arme. Was wolltet ihr denn besprechen?«

»Ich hatte ihn um Hilfe gebeten, wegen einer sehr unangenehmen Geschichte. Und davon wollte ich unseren Besuchern gerade erzählen.«

»Ach, Sie kennen Augusto Bermudes auch?«, fragte sie ihre Gäste.

»Ja«, sagte Lisa, »ich bin eine Freundin seiner Tochter Ana.«

»Oje, die Arme! Dann richten Sie ihr bitte mein herzliches Beileid aus! Es muss schrecklich sein, auf diese Weise praktisch seine ganze Familie zu verlieren!«

Batista Luazes erzählte von den Anrufen einer Lissabonner Geschäftsfrau, von einem lukrativen Angebot, das sie ihm am Telefon angedeutet und ein paar Tage später ein Mitarbeiter hier auf der *Quinta* ausführlich erläutert hatte, und davon, dass er sich entschlossen habe, das Angebot auszuschlagen, weil es ihm nicht ganz lupenrein vorgekommen sei. Fred, Lisa und er wechselten einen schnellen Blick. Lisa konnte sich gut vorstellen, dass Luazes das Angebot wahrscheinlich angenommen hätte, wenn er zu dem Schluss gekommen wäre, seinen neuen Geschäftspartnern vertrauen zu können.

»Gut, du hast das Angebot abgelehnt«, meinte Teresa. »Damit müsste die Sache doch erledigt gewesen sein, oder?«

»Leider nicht, Teresa. Diese Geschäftsfrau aus Lissabon hat mich unter Druck gesetzt.«

»Aber womit sollte sie dich denn unter Druck setzen können?«

»Das kann ich dir nicht sagen, mein Schatz. Aber du weißt ja: Wenn man jemandem schaden will, reicht es manchmal, Gerüchte zu streuen – so hanebüchen sie auch sein mögen.«

»Lässt sie dich denn inzwischen in Ruhe, diese fürchterliche Frau aus Lissabon?«

»Ja, und sie wird keine Gerüchte verbreiten, da musst du dir keine Sorgen machen.«

Teresa sah ihn forschend an, gab sich aber mit seiner Antwort zufrieden, als er ihr lächelnd zunickte.

»Und jetzt würde ich gern eine Zigarre rauchen, wenn du erlaubst, meine Liebe.«

»Natürlich, aber bitte nicht hier drin.«

»Ich weiß.«

Er stand auf, Lisa und Fred bedankten sich für den Kaffee und verabschiedeten sich. Batista Luazes begleitete sie nach draußen.

»Kommen Sie, wir gehen ein paar Schritte«, sagte er und steuerte auf einen Schuppen zu, hinter dem sie vom Haus aus nicht mehr zu sehen waren. »Vermutlich können Sie sich schon denken, warum mich die Frau aus Lissabon in Ruhe lässt.«

»Weil Sie das tun, was sie von Ihnen will?«

»Ja.«

»Und was genau ist das?«

»Na ja ... Ich bin wohl so eine Art Strohmann für trübe Geschäfte. Ich lasse zumindest offiziell wieder Tankwagen aus Spanien kommen, wie früher. Nur glaube ich nicht, dass nur billiger Wein drin ist. Die Speditionen werden in meinem Namen beauftragt, aber ich bekomme weder die Lastwagen noch die Ladung jemals zu Gesicht. Die fahren von Pasaia bei San Sebastiàn im Baskenland nach Lissabon oder Aveiro, manchmal auch nach Porto – also immer von Hafen zu Hafen. Mir war das nicht geheuer, und vor allem hat es mich gestört, dass ich nicht wusste, was da in meinem Namen getrieben wird. Als ich Augusto um Hilfe gebeten hatte, hat er sich ein wenig umgehört. Er hat wohl aus früheren Zeiten noch Kontakte nach Lissabon – und das Ergebnis seiner Recherchen wollte er mir mitteilen, als er vor vier Wochen hierher unterwegs war. Dazu kann ich Ihnen nun leider nichts sagen, die Infos haben mich ja nie erreicht.«

»Glauben Sie, dass Ihr Freund Augusto Unterlagen bei sich hatte, mit denen er beweisen konnte, was da lief?«

»Keine Ahnung, aber tatsächlich tickte Augusto genau so: Er liebte es, Beweise zu sammeln. Deshalb würde ich schon annehmen, dass er etwas in der Art bei sich hatte.«

Fred und Lisa tauschten einen Blick, woraufhin Luazes seufzte.

220

»Es wurde im Unfallwagen nichts gefunden, stimmt's?«

»Ja.«

»Dann war es entweder kein Unfall – oder jemand war zufällig in der Nähe, als der Wagen verunglückte, und nahm die Unterlagen an sich.« Er lachte freudlos. »Glauben Sie an solche Zufälle?«

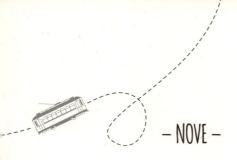

– NOVE –

Lisa war ganz in Gedanken, als sie sich von der *Quinta do Cantar* auf den Weg nach Porto machte. Sie bog in die Landstraße ein, ohne auf den Verkehr zu achten, und prompt zwang sie einen alten Pick-up zu einer Vollbremsung. Kurz wunderte sie sich noch, dass der Fahrer des Pick-ups nicht hupte und zum Seitenfenster hinausschimpfte. Sie entschuldigte sich mit einer Geste und schaltete die Scheinwerfer ein, aber dann dachte sie schon wieder an die Verbindung nach Lissabon, die inzwischen ins Spiel gekommen war und die ja auch Dom Luis schon für wichtig gehalten hatte, um die Hintergründe des Todes von Anas Eltern aufzuklären. Ihr gingen die mutmaßlich verschwundenen Unterlagen nicht aus dem Kopf, und sie fragte sich, was es bedeuten mochte, dass Anas Vater »aus früheren Zeiten noch Kontakte nach Lissabon« hatte, wie Batista Luazes sich ausdrückte.

Als ihr, kurz nachdem sie in Fontelas rechts abgebogen war, das Navi anzeigte, wie viele Kilometer sie noch auf der kurvigen Landstraße unterwegs sein würde, wendete sie den Wagen und fuhr stattdessen in Richtung Peso da Régua, um direkt oberhalb der Stadt auf die Autobahn zu gelangen. Als sie in Fontelas an der Abzweigung vorbeikam, an der sie vom Navi gerade auf die Strecke über Land geschickt worden war, sah sie am Straßenrand unter einer Laterne

223

einen alten Pick-up stehen. Der Fahrer war abgetaucht und suchte vermutlich gerade irgendwelche Papiere im Handschuhfach. Der Wagen sah, soweit sie es im Dämmerlicht erkennen konnte, dem ähnlich, dem sie vor ein paar Minuten die Vorfahrt genommen hatte – Pick-ups schienen hier sehr weit verbreitet zu sein.

Als der Anruf kam, saß Ana gerade mit Clemente und Henrique zusammen und erzählte den beiden von ihrem Gespräch mit den Kripobeamten. Ana hob den Hörer ab, hörte kurz zu und gab ihren beiden Freunden dann hektisch Zeichen, dass sie sofort etwas zu schreiben brauche. Clemente wühlte erfolglos in seinen Taschen, Henrique fiel auf die Schnelle auch nicht ein, wo er Stift und Papier hernehmen sollte. Stattdessen startete er an seinem Smartphone eine entsprechende App und hielt seiner Freundin das Mikro vor den Mund.

»Wohin soll ich kommen?«, fragte Ana nun. »In die Rua da Bainharia? Ja, ich weiß, wo das ist. *Em casa de Pepe* heißt das Lokal? Und wann?«

Sie sah auf die Zeitanzeige auf Henriques Handy.

»Gut, das schaffe ich. Ist ja nicht so weit von mir entfernt. Und woran erkenne ich Sie? … Sie erkennen mich? Okay, gut. Soll ich was mitbringen? Geld habe ich leider gerade keines bei mir, aber … Aha, kein Geld. Auch recht. Ja, verstanden, auch keine Polizei, natürlich nicht. Gut, dann bis …«

Ana verstummte, nahm ihr Handy vom Ohr und schaute aufs Display.

»Hat aufgelegt.«

»Und wer war das?«, fragte Clemente.

Henrique stoppte die App und spielte die Aufzeichnung ab. Es war ein Mann mit rauer, schlecht verstellter Stimme zu hören, der im Gaunerjargon Anweisungen gab und gegen Ende, als Ana erwähnte, dass sie kein Geld bei sich habe, recht gönnerhaft erklärte, dass er ihr helfen wolle, weil er es nicht richtig finde, dass ihr so übel mitgespielt wurde.

»Das ist eine Falle«, raunte Clemente.

»Vielleicht hast du diesmal sogar recht. Aber wenn dieser Typ Informationen hat, die uns weiterhelfen, würde es sich auf jeden Fall lohnen, sich mit ihm zu treffen.«

»Und was machst du, wenn du einfach nur in die Falle tappst und gar keine Infos bekommst?«

Henrique grinste breit und klatschte Clemente seine Hand auf die Schulter.

»Ich hätte da eine Idee.«

Tadeu konnte sein Glück kaum fassen.

Eine ganze Weile war er ziellos zwischen Régua und seinen westlichen Vororten hin und her gefahren. Er hatte mal die eine Landstraße genommen und mal die andere, und so hatte er den größten Teil des Gebiets zwischen Régua und Moura Morta abgegrast, nur diese blöde Deutsche in ihrem Mietwagen hatte er nirgendwo entdecken können. Er war mit seinem Pick-up so nah an fremde Grundstücke herangerollt, dass die dortigen Bewohner auf ihn aufmerksam wurden oder ein Hund anschlug. Er war im Schritttempo an Häusern vorbeigefahren, deren Parkplätze hinter dem Gebäude versteckt waren, und er hatte sogar ältere Einheimische in Gespräche verwickelt und sie beiläufig gefragt, ob kürzlich ein Mietwagen in der Farbe von Lisa Langers Auto hier durchgekommen sei. Darüber hatte die Dämmerung eingesetzt.

Und dann, plötzlich und aus heiterem Himmel, schoss genau dieser Wagen von einem Feldweg direkt vor ihm auf die Landstraße und nahm ihm die Vorfahrt. Fast hätte er gehupt und geflucht, doch gerade noch rechtzeitig hatte er erkannt, wen er da vor sich hatte. Also verhielt er sich ruhig, um nur ja nicht aufzufallen, und setzte sich in gebührendem Abstand hinter den Mietwagen. Die Deutsche schaltete nun endlich ihre Scheinwerfer ein, und mit jeder Nuance, die das Licht um ihn herum schwächer wurde, fühlte sich Tadeu sicherer. Ab und zu kam ihm ein Wagen mit Abblendlicht entgegen, und auch ein Stück hinter ihm war ein Auto mit eingeschalteten Scheinwerfern unterwegs – es herrschte wenig Verkehr, was ihm sehr recht war.

Als sich Lisa Langer an der Gabelung der beiden Landstraßen in Fontelas nach rechts wandte, aber schon nach einem kurzen Stück immer langsamer wurde und schließlich sogar anhielt, fuhr Tadeu lieber an den Straßenrand und wartete. Und wirklich wendete die Deutsche und kam zurück. Er parkte dummerweise direkt unter einer Straßenlaterne, also beugte er sich zum Handschuhfach hin, als würde er dort etwas suchen, und hoffte, dass sie weder ihn bemerken noch sein Auto wiedererkennen würde. Als er wieder auftauchte, war Lisa Langer an ihm vorübergefahren. Tadeu atmete auf, legte schnell den Gang ein und folgte ihr.

Fieberhaft überlegte er, wo er die Deutsche am besten in die Tiefe schubsen konnte. Bis in die Stadt hinunter standen immer wieder Häuser an der Straße, und irgendwann war das Gelände natürlich zu flach, als dass ein Sturz wirklich tödlich gewesen wäre. Und jenseits von Régua war es nur ein sehr kurzes Stück bis zur Autobahn. Er würde also improvisieren müssen. Inzwischen war es schon recht düster geworden, und er schaute auf die Häuser links und rechts der Straße, achtete darauf, wo Licht brannte und welches Gebäude dunkel und leer wirkte.

Als das Dorf hinter ihnen zurückblieb, wäre die Strecke mit ein, zwei Kurven und einem kurzen geraden Stück ideal gewesen – aber in allen Häusern, die er von der Straße aus sehen konnte, brannte Licht, und vom Tal herauf kamen ihnen ausgerechnet in diesem Moment mehrere Fahrzeuge entgegen. Vor dem nächsten Weiler war die Straße zum Tal hin durch eine hohe Mauer abgegrenzt, doch nach einer scharfen Linkskurve erkannte er seine Chance: Weder in der Werkstatt links der Straße noch in den benachbarten Wohnhäusern brannte Licht, niemand schien da zu sein, und vor ihm war auch kein Gegenverkehr zu sehen.

Tadeu trat das Gaspedal durch, und der Pick-up nahm schnell Geschwindigkeit auf. Die Deutsche vor ihm fuhr recht langsam, weshalb er schon nach zwanzig, dreißig Metern das Heck ihres Wagens direkt vor seiner Stoßstange hatte. Ein böses Grinsen legte sich auf Tadeus Gesicht. Er schaltete das Fernlicht ein, bevor er noch etwas mehr Gas gab.

Lisa schreckte aus ihren Gedanken hoch, als es im Innenraum ihres Wagens plötzlich gleißend hell wurde. Hinter ihr hatte ein Fahrzeug aufgeblendet, und dieses Auto kam in hoher Geschwindigkeit näher. Schließlich krachte das andere Auto mit so viel Wucht gegen ihren Mietwagen, dass Lisas Kopf nach hinten geschleudert wurde. Sie ignorierte das jähe Ziehen im Nacken und reagierte so schnell, dass sie selbst überrascht war: Entschlossen trat sie das Gaspedal durch und versuchte, mit kurzen Lenkbewegungen das Schlingern ihres Wagens auszugleichen.

Im Rückspiegel sah sie das Gesicht ihres Verfolgers, der sie breit angrinste. Offenbar fuhr der Mann hinter ihr einen Pick-up, und auf einmal wurde ihr klar, dass es sich dabei um den Wagen handelte, dem sie die Vorfahrt genommen und der wenig später im Dorf unter der Laterne gewartet hatte. Jemand hatte es ernsthaft auf ihr Leben abgesehen. Genau so konnte es auch gewesen sein, bevor Augusto Bermudes drüben nahe der Autobahn von der Straße abgekommen und in den Tod gestürzt war.

Der zweite Aufprall des Pick-ups fiel schwächer aus als der erste, weil Lisas Auto inzwischen ebenfalls mehr Fahrt aufgenommen hatte, aber noch ein, zwei Zusammenstöße, und sie würde nicht mehr verhindern können, dass ihr Auto von der Straße geschleudert wurde. Etwa sechzig Meter vor ihr beschrieb die Straße eine scharfe Linkskurve, spätestens dort würde sie der Pick-up in den Abgrund stoßen. Zwanzig Meter vor ihr befand sich ein Holztor, das rechts und links von zwei Steinsäulen eingefasst war und früher wohl mal den Durchlass durch einen Zaun dargestellt hatte, nun aber mutterseelenallein neben einer Straßenlaterne stand. Die Laterne beleuchtete einen holprigen Feldweg, der in spitzem Winkel von der Straße abging und in den sie in diesem Tempo auf so kurze Entfernung unmöglich abbiegen konnte.

Der Pick-up krachte mit seiner Stoßstange zum dritten Mal gegen ihr Heck, und er hatte sie diesmal wohl nicht genau mittig erwischt, denn Lisas Wagen begann sich zu drehen – und auf einmal wurde ihr klar, wie sie versuchen konnte, ihrem Verfolger doch noch zu entkommen. Sie glich die Drehung des Wagens diesmal nicht aus, sondern riss das Steuer zusätzlich nach rechts. Ihr Auto schleuderte herum, ziemlich genau eine halbe Drehung, dann raste sie rückwärts die Straße entlang. Durch eine starke Bremsung gelang es ihr tatsächlich, dass der Pick-up an ihr vorüberbrauste, ohne ihre Seite rammen zu können. Dann gab sie Vollgas und beschleunigte in die Gegenrichtung. Durch die Schleuderpartie war Lisa einige Meter an der Abzweigung des Feldwegs vorbeigeschlittert, nun schoss sie von der Straße auf den schmalen Weg, dass Steine und Dreckstücke nur so nach allen Seiten wegspritzten.

Ein kurzer Blick in den Rückspiegel ließ fast ihren Mut sinken: Der Pick-up hatte offenbar auch gewendet und hielt rasend schnell auf den Feldweg zu. Sie gab noch mehr Gas und erkannte zu ihrem Schrecken, dass der Weg, der bislang parallel zur Landstraße verlaufen war, direkt vor ihr eine Neunzig-Grad-Kurve nach links beschrieb. Sie riss das Lenkrad herum und schaffte die Kurve gerade so, aber dadurch war der Wagen ein weiteres Mal ins Schlingern geraten, und diesmal bekam sie ihn nicht mehr unter Kontrolle. Das Auto hielt sich noch einige Meter auf dem Feldweg, dann endete die wilde Fahrt an einem Baumstamm.

Es krachte, ein Knall war zu hören, und Lisa hatte das Gefühl, trotz Gurt nach vorn zu fliegen. Doch ihr Kopf, der wirklich nach vorn geschleudert wurde, landete auf dem Airbag, der inzwischen aus dem Lenkrad geplatzt war, und als sie im nächsten Moment gegen die Rückenlehne des Fahrersitzes geworfen wurde, ließ sie los und lag einfach nur noch da, zitternd und stöhnend.

Aus dem Augenwinkel bemerkte sie einen Schatten, aber

sie hatte nicht mehr die Kraft, den Kopf zu drehen. In ihrem Blickfeld erschien das Gesicht des Pick-up-Fahrers, der angesichts ihrer halb geöffneten Lider und der pochenden Halsschlagader einen lauten Fluch von sich gab.

Lisa spürte eine Hand an ihrer Schläfe, ein Arm legte sich um ihren Hals, und der Oberkörper des Mannes presste sich gegen sie. Lisa fielen Actionfilme ein, in denen auf ähnliche Weise Killer ihren Opfern das Genick brachen, und sie schloss die Augen.

Dann ließ der Druck der fremden Finger plötzlich nach, und als Lisa nach kurzem Zögern die Augen wieder aufschlug und den Kopf ganz langsam nach links drehte, war kein Pick-up-Fahrer mehr zu sehen. Neben ihrem Wagen stand Fred, der sie besorgt ansah und fragte: »Geht es Ihnen gut?«

Zwar war ihr Auto an einem Baum zerschellt, aber sie hatte es unverletzt überstanden, und ihr Genick war auch noch heil.

»Ja, so weit«, antwortete sie deshalb mit zittriger Stimme. »Wo ist der Pick-up-Fahrer?«

Fred deutete nach unten und grinste.

»Der tut Ihnen erst mal nichts mehr, Lisa. Aber es wird wohl eine Weile dauern, bis er unsere Fragen beantworten kann.«

Henrique musste seine ganze Überzeugungskraft einsetzen, um Ana sein Vorhaben schmackhaft zu machen. Dann führte er ein paar Telefonate, und schließlich saßen alle beisammen, denen er eine Rolle in seinem Plan zugedacht hatte. Henrique skizzierte die Rua da Bainharia auf einem Notizblock und markierte einige Stellen, an denen sich die

Freunde unauffällig aufstellen sollten, um Ana Rückende-
ckung zu geben, während sie *Pepes* Kaschemme besuchte.

Henrique und Afonso würden sich ein paar Schritte westlich des Lokals postieren. Es gab dort eine schmale Seitengasse, und inzwischen war es dort dunkel genug, dass sich
schnell ein Plätzchen finden würde, von dem aus man unge-
sehen alles im Blick behalten konnte. Tiago hatte gerade
Freischicht, Ruben hatte in Absprache mit seiner Ablösung
etwas früher Feierabend gemacht – die beiden sollten auf
der anderen Seite der Kaschemme in der Rua da Bainharia
nach dem Rechten sehen. Clemente wiederum sollte ein
paar Minuten vor Ana ins *casa de Pepe* gehen, sich einen
Wein bestellen und mit den anwesenden Gästen möglichst
unbekümmert ein Gespräch anzetteln – vor allem sollte er
erwähnen, dass er täglich vor dem *Café Majestic* Maronen
röstete, dass er kürzlich umgezogen sei und Pepes Bar auf
dem Heimweg neu entdeckt habe und nun ausprobieren
wolle. Dann würde Ana die Kneipe betreten, und sie wäre
für alle Fälle drinnen von einem ihrer Freunde beschützt
und draußen gleich von vieren.

Trotzdem hatte Ana ein flaues Gefühl im Magen, als sie
zur vereinbarten Zeit die Tür des Lokals aufstieß und den
düsteren, streng riechenden Raum betrat. Clemente plauderte aufgedreht mit einigen angetrunkenen Gästen, und
keiner der Männer schien auch nur den geringsten Zweifel
daran zu haben, dass Clemente außer Durst keinen Grund
hatte, sich hier aufzuhalten. Hinter dem Tresen stand ein
Mann, der nicht sehr vertrauenswürdig wirkte und Gläser
mit einem Tuch polierte, das eigentlich dringend in die
Waschmaschine musste. Die Kneipe war gut besucht, nur
zwei Tische waren mit lediglich einem Gast belegt. An dem

einen saß ein schmaler Typ Mitte zwanzig, der ihr vage bekannt vorkam und sie lüstern anstarrte, sich dann aber wieder um das Bier kümmerte, das vor ihm stand. Der andere Mann, etwa fünfzig Jahre alt und auf eine gedrungene Art muskulös, lehnte sich bei ihrem Eintreten ein wenig zurück und nickte ihr kaum merklich zu.

Sie steuerte seinen Tisch an und setzte sich ihm gegenüber. Er lächelte hintergründig, nippte an dem Wasserglas vor sich und beugte sich zu ihr hin.

»Schön, dass Sie kommen konnten«, sagte er mit der heiseren Stimme des Anrufers von vorhin.

»Schon recht. Was für Informationen haben Sie für mich?«

»Nicht so hastig, junge Dame«, sagte er und lehnte sich wieder zurück.

»Was soll das werden? Ich habe keine große Lust, in diesem … diesem Loch länger als unbedingt nötig herumzusitzen.«

Sie sah sich um. Der Zwanzigjährige trank von seinem Bier, alle anderen – Clemente eingeschlossen – unterhielten sich laut und lustig, während der Wirt weiterhin Gläser polierte. Dass er nicht zu ihr kam, um ihre Bestellung aufzunehmen, irritierte sie zwar, aber vielleicht war in einer Kaschemme wie dieser Selbstbedienung üblich.

»Ein bisschen werden Sie warten müssen, Senhora, tut mir leid. Aber glauben Sie mir: Es lohnt sich.«

Fünf Minuten vergingen, dann summte das Handy ihres Gegenübers. Er schaute nur kurz aufs Display, nahm den Anruf aber nicht an. Stattdessen stand er jetzt auf und gab Ana ein Zeichen, dass sie ihm folgen solle. Er hielt auf die Tür zu, Ana blieb zwei Schritte hinter ihm. Aus dem Augenwinkel bemerkte sie, dass Clemente auf die Uhr sah und plötzlich sehr in Eile wirkte. Er entschuldigte sich bei seinen neuen Kneipenbekanntschaften, klopfte zum Abschied auf den Tisch und versprach, an einem der nächsten Tage wiederzukommen.

Der Mann vor ihr trat in die Nacht hinaus, und sie folgte ihm.

»Hier lang«, erklärte er und wandte sich nach rechts.

Anas Blick suchte so unauffällig wie möglich ihre Freunde Ruben und Tiago, aber keiner der beiden war zu sehen. Es waren noch fünf Meter bis zu der Seitengasse, aus der ihr gleich Henrique und Afonso zu Hilfe eilen würden. Doch als sie das Eckhaus erreicht hatten, stand sie jemand anderem gegenüber. Einer der Männer, die sie auf dem Zusammenschnitt von Henriques Videos aus der Brandnacht gesehen hatte, grinste sie verschlagen an. Hinter sich hörte sie Schritte: Der hagere Bursche hatte Clemente am Kragen gepackt und ihm den rechten Arm auf den Rücken gedreht, und so, wie er ihn vor sich her stieß, musste Clementes verdrehter Arm stark schmerzen.

»Das mit den Informationen wird leider nichts werden«, behauptete der Mann, der sie in der Kneipe erwartet hatte, und tat zerknirscht.

Der andere hatte einen schwarzen Plastiksack hinter dem Rücken hervorgeholt und hielt ihr nun die Öffnung hin.

»Hier hinein, bitte, Senhora Bermudes.«

Sie sah sich schnell nach allen Seiten um, was den Mann mit dem Plastiksack sehr amüsierte.

»Nach Ihren Freunden müssen Sie nicht suchen, Senhora. Um die haben wir uns schon gekümmert.«

»Was haben Sie …?«

»Machen Sie sich keine Sorgen. Sie wachen bald wieder auf, und das Kopfweh geht auch wieder vorbei.«

Er nickte dem Jungen hinter Ana zu. Ein Schlag, ein erstickter Schrei, und dann ließ der Junge den bewusstlosen Clemente leidlich vorsichtig zu Boden sinken und lehnte seinen Oberkörper an die Mauer des Eckhauses.

»Sie sehen: alles halb so schlimm. Wenn ich jetzt also bitten dürfte?«, fragte er und hielt Ana erneut den schwarzen Sack hin.

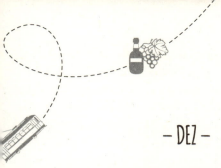

– DEZ –

Fred hatte den bewusstlosen Pick-up-Fahrer auf den Beifahrersitz des Aston Martins verfrachtet, ihn festgeschnallt und mit einigen Riemen, die er in der Fahrerkabine des Pick-ups gefunden hatte, so fixiert, dass er keinen Blödsinn anstellen konnte. Den Pick-up ließ er auf dem Feldweg stehen, Lisas Auto konnte ohne Abschleppwagen ohnehin nicht bewegt werden, und ein Anruf bei Dom Luis ergab, dass sich Senhor Pleider seiner guten Kontakte zu den Behörden bedienen würde, um die Folgen des Unfalls diskret beseitigen zu lassen.

Sie hatten verabredet, den Bewusstlosen in Luis Pleiders Villa zu bringen, wo er in aller Ruhe befragt werden konnte, sobald er wieder auf dem Damm war. Für die halbstündige Fahrt hatte sich Lisa hinter den Gefangenen gesetzt, für alle Fälle mit einem kurzen Holzprügel in der Hand, den sie neben ihrem Autowrack auf dem Boden gefunden hatte.

»Damit hauen Sie ihm gegen die Schläfe, wenn er aufwachen sollte, bevor wir bei Dom Luis sind«, hatte Fred ihr aufgetragen.

Der Mann wand sich zwar ein-, zweimal stöhnend hin und her, aber er erwachte nicht, was Lisa fast ein bisschen leidtat.

Nach etwa einer halben Stunde hatten sie ihr Ziel erreicht, und sie rollten die Auffahrt hinauf, die im warmen Licht der Laternen sehr elegant wirkte. Vor dem Eingang stand der Jaguar-Oldtimer von Dom Luis, an der Fahrertür lehnte sein Chauffeur. Er begrüßte sie und begleitete sie ins Haus. Doch es ging nicht zum Arbeitszimmer seines Chefs hinauf, sondern in einen Kellerraum, der wie eine Mischung aus Fitness- und Boxstudio wirkte. Fred hatte sich den noch immer benommenen Pick-up-Fahrer kurzerhand über die Schulter geworfen und trug ihn nun ohne erkennbare Mühe die Treppen hinab. Unten übernahm ihn der Chauffeur und fixierte Arme und Beine des Mannes an einem Fitnessgerät, das normalerweise die Möglichkeit vieler verschiedener Übungen in sich vereinte, im Moment aber an allen beweglichen Teilen arretiert war.

Die Tür schwang auf, und Dom Luis kam herein. Er ging zunächst auf Lisa zu, nahm ihre Hand und sah ihr tief in die Augen.

»Alles in Ordnung, Senhora Lisa?«

»Ja, geht schon wieder.«

»Es ist unglaublich, was sich diese Lubkes alles herausnehmen! Ich kann mich nur in aller Form bei Ihnen entschuldigen! Sie müssen ja einen fürchterlichen Eindruck davon bekommen haben, wie wir Portugiesen mit unseren Gästen umgehen.«

Er schüttelte ehrlich betrübt den Kopf, dann wandte er sich dem Gefesselten zu.

»So, und das ist also dieser Kerl ... Noch immer bewusstlos, oder tut er nur so?«

»Soll ich es für Sie herausfinden, Dom Luis?«, fragte der Chauffeur.

»Oh ja, das wäre sehr freundlich von dir.«

Luis Pleiders Mitarbeiter ging vor dem Gefesselten in die Hocke.

»Hallo? Hören Sie mich?«, begann er.

Keine Reaktion. Der Chauffeur stupste ein Knie des Pick-up-Fahrers mit den Fingerspitzen an.

»Hallo?«, wiederholte er.

Wieder keine Reaktion des Gefesselten. Langsam öffnete der Chauffeur seine rechte Hand und krallte seine Fingerspitzen links und rechts der Kniescheibe ins Bein des Pick-up-Fahrers. Einen Moment lang beherrschte sich der Gefesselte, dann drang ein Stöhnen aus seinem Mund, und als der Chauffeur noch etwas fester zupackte, wurde daraus ein Schrei. Der Chauffeur erhob sich und wandte sich an Dom Luis.

»Er scheint wach zu sein«, sagte er und trat einen Schritt zurück.

Dom Luis näherte sich dem Mann und lächelte jovial.

»So, mein Freund, dann sagen Sie mir doch zunächst bitte einmal Ihren Namen.«

Der Gefesselte machte Anstalten, seine Lider flimmern zu lassen und wieder zu schließen. Er schien geübt darin, den Bewusstlosen zu spielen.

»Jetzt lassen Sie doch den Quatsch«, bat ihn Dom Luis. »Sonst muss ich meinen Mitarbeiter bitten, Sie wieder aufzuwecken. Ich stelle mir das auf die Dauer sehr schmerzhaft vor.«

Die Lider des Mannes hoben sich wieder, und er funkelte Luis Pleider in einer Mischung aus Furcht und Wut an.

»So ist es schon viel besser, mein Freund. Also: Würden Sie mir bitte Ihren Namen verraten?«

Die Antwort war ein Kopfschütteln. Dom Luis trat einen

Schritt zur Seite, der Chauffeur bedachte den Gefesselten mit zwei krachenden Ohrfeigen, dann tauschten Chauffeur und Chef wieder den Platz.

»Ich frage Sie gern noch einmal – ein letztes Mal, wenn es möglich wäre. Ihr Name?«

»Tadeu«, kam es leise und mürrisch.

»Das habe ich verstanden, aber es wäre schön, wenn Sie von nun an etwas lauter sprechen könnten, mein Freund.«

»Ich bin nicht Ihr Freund!«

Erneut machte Dom Luis seinem Chauffeur Platz. Der beließ es diesmal bei einer Ohrfeige, die aber lauter klatschte als die beiden vorherigen. Dom Luis nahm seinen alten Platz wieder ein und sah kopfschüttelnd zu seinem Gefangenen hinunter.

»Das führt zu nichts Gutem, mein lieber Tadeu, das haben Sie nun hoffentlich begriffen.«

Lisa hielt sich im Hintergrund und beobachtete das Verhör mit einer Mischung aus Abscheu und Interesse. Fred dagegen hatte beide Hände in den Hosentaschen und sah ungerührt zu.

»Ich nehme an, Ihren Nachnamen wollen Sie mir zunächst nicht verraten.«

Tadeus Blick ging zum Chauffeur, der aber unbewegt auf seinem Platz stehen blieb.

»Das macht auch gar nichts«, fuhr Dom Luis unterdessen fort. »Im Moment muss ich ihn auch nicht wissen. Was mich aber doch interessiert, ist Folgendes: Warum haben die Lubkes Sie wohl beauftragt, Frau Langer mit Ihrem Pick-up von der Straße zu schieben?«

Tadeu presste die Lippen zusammen und starrte geradeaus. In den nächsten fünf Minuten nahm der Chauffeur immer wieder seinen Platz ein und traktierte den Gefesselten wahlweise mit Ohrfeigen und Fausthieben gegen Brust und Magen. Nach einem Leberhaken sah Tadeu schon sehr elend aus, aber als die Faust des Chauffeurs auf sein Gesicht zuflog und nur Millimeter vor der Nasenspitze gestoppt wurde, breitete sich unter der Sitzbank, auf die er fixiert war, eine kleine Pfütze aus.

»Ach, nein!«, rief Dom Luis aus und wirkte aufrichtig bestürzt. »Nicht das schon wieder!«

Er drehte sich in gespielter Verzweiflung zu Lisa und Fred um.

»Sie glauben nicht, wie oft ich so etwas hier wegwischen lassen muss. Dabei könnte sich jeder, der hier von mir befragt wird, eine solche Peinlichkeit ganz einfach ersparen.«

Dom Luis wandte sich wieder Tadeu zu.

»Sie müssten nur meine Fragen beantworten, mein lieber Tadeu. Das ist doch nicht so schwer.«

Tadeu schluckte und schwieg.

»Schauen Sie, es ist doch im Grunde genommen ganz einfach: Sie schweigen, weil Sie Angst haben, Ihre Auftraggeber könnten Ihnen wehtun, weil Sie etwas verraten haben, was Sie für sich behalten sollten. Es weiß nur keiner, ob Sie geschwiegen haben oder geplaudert. Nehmen wir an, ich lasse Sie laufen, dann würde ich Sie natürlich überwachen lassen, um Ihren Auftraggebern auf die Schliche zu kommen. Und ich könnte das Gerücht verbreiten, dass ich sehr zufrieden bin mit Ihrer Auskunftsfreude ... Dann hätten Sie jede Menge Ärger, obwohl Sie geschwiegen und dafür ordentlich Ohrfeigen und Schläge und vielleicht noch Schlimmeres eingesteckt haben.«

Er nickte zu Tadeus Kniescheibe, die noch vom Zugriff des Chauffeurs schmerzte.

»Wäre es da nicht besser für uns alle, wenn Sie mir einfach erzählen würden, was ich wissen will? Dann lasse ich Sie vielleicht ebenfalls laufen, streue aber keine Gerüchte – und es bleibt Ihnen überlassen, ob Sie weiterhin für Ihre bisherigen Auftraggeber arbeiten oder vielleicht ganz woanders neu anfangen wollen.«

Tadeu war sehr nachdenklich geworden.

»So, mein lieber Tadeu, versuchen wir es noch einmal: Warum haben die Lubkes Sie beauftragt, Senhora Langer umzubringen?«

»Das ... das waren nicht die Lubkes.«

Dom Luis stutzte, dann trat er einen Schritt zur Seite und machte erneut seinem Chauffeur Platz.

»Nein, nein, ganz ehrlich, es waren wirklich nicht die Lubkes, die mich auf die deutsche Frau angesetzt haben! Ich schwöre!«

Luis Pleider gab dem Chauffeur zu verstehen, dass er fürs Erste doch nicht gebraucht wurde, und baute sich wieder vor dem Gefangenen auf.

»Na, wenn Sie es schwören ...«, sagte er und wiegte den Kopf. »Wer war es dann, der Sie beauftragt hat?«

»Niemand von hier.«

Dom Luis seufzte.

»Wissen Sie, mein lieber Tadeu, so viel Spaß macht es meinem Mitarbeiter auch nicht, gefesselte Männer zu verprügeln. Ihm würde es, glaube ich, inzwischen reichen. Ihnen nicht?«

»Doch, doch, mir natürlich auch, aber ...«

»Aber?«

Tadeu rang mit sich, und Dom Luis lenkte scheinbar ein.

»Dann belassen wir es einstweilen dabei«, sagte er.

Tadeu schaute ihn überrascht an.

»Wie gesagt, einstweilen. Erzählen Sie mir doch bis dahin, warum Sie Augusto Bermudes töten sollten. Sie waren das doch, oder? Sie haben ihn mit Ihrem Pick-up von der Straße geschubst, genauso, wie Sie es heute mit Senhora Langer machen wollten.«

»Ich ... Ja, das war ich auch. Aber ... aber ich kann Ihnen nicht sagen, warum Bermudes sterben musste. Das wird mir nie mitgeteilt, und ich frag auch nie nach. Wer zu viel weiß, lebt gefährlich.«

»Da sagen Sie was, mein lieber Tadeu, da sagen Sie was. Andererseits ...«

Er setzte ein böses Lächeln auf.

»Andererseits wäre es natürlich schon gut, wenn Sie zumindest das wüssten, was ich von Ihnen wissen will.«

Tadeu schluckte erneut.

»Gehen wir zwei Jahre zurück. Da starb der Vater von Madalena Pleider, der Wirtin vom *Cacho de prata*. Das waren auch Sie?«

Tadeu sah flehend zu Fred und Lisa, danach ängstlich zum Chauffeur.

»Schauen Sie doch bitte mich an, mein lieber Tadeu«, ermahnte ihn Dom Luis. »Ich habe Ihnen die Frage gestellt. Und ich wäre Ihnen dankbar, wenn Sie sie jetzt beantworten würden.«

Tadeu schluckte noch einmal, dann nickte er mehrmals langsam. Sein Kinn bewegte sich gerade wieder nach unten, als die rechte Faust von Dom Luis ansatzlos dagegenkrachte. Tadeus Kopf wurde nach hinten geschleudert, ein Zahn flog in hohem Bogen durch den Raum, und dann war nur noch das schwere Atmen von Luis Pleider zu hören. Er räusperte sich, dann wandte er sich an Lisa und Fred.

»Entschuldigen Sie bitte. Ich war früher mal Boxer, musste meinen Sport aber nach einem Bandscheibenproblem aufgeben. Wahrscheinlich werde ich heute Nacht vor Schmerzen kein Auge zutun, aber das musste jetzt einfach sein. Da fährt dieses Arschloch meinen Sohn tot!«

Er räusperte sich ein zweites Mal und wischte sich über die Augen.

»Der Kerl wird jetzt eine Zeit lang nicht für Fragen zur Verfügung stehen. Wollen wir so lange in mein Arbeitszimmer gehen? Ich kann uns Kaffee servieren lassen, und mein Mitarbeiter gibt Bescheid, wenn wir weitermachen können.«

Bevor Fred oder Lisa antworten konnten, wurde die Tür aufgestoßen, und ein junger Mann in Pagenkluft stürzte herein, ein Smartphone in der Hand.

»Für Sie, Dom Luis.«

Er überreichte seinem Chef das Handy, trat zwei Schritte zurück und wartete auf Anweisungen.

»Ja? Wer spricht?«

Luis Pleider hörte eine Weile zu, nickte, brummte gelegentlich ein »Verstehe« und bedankte sich schließlich, dann trennte er die Verbindung und steckte das Handy weg.

»Das war ein Wirt aus Porto«, erklärte er. »In seiner Kneipe hat sich vor einigen Minuten meine Großnichte Ana mit einem Typen getroffen, den der Wirt als Handlanger der Familie Lubke kennt. Sie hat mit ihm das Lokal verlassen und ist seither wie vom Erdboden verschluckt.«

»O Gott«, entfuhr es Lisa.

»Ja, Senhora Lisa, auch ich mache mir Sorgen. Aber ich glaube, es wird Zeit, dass ich diesem ganzen Unsinn ein für alle Mal einen Riegel vorschiebe.«

Er wandte sich an seinen Chauffeur.

»Ich rufe jetzt jemanden an, und dann fahren wir.«

Den Pagen ordnete er zur Bewachung des Gefangenen ab, dann stürmte er aus dem Raum.

»Und was machen *wir* jetzt?«, fragte Lisa.

»Kommen Sie erst mal mit«, schlug der Chauffeur vor. »Ich könnte mir vorstellen, dass Dom Luis das Treffen, das ihm jetzt vermutlich vorschwebt, ohne Zeugen stattfinden lassen will. Aber vielleicht folgen Sie uns mit ausreichendem Abstand und halten sich zur Verfügung?«

Dom Pio hatte damit gerechnet, dass Luis Pleider von der Entführung seiner Großnichte erfahren würde – er hatte das Treffen seiner Helfer mit ihr sogar eigens im *casa de Pepe* stattfinden lassen, damit der geschwätzige Wirt die Neuigkeit brühwarm an die Pleiders weitergab. Schon lange hatte er Pepe im Verdacht, dass er für solche Gefälligkeiten auch den Pleiders gegenüber die Hand aufhielt. Das hatte also geklappt.

Allerdings war die Reaktion der anderen Seite anders ausgefallen als erwartet: Luis Pleider hatte ein Treffen mit ihm vorgeschlagen. Auf neutralem Gebiet, also irgendwo zwischen Porto und Pinhão.

Nachdem sich Pio Lubke von seiner Überraschung erholt hatte, die er dem Anrufer gegenüber natürlich so gut überspielte, wie es eben ging, hatte er als Treffpunkt das Amarante-Spaßbad vorgeschlagen. Die Freizeitanlage befand sich zwar noch im Distrikt Porto, also mehr oder weniger im Herrschaftsbereich der Lubkes, aber doch näher an Pinhão als an Porto. Luis Pleider war sofort einverstanden gewesen, und nun schwärmten die Vorauskommandos beider Familien in Richtung des Dorfs Fregim aus, in dessen Nähe das Bad lag.

Dom Pio konnte sich noch etwas Zeit lassen mit der Abfahrt. Auch Luis Pleider hatte sich am Telefon etwas entspannt, als Pio Lubke ihm versichert hatte, dass es Ana an nichts fehle und dass sie natürlich in keiner Weise gequält oder bedrängt werde. Pleiders Großnichte wusste es nicht, aber ihr war der Plastiksack hier im Haus abgenommen worden. Nun saß sie – wenn auch an einen Sessel gefesselt und mit geschlossenen Fensterläden – bequem in seinem schönsten Gästezimmer und wurde von einer seiner Angestellten mit allem gefüttert, was ein improvisiertes, aber üppiges Büfett hergab.

Durch ein kurzes Telefonat erfuhr er, dass rund um das Spaßbad beide Familien ihre Posten bezogen hatten und dass sein Wagen nun zur Abfahrt bereitstand.

»Dann wollen wir mal«, sagte Dom Pio zu sich und verließ sein Arbeitszimmer.

Fred war dem Jaguar-Oldtimer gefolgt, in dem sich Dom Luis herumchauffieren ließ. Nach gut einer Stunde klingelte Lisas Handy. Pleiders Chauffeur war dran und teilte ihr mit, wohin Fred nun fahren und wo sie auf weitere Anweisungen warten sollten. Fred rümpfte ein wenig die Nase, weil er sich am liebsten dort aufhielt, wo Action war, aber für den Moment musste er sich fügen. Im Vorüberfahren deutete er immer wieder auf einzelne Fahrzeuge, in denen Personen saßen, die auffällig unauffällig ihre Umgebung beobachteten.

»Elefantentreffen«, erklärte Fred. »Und das hier sind die Handlanger beider Seiten. Ich vermute mal, dass Senhor Pleider die Entführung seiner Großnichte so sehr gegen den Strich gegangen ist, dass er sich jetzt mit dem Oberhaupt der Familie Lubke trifft. Für ein Gespräch von Pate zu Pate, gewissermaßen.«

Lisa richtete sich auf eine längere Wartezeit ein, doch Fred hatte den Wagen kaum auf einem schmalen Weg abgestellt, als er auch schon ausstieg und eine App auf seinem Handy startete. Der Weg lag im Dunkeln, allerdings in direkter Nachbarschaft der Autobahn. Fred schien sich auf einer Karte zu orientieren und zeigte schließlich dorthin, wo das Rauschen der vorbeirasenden Fahrzeuge durch das Geäst einiger Laubbäume zu ihnen drang.

»In dieser Richtung sind es nur zwei-, dreihundert Meter«, sagte er und marschierte los, ohne zu erklären, was er damit meinte.

Lisa stolperte hinter ihm her durch die Dunkelheit und folgte ihm auf einem schmalen Pfad, der auf die Schnellstraße zulief. Schließlich erreichten sie ein ausgetrocknetes Bachbett, das in einer niedrigen Unterführung unter der Autobahn hindurch verlief. Gebückt blieb sie Fred auf den Fersen, der vorsichtig voranging und dabei immer wieder auf sein Handy schaute, als folge er den Anweisungen eines Navis. Es ging noch ein Stück durchs Unterholz, dann öffnete sich zwischen den Bäumen der Blick auf einen Parkplatz. Nebeneinander hockten sie sich hinter einen niedrigen Busch, von dem aus sie den ganzen Parkplatz überblicken konnten.

245

Er war leer – bis auf eine Luxuslimousine, deren Motorhaube der Zufahrt zugewandt war. Nach wenigen Minuten war das Geräusch eines Motors zu hören, und dann rollte auch schon Luis Pleiders Jaguar-Oldtimer auf den Parkplatz. Etwa zwanzig Meter vom anderen Fahrzeug entfernt blieb er stehen. Der Motor erstarb, und eine ganze Weile standen die beiden Autos einander gegenüber, beleuchteten mit ihren Scheinwerfern die freie Fläche zwischen ihren Motorhauben. Nur die vorbeifahrenden Wagen auf der Autobahn waren zu hören.

Dann schwang am Oldtimer eine Hintertür auf, es folgte eine Hintertür an der Limousine, und zwei Gestalten bewegten sich langsam um die Fahrzeuge herum und blieben vor der jeweiligen Motorhaube stehen. Beide Männer trugen weite Mäntel und Hüte, und ihre Schatten verschmolzen zu einer dunklen Fläche. Dann setzte sich erst der eine, dann der andere in Bewegung, und als die Männer direkt voreinanderstanden, raunte Fred Lisa zu: »Ich würde viel drum geben, wenn ich hören könnte, was die beiden miteinander zu besprechen haben.«

Aus Freds Smartphone kam ein leises Geräusch, das Lisa erst nicht zuordnen konnte. Das zweite Räuspern erkannte sie aber, und als sie Fred fragend ansah, erwiderte der ihren Blick genauso ratlos.

»Pio«, war aus dem Smartphone leise und verzerrt zu hören, »wir müssen reden.«

»Ich bin hier, Luis. Was willst du?«

»Ich will, dass du meine Großnichte freilässt. Dass du aufhörst, ihr das Leben schwer zu machen. Dass du einsiehst, dass du nicht in tausend Jahren das Lokal meiner Enkelin unter deine Kontrolle bekommen wirst. Dass du ...«

»Na, jetzt hör schon auf, du alter Zausel!«, unterbrach ihn der andere. »Wir sind hier nicht beim Wunschkonzert.«

Aus dem Smartphone drang ein unterdrücktes Glucksen.

»Du hast gefragt, Pio. Ich dachte, du wolltest eine ehrliche Antwort.«

»Nicht wirklich«, sagte der andere mit amüsiertem Unterton, »nein danke.«

Die Unterhaltung der beiden Männer klang nicht gerade wie das Psychoduell zweier Erzfeinde. Eher nach zwei alten Freunden, die sich nach längerer Zeit an die vertrauten Frotzeleien von einst erinnern.

»Jetzt mal im Ernst: Warum hast du Ana entführt?«

»Um Druck auf dich auszuüben.«

»Um *was* zu erreichen?«

»Dass du endlich aufhörst, unserer Familie zu schaden. Dass du aufhörst, mir hier oben am Douro einen Deal nach dem anderen wegzuschnappen. Dass du aufhörst, Leute bei meinem jüngsten Sohn einzuschleusen, die ihn ausspionieren und womöglich die Konkurrenz mit allen möglichen Infos versorgen. Es kostet mich ein Vermögen, dass der Kleine mit seinem blöden Restaurant keinen Erfolg hat.«

»Na ja, dein Kleiner ... Dann sollte er halt mal diese Krähe rausschmeißen, die ihm nachts die Gäste aus der Bar verscheucht mit ihrem Gekreische.«

»Oja, Rouxinol ... Einmal hab ich sie hören dürfen ... Nach diesem ›Genuss‹ habe ich drei Nächte schlecht geschlafen. Aber er hat halt einen Narren an der Frau gefressen. Er glaubt wirklich, dass sie eine gute Fado-Sängerin ist.«

Abgrundtiefes Seufzen, und dann eine unerwartete Bewegung: Luis Pleider legte Pio Lubke eine Hand auf die Schulter.

»Wir haben beide unser Päckchen zu tragen, Pio.«

»Ja, ich weiß, und es war ernst gemeint, als ich dir vor zwei Jahren mein herzliches Beileid zum Tod deines Sohnes ausgesprochen habe. Das war ein feiner Kerl, und wenn unsere Familien nicht schon ewig verfeindet wären, hätte ich meinen Jüngsten am liebsten zu deinem Sohn in die Lehre geschickt. Der hätte ihm alles beibringen können, was er bräuchte, um seinen Laden flottzukriegen.«

»Echt? Das hättest du gemacht?«

»Ja, natürlich. Aber du wolltest ja nicht mal mein Beileid – und ich glaube immer noch, dass du mich im Verdacht hast, am Tod deines Sohnes schuld zu sein.«

»Hatte ich, Pio, hatte ich. Bis heute Abend.«

»Ach? Und was ist heute Abend passiert? Ist es wegen Anas Entführung?«

»Ach was, red keinen Quatsch. Du wirst sie nirgendwo eingesperrt haben, wo sie sich fürchten muss, nehme ich an.«

»Natürlich nicht. Sie sitzt bei mir daheim in einem Gästezimmer, auch wenn sie es nicht weiß, weil die Läden geschlossen sind und sie gefesselt ist.«

»Gefesselt?«

»Nur ein bisschen, Luis. Nicht so fest, dass es wehtut, aber fest genug, dass sie nicht abhauen kann.«

»Gut.«

Stille kehrte ein, dann redete Luis Pleider in ruhigem Ton weiter.

»Ich hab dir was vorzuschlagen, und als Zeichen meines guten Willens ziehe ich alle ab, die ich bei euch eingeschleust habe.«

»Alle?«

»Na ja, fast alle – ich muss doch auch künftig Bescheid wissen, was du so treibst, nicht wahr? Du hältst es sicher nicht anders.«

»Ähem ...«

»Eben. Aber das Restaurant deines Jüngsten lasse ich in Ruhe, versprochen.«

»Rodrigo ist im Krankenhaus, habe ich gehört. Hast du noch mehr Leute ins *Coroa* eingeschleust?«

»Ja, zwei, drei – ich ziehe sie gleich morgen ab, in Ordnung?«

»In Ordnung. Hoffentlich gehört auch diese Heulboje zu deinen Leuten, dann wäre Francisco sie endlich los.«

»Nein, tut mir leid, Rouxinol hat dein Sohn nicht mir zu verdanken, die hat er sich selbst eingebrockt.«

»Na ja, man kann nicht alles haben. Aber warum machst du mir Friedensangebote, und was willst du wirklich mit mir besprechen?«

»Schau, Pio, wir balgen uns seit so vielen Jahren um die Macht zwischen Porto und Pinhão, da sollten wir zusammenhalten, wenn sich jemand von außen einmischt.«

»Ach? Wer mischt sich denn ein?«

»Stell dich nicht dumm, Pio. Du weißt, dass du meinen Sohn und Augusto nicht auf dem Gewissen hast – und ich weiß es inzwischen auch. Was weißt du über Augustos Leben, bevor er Maria geheiratet und das *Triângulo* übernommen hat?«

»Sicher weniger als du, aber immerhin so viel: Er hatte Dreck am Stecken, als er sich aus Lissabon davonmachte. Und er hat wohl damals auch eine Frau dort sitzen lassen.«

»Ja, und das hätte er mal besser nicht getan.«

»Warum? Hatte sie ein Kind von ihm?«

»Zum Glück nicht, aber sie ist so nachtragend wie ihr Vater. Und den kennen wir beide.«

Luis beugte sich zu Pio hinüber und murmelte ein Wort oder einen Namen, den Fred und Lisa leider nicht verstanden. Seine Stimme hatte plötzlich gedämpfter geklungen als zuvor, doch schon das leise Pfeifen des anderen klang wieder so klar wie bis dahin das ganze Gespräch. Fred starrte angestrengt zu den beiden Männern hinüber, und es war ihm, als lege Luis Pleider in diesem Moment den Zeigefinger auf seine Lippen. Der andere nickte nach kurzem Zögern.

»Und diesem nachtragenden Weibsstück werden wir eine Falle stellen, die sie lehren wird, mit ihren krummen Geschäften in Lissabon zu bleiben, wo wir sie wiederum in Ruhe lassen. Ich schick dir eine Textnachricht, was ich vorhabe – und wie du mir dabei helfen kannst.«

Luis streckte die Hand aus, und Pio schlug ein.

»So machen wir das«, bekräftigte er.

Damit wandten sich die Männer voneinander ab, jeder ging zurück zu seinem Wagen und stieg ein. Die Motoren wurden gestartet, und die Fahrzeuge rollten davon.

»Warum konnten wir alles mithören?«, fragte Lisa.

Fred zuckte mit den Schultern, an seiner Stelle antwortete Dom Luis über dessen Handy.

»Lieber Fred, folgen Sie uns bitte nach Porto? Die wichtigen Informationen haben Sie ja schon, den Rest erzähle ich Ihnen bei Gelegenheit. Wir treffen uns im *Triângulo*. Dorthin ist meine Großnichte vermutlich in ein paar Minuten unterwegs.«

Fred schaute zu dem Jaguar-Oldtimer hinüber. Ein winziges Kästchen wurde durch das hintere Seitenfenster geworfen und blieb auf dem Parkplatz liegen. Lisa betrachtete das Display von Freds Handy. Mitten auf einer Kartendarstellung des Parkplatzes vor ihnen pulsierte ein kleiner blauer Punkt, der unbewegt in der Mitte der asphaltierten Fläche blieb, während Luis Pleiders Wagen davonfuhr.

»Ich hätte mir eigentlich denken können, dass er die Wanze bemerkt«, sagte Fred und machte sich mit einem anerkennenden Grinsen auf den Rückweg zu seinem Auto.

Ana staunte nicht schlecht, als die Tür aufschwang und der dicke Patriarch der Familie Lubke das Zimmer betrat. Er löste ihre Fesseln, erkundigte sich artig nach ihrem Befinden und entschuldigte sich für die Unannehmlichkeiten, die sie hatte erdulden müssen. Pio Lubke war höflich, und seine Freundlichkeit schien echt. Sogar auf ihre Vorwürfe reagierte er zurückhaltend und wirkte ehrlich zerknirscht.

»Darf ich Sie ins *Triângulo* begleiten?«, fragte er schließlich.

Das verschlug ihr dann doch die Sprache, zumindest für einige Augenblicke.

»Nimmt das denn nie ein Ende? Können Sie denn nicht einfach die Finger von meinem Lokal lassen und sich um Ihre eigenen Angelegenheiten kümmern?«

»Genau das habe ich vor, liebe Ana.«

Sie blinzelte verwirrt, doch statt einer Erklärung geleitete er sie aus dem Zimmer, die Treppe hinunter und durch die Haustür, vor der seine Limousine abfahrbereit stand.

»Ich soll mich von Ihnen in das Lokal fahren lassen, das Sie mir abknöpfen wollen? Nein, danke, da lauf ich lieber!«

»Jetzt machen Sie mir doch bitte die Freude.«

»Wieso sollte ich ausgerechnet Ihnen eine Freude ma-

251

chen? Sie sabotieren mein Restaurant, und womöglich haben Sie sogar meine Eltern auf dem Gewissen!«

Ihre Augen schimmerten feucht.

»Bitte nicht weinen, Ana. Ich kann keine Frau weinen sehen. Und ich werde Ihr Restaurant nie wieder sabotieren, versprochen. Für alles, was ich Ihnen zugemutet habe, möchte ich mich entschuldigen. Und selbstverständlich komme ich für alle Schäden auf, die ich habe anrichten lassen. Und Ihre Eltern ...«

Ana funkelte ihn an.

»Ich habe mit dem Tod Ihrer Eltern nichts zu tun, Ana! Gar nichts, bitte glauben Sie mir das!«

Sie musterte ihn, ohne irgendwelche Anzeichen von Verschlagenheit in seiner Miene zu entdecken, aber vielleicht war er einfach nur ein sehr guter Schauspieler.

»Bitte begleiten Sie mich in Ihr Lokal, Ana. Dann warten Sie ein bisschen, und Sie werden sehen, dass wir künftig an einem Strang ziehen werden.«

Er öffnete die Hintertür und deutete auf die Rückbank.

»Bitte, geben Sie mir diese Chance.«

Das *Triângulo* war von der Kriminalpolizei nach dem erfreulich schnellen Ende der Spurensicherung wieder freigegeben worden. Die beiden verbrannten Tische standen hinter dem Haus im Freien, es war gründlich gelüftet worden, und nun konnte man wenigstens wieder einigermaßen gemütlich bei Wein, Brot und Oliven zusammensitzen.

Und was für eine Runde hatte sich in dieser Nacht in dem Lokal zusammengefunden!

Am Stammtisch hatten einige der eigentlichen Stammgäste keinen Platz mehr bekommen, weil sich dort Pio

Lubke und Luis Pleider ein ums andere Mal zuprosteten. Neben ihnen saßen Fred und Lisa, Ana und Madalena. Außerdem hatte Dom Luis von einem seiner Pagen Francisco Lubke im Auto nach Porto bringen lassen. Vor allem Madalena und Francisco unterhielten sich sehr angeregt. Und als Francisco kurz zur Toilette ging, wandte sich Lisa amüsiert an Madalena.

»Ich dachte, du stehst mehr so auf die kernigen Männer. Und jetzt turtelst du mit Francisco herum, der zwar sehr nett ist, aber nicht den Hauch einer Ähnlichkeit mit Vin Diesel oder Dwayne Johnson hat ...«

Madalena lachte.

»Ach, ich habe gemerkt, dass Francisco nicht nur ein richtig netter Kerl ist. Wir haben auch dieselben Interessen. Der ist, was sein Lokal angeht, mit Herzblut dabei. Ich glaube, ich mache ihm ein paar Vorschläge, wie er sein Restaurant richtig in Schwung bringen kann. Vorausgesetzt, er will sich meine Tipps überhaupt anhören.«

Francisco war zurück am Tisch, nahm seinen Platz ein und fragte arglos: »Was soll ich mir von dir anhören?«

»Ach, ich habe gerade zu Lisa gesagt, dass ich vielleicht ein paar Ideen hätte, wie man dein *Coroa* flottbekommt.«

»Klar, lass hören!«

Und schon hatten sich die beiden in die schönste Fachsimpelei verstrickt.

Lisa sah sich um. An den übrigen Tischen saßen Anas Freunde mit den Fahrern von Lubke und Pleider zusammen. Auch der zweite Chauffeur von Dom Luis war inzwischen eingetroffen. Er hatte den Auftrag bekommen, Tadeu zu einem weiteren, noch etwas eindringlicheren Verhör nach Porto zu bringen. Dementsprechend verängstigt war dieser

253

in den Wagen gestiegen. In der Nähe der Kathedrale – diesen Teil der Anweisung hatte Tadeu nicht mitbekommen – sollte der Fahrer ein Motorproblem vortäuschen, damit sich der Gefangene aus dem Staub machen konnte. Dafür, dass Tadeu von diesem Zeitpunkt an auf Schritt und Tritt beobachtet wurde, war gesorgt.

Ab und zu gingen Anrufe auf den Handys der beiden Patriarchen ein, und irgendwann erhob sich Dom Luis feierlich.

»Es ist angerichtet. Fred, wenn Sie so freundlich wären, meinen Chauffeur zu begleiten. Und du, Pio, hast doch sicher auch einen Mitarbeiter, den du mit den beiden losschicken möchtest.«

Als die beiden zusammen mit Lubkes Chauffeur das Lokal verlassen hatten, erklärte Luis Pleider, welchen Plan er gefasst hatte und was er damit bezweckte.

Eine knappe Stunde später waren alle auf ihrem Posten. Ana, Lisa, Francisco und Madalena, denen eine besondere Rolle zum Abschluss der Aktion zugedacht war, trafen wie vereinbart in einer Seitengasse der Rua da Bainharia ein, nicht weit entfernt von der Kneipe des schmierigen Pepe. Verborgen hinter dem Eckhaus warteten zu Anas großer Überraschung auch die beiden Kripobeamten, die sie am späten Nachmittag aufgesucht hatte.

»Wir wollten einige Kollegen zur Verstärkung mitbringen«, sagte die Kripokommissarin, und ihr älterer Kollege lächelte wissend, »aber Senhor Lubke und Senhor Pleider haben uns versichert, dass das nicht nötig sein würde. Die beiden haben in der Stadt einen Ruf wie Donnerhall, vor allem Senhor Lubke hat in Porto die allerbesten Kontakte. Ich glaube, wir sind ganz gut beraten, wenn wir uns in diesem Fall auf sein Versprechen verlassen.«

Die Kommunikation zwischen den einzelnen Teams verlief lautlos über Textnachrichten, und auf diese Weise konnten die beiden Kripobeamten mit Lisa, Ana, Madalena und Francisco den Fortgang der Angelegenheit fast in Echtzeit verfolgen. Schließlich kam die Nachricht, auf die Ana und Lisa gewartet hatten – und sie setzten sich sofort in Bewegung. Ana war zunächst ein wenig verhalten, denn sie erinnerte sich noch sehr gut daran, was ihr nach ihrem letzten Besuch im *Em casa de Pepe* widerfahren war. Doch Lisa an ihrer Seite ermutigte sie, und schließlich betrat Ana die Kneipe, während Lisa zunächst draußen vor der Tür blieb.

Janira, die mit Tadeu an einem Tisch in der Ecke saß, sah verblüfft, wie Ana auf sie zukam und sie wie immer mit Küsschen und Umarmung begrüßte. Sie tauschten ein paar höfliche Floskeln und bestellten Wein.

»Was ist denn mit deinem Bekannten passiert?«, fragte Ana dann und tat so, als wüsste sie nicht von Dom Luis, dass Tadeu der mutmaßliche Mörder ihrer Eltern war. Sie wandte sich an ihn und versuchte, ihre Abneigung ihm gegenüber zu überspielen. »Sie sehen schlimm aus, als wären Sie unter ein Auto geraten!«

»So ähnlich«, brummte er und verzog sein Gesicht zu einem schwachen Grinsen. Ihm tat jeder Muskel weh.

»Du, Janira, ich muss dir unbedingt etwas erzählen!«

»Äh ... ja, schieß los.«

»Du hast doch gesagt, dass auf den Videos nichts zu erkennen war, also zumindest keine Gesichter, mit denen die Polizei etwas anfangen könnte, oder?«

Janira wirkte nun noch angespannter, rang sich aber ein »Stimmt, echt schade« ab.

»Henrique ist noch einmal das gesamte Material durchgegangen und …«

»Er hat mir doch die Originale gegeben?«

»Ja, klar, aber natürlich hat er sich vorher Sicherheitskopien gezogen. Und die hat er mir mitgegeben, ich wollte sie gerade zu deinen Kollegen von der Polícia Judiciária bringen. Kennst du die Beamtin, die die Ermittlungen leitet?«

»Klar kenn ich die.«

»Oh, das ist super. Dann kannst du mich vielleicht begleiten. Ich glaube, die hat heute Nachtschicht – aber wenn ich da allein ankomme und behaupte, ich hätte wichtiges Beweismaterial … Na ja, ich hätte halt lieber dich dabei, dann wirkt das doch gleich alles etwas amtlicher, nicht wahr?«

Janira war anzusehen, wie ihr die unterschiedlichsten Gedanken durch den Kopf schossen. Bei den letzten Sätzen sah sie ein wenig zuversichtlicher aus, und mit einem falschen Lächeln sagte sie: »Gute Idee, Ana. Selbstverständlich begleite ich dich zu meiner Kollegin. Es ist ja super, wenn sie jetzt doch noch was mit diesen Videos anfangen kann.«

Sie wechselte einen schnellen Blick mit Tadeu, der auch prompt aufstand, sich mit einer fadenscheinigen Begründung verabschiedete, dem Wirt zwei kleine Scheine auf den Tresen legte und sich dann trollte.

»Komm, dann lass uns gleich gehen, Ana. Je schneller die Kollegen die Videos in Händen haben, umso besser. Du hast die Daten doch schon bei dir, oder?«

»Ja, natürlich.« Sie zog einen Stick aus der Tasche. »Aber auf diese Dateien muss ich echt aufpassen – das sind Henriques Sicherheitskopien.«

»Gut, dann geben wir schön acht, nicht wahr?«

Sie traten auf die Straße und machten sich auf den Weg zu dem Gebäude, in dem die Polícia Judiciária untergebracht war. Die Rua da Bainharia war menschenleer, nirgendwo waren Schritte zu hören – was kein Wunder war, denn bis auf einzelne Kaschemmen wie die von Pepe war in der Innenstadt von Porto längst kein Gasthaus mehr geöffnet. Selbst von der sonst so belebten Rua de Mouzinho da Silveira, die nur einen Block weiter nördlich lag, drang kaum ein Laut herüber.

Plötzlich trat Tadeu aus einer dunklen Ecke und blieb direkt vor Ana stehen. Er hielt ein Messer in der Hand. Ana hielt abrupt an, wich einen Schritt zurück und griff nach der Hand von Janira, die eben noch neben ihr gegangen war, als suche sie ihren Schutz. Doch Janira war schon weiter vorn stehen geblieben, und so, wie sie jetzt dastand, mitten auf dem Weg und außer Reichweite von Anas Hand, sah es aus, als wollte sie ihr eher einen Fluchtweg abschneiden als ihr gegen Tadeu beistehen.

»Bring's zu Ende mit dieser verdammten Familie!«, zischte Janira. In ihrer Stimme lagen Hass und Wut und Eiseskälte. »Jetzt mach schon, du Jammerlappen, oder muss ich das auch noch selbst erledigen?«

Tadeu zögerte.

»Wenn ich mich darauf verlassen hätte, dass dein blöder Stein alles regelt, wären wir Anas Eltern nie losgeworden! Ich kann es mir richtig vorstellen: Du stehst dort oben am Rand der Landstraße und lässt den Stein fallen – immerhin im richtigen Moment. Der hat die Windschutzscheibe durchschlagen und die beiden ordentlich erschreckt. Aber Anas Vater ist einfach rechts rangefahren, hat nachgeschaut, ob seine Frau verletzt ist, und wollte dann gleich weiterfahren. Hätte ich nicht deinen Pick-up genommen und hätte sie von der Straße geschoben, dann wären die beiden mit dem Leben davongekommen. Und dann hättest du zusehen können, wie die Chefin darauf reagiert hätte. Die hätte dir den Kopf abgerissen, das sag ich dir! Also hab ich dir den Arsch gerettet, verstehst du? Jetzt stech diese Ana ab, dann nehm ich mir den Stick, und alles ist gut!«

»Mach's doch selber, wenn du alles besser kannst!«

Tadeu warf ihr wütend das Messer hin, es fiel klirrend auf den Boden, und tatsächlich bückte sich Janira nach der Waffe und näherte sich Ana.

»Hast du echt geglaubt, ich helfe dir, obwohl du meinen Bruder abserviert hast?«, knurrte sie Ana an. »Abserviert, weil er dir nicht gut genug war, weil dir seine Familie nicht gut genug war?«

»Dein Bruder Jamiro hat mich betrogen, und das nicht nur einmal. Und als ich ihm dann auch noch draufgekommen bin, dass er krumme Dinger dreht, dann war für mich das Maß voll! Deshalb habe ich Schluss gemacht! Das hatte mit dir oder eurer Familie gar nichts zu tun!«

»Schon klar. Du bist ja eine Heilige. Vor allem dein Papa, der nie irgendetwas Unrechtes getan hat! Hast du eine Ahnung!«

»Lass meinen Vater da raus! Ich habe wirklich keine Ahnung, warum du ihn umgebracht hast – aber so oder so ist er das Opfer, und du bist die Mörderin, nicht umgekehrt!«

»Wenn du wüsstest, was dein Vater alles gedreht hat! Dass er Dreck am Stecken hatte ohne Ende! Und dann spielt er sich auf als der große Gerechte, der dem organisierten Verbrechen das Handwerk legen will – pah!«

»Wovon sprichst du?«

Natürlich war Ana von ihrem Großonkel angehalten worden, Janira zum Reden zu bringen. Doch was, wenn es stimmte, was ihre falsche Freundin von sich gab?

»Dein Vater war einer Sache auf die Spur gekommen, die er lieber mal hätte ruhen lassen. Meine Auftraggeberin in Lissabon hat davon Wind bekommen und hat Tadeu und mich beauftragt, seine Pläne zu durchkreuzen. Das haben wir gemacht, und wir haben alle Beweise, die er bei sich im Wagen hatte, verschwinden lassen. Für mich hat sich das bisher nicht allzu sehr gelohnt, aber wenn die Lissabonner erst einmal hier in Porto Fuß gefasst haben, werden sie sich daran erinnern, wer ihnen geholfen hat. Dann wird sich das für mich auszahlen. Dann kann es auch deine ganze verdammte Sippe nicht mehr verhindern, dass ich es in dieser Stadt zu etwas bringe!«

»Du spinnst doch! Was hat denn meine Familie damit zu tun, dass du seit Jahren auf eine Beförderung wartest?«

»Na, da frag mal deinen lieben Großonkel Luis. Der hat da seine Finger drin, und wann immer ich an der Reihe gewesen wäre, hat er an ein paar Strippen gezogen, und dann sind wieder andere an mir vorbeigezogen, und ich bin weiter Streife gefahren. Vielen Dank auch! Aber damit ist jetzt Schluss!«

»Stimmt«, war eine energische Frauenstimme hinter Janira zu hören. Sie fuhr herum, das Messer noch in der Hand, und erstarrte mitten in der Bewegung. Vor ihr stand die Kommissarin, die die Ermittlungen rund um den Brandanschlag auf das *Triângulo* leitete. Neben ihr hatte sich der ältere Kollege aufgebaut, der die Spuren sicherte. Und hinter den beiden befanden sich Dom Luis und Dom Pio. Luis

Pleider hielt ein Handy hoch, und als Janira nicht mehr weitersprach, nahm Pleider das Telefon ans Ohr.

»Hast du alles mit angehört?«, fragte er. »Ja? Gut. Dann werde ich dich nachher noch einmal anrufen und dir in Ruhe erklären, wie du aus dieser Nummer wieder rauskommst. Und das alles nur aus verschmähter Liebe, weil dich Augusto vor Jahren hat sitzen lassen!«

Er hörte eine Weile zu, dann sprach er weiter.

»Gut, dann halt nicht aus verschmähter Liebe. Aber nur, weil er dir für deine Machenschaften auf die Finger geschaut hat und du gefürchtet hast, er könnte dich ans Messer liefern, musst du ihn ja nicht gleich umbringen lassen!«

Wieder eine kurze Pause, dann wurde Luis leider ein wenig lauter.

»Nein, davon will ich jetzt nichts mehr hören! Du wirst mir einige Gefallen tun – und du wirst keine Geschäfte mehr über unsere Gegend hier laufen lassen, verstanden? Porto ist tabu für dich, das ganze Dourotal ist tabu für dich. Und falls du dich nicht daran hältst, werden Dom Pio und ich uns ein wenig um Lissabon kümmern. Glaub mir, meine Liebe, das willst du nicht!«

Er legte auf und steckte das Handy weg. Dann fiel ihm der strahlende Blick auf, mit dem Pio Lubke ihn ansah.

»Was ist denn?«

»Nichts, nichts – *Dom* Luis.«

In dem Durcheinander hatte Tadeu natürlich sofort versucht abzuhauen, aber plötzlich stand Fred vor ihm. Tadeu wollte an ihm vorbeirennen, aber als er ein paar Meter weiter hinten den Chauffeur von Dom Luis erkannte und ein nicht weniger muskulöser dritter Mann auf ihn zukam, blieb er stehen und ließ sich von Fred ohne Widerstand und mit hängenden Schultern zu den beiden Kripobeamten führen.

»Danke«, sagte die Kommissarin, »den Rest werden wir wohl selbst schaffen.«

Sie wandte sich an Luis Pleider.

»Mit wem haben Sie da gerade telefoniert?«

Er zuckte mit den Schultern.

»So geht das aber nicht, Senhor Pleider!«

»Oh, doch, so geht das. Hier haben Sie die Mörder von Maria und Augusto Bermudes, die vermutlich auch am Tod meines Sohnes schuld sind. Dazu kommt der Mordversuch an Lisa Langer – das sollte reichen, um die beiden eine Weile aus dem Verkehr zu ziehen, meinen Sie nicht auch?«

»Und die Brandanschläge auf die Lokale in Porto und in Régua? Die zerstoßenen Rasierklingen im *Triângulo*?«

Luis Pleider tauschte einen Blick mit Pio Lubke, dann wandte er sich lächelnd an die Kommissarin.

»Ich habe das Gefühl, dass es keinen Ärger mehr in dieser Richtung geben wird. Und glücklicherweise ist ja durch diese Dummheiten niemand zu Schaden gekommen, nicht wahr?«

»Und die Frau, die Sie eben am Telefon hatten, zog von Lissabon aus die Strippen und beauftragte die Morde, richtig? Ist sie auch für die Anschläge auf die beiden Lokale verantwortlich?«

Er zuckte erneut mit den Schultern und lächelte bedauernd.

»Wer ist diese Frau?«, fragte sie noch einmal.

»Das wollen Sie nicht wissen, glauben Sie mir.«

»Doch, das will ich wissen! Und ich werde das auch herausfinden. Schließlich bin ich bei der Kripo. Ich besorge mir die Verbindungsdaten Ihres Handys, dann hab ich die Frau am Haken!«

»Die Verbindungsdaten meines Handys ... nun ja, ich habe meine Zweifel, dass Sie dafür das Okay Ihrer Vorgesetzten bekommen.«

»Wollen Sie meine Arbeit behindern?«, zischte sie.

»Nein, ich will Ihnen nur Ärger ersparen. Aber natürlich steht es Ihnen frei, Ihre Ermittlungen fortzusetzen. Und so tüchtig, wie ich Sie einschätze, finden Sie auch ohne meine Verbindungsdaten den Namen der Frau heraus, mit der ich eben telefoniert habe. Dann allerdings werden Sie feststellen, dass der Vater dieser Frau in Lissabon noch etwas mehr Einfluss hat als Senhor Lubke oder ich hier in Porto. Sie sollten sich also nicht allzu große Hoffnungen machen, was eine Bestrafung der Frau angeht.«

Die Augen der Kommissarin sprühten vor unterdrückter Wut.

»Bitte, vertrauen Sie mir«, fuhr Dom Luis in versöhnlichem Ton fort. »Mein Freund Dom Pio und ich regeln das. Sie werden von dieser Frau aus Lissabon nie wieder etwas hören. Sie wird weder in Porto noch sonst wo im ganzen Dourotal jemals wieder etwas Unrechtes anzetteln oder jemandem schaden. Dafür werden wir sorgen.«

Die Kommissarin gab sich geschlagen. Zusammen mit ihrem Kollegen, den beiden Chauffeuren und Fred geleitete sie Janira und Tadeu zu den Streifenwagen, die einen Block weiter in Bereitschaft standen. Dom Luis sah ihnen nach, bis sie um die nächste Ecke verschwunden waren. Dann nickte er zufrieden und trat neben Lisa.

»Und falls Sie, Senhora Lisa, noch immer planen, aus Ihren Erlebnissen am Douro einen Krimi zu machen: Seien

Sie so gut und sorgen Sie dafür, dass Ihre Geschichte Namen und Ereignisse so verfremdet wiedergibt, dass unsere Geschäfte durch Ihr Buch nicht gestört werden.«

Sie blinzelte ihn an. Der Patriarch der Familie Pleider hatte ihr mit einer Stimme ins Ohr geraunt, die sie sehr an Mafiafilme erinnerte. War das ein »Angebot«, das man nicht ablehnen konnte? Hatte er ihr eben gedroht? Aber im Gesicht von Anas Großonkel schimmerte nichts Gefährliches durch, nichts Bedrohliches. Er lächelte sie an wie der gütigste und harmloseste Onkel der Welt. Schließlich erwiderte sie sein Lächeln.

»Schlecht sollen höchstens die Lubkes wegkommen, richtig?«

Der Alte zuckte mit den Schultern, in seinen Augen blitzte es amüsiert.

»Und für alle Spuren, die nach Lissabon weisen, verkneife ich mir jegliche Andeutung ...?«

Dom Luis nickte und lächelte noch etwas breiter.

»Ich sehe, wir verstehen uns.«

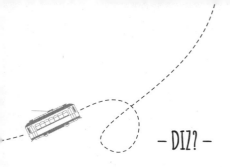

– DIZ? –

Als es darum ging, wo die Versöhnung der Familien Lubke und Pleider gefeiert werden sollte, fiel das *Triângulo* aus, weil nach dem Brand mindestens die Wände und Decken neu gestrichen werden mussten. Dom Pio hatte Ana zudem überredet, das Lokal gründlich zu renovieren. Er wollte für alle Kosten aufkommen und war damit einverstanden, dass Ana ihr Lokal auch nach der Renovierung eher gemütlich als nobel haben wollte.

Für Dom Luis wäre die natürliche nächste Wahl auf Madalenas Restaurant gefallen, doch Francisco bestand darauf, dass der Abend in seinem *Coroa do Douro* stattfand. Madalena und Ana stimmten zu – unter der Bedingung, dass sie gemeinsam in Franciscos Küche das Menü zubereiten durften. Das wiederum nahm Francisco mehr als gern an, und so verbrachten die drei zusammen mit dem Küchenchef des *Coroa* und einigen Helfern den Nachmittag und frühen Abend damit, ein wunderbares Menü zu zaubern. Der junge Vasco, der Madalenas Lokal vor dem Niederbrennen bewahrt hatte, weil er nachts ein paar Flaschen Wein klauen wollte, ging ihnen dabei zur Hand, und er stellte sich zu Madalenas großer Freude gar nicht ungeschickt an.

Das Essen schmeckte allen vorzüglich, und Lisa genoss es sehr, von den Lubkes und Pleiders wie ein Familienmitglied aufgenommen zu werden. Natürlich waren auch Anas

Freunde aus Porto mit von der Partie. Afonso hatte sich von seiner Tochter, der schönen Beatriz, fahren lassen, und Cari und Rodrigo flirteten so intensiv, dass sie kaum Augen für die anderen hatten. Sogar der Immobilienmakler Ernesto war eingeladen worden, aber es war niemand böse, dass er unter dem Vorwand dringender Geschäfte abgesagt hatte.

Alle Gäste, sofern sie nicht ohnehin in Régua wohnten, hatten Zimmer in der näheren Umgebung genommen. Einige waren im *Coroa* untergebracht, andere in Madalenas Haus, und natürlich übernachteten auch Gäste auf dem Weingut von Luis Pleiders Freunden oberhalb von Peso da Régua.

Die Stimmung war prächtig und wurde auch nicht getrübt, als sich alle auf den Weg zur Bar begaben, denn an diesem Abend war Teresa »Rouxinol« Luazes, die Nachtigall von Régua, nicht da, und niemandem drohte ein Hörsturz durch einen Fado fatal, wie ihr eigenwilliger Stil in Anas Freundeskreis insgeheim genannt wurde. Nur Francisco war ganz geknickt, denn er hätte sie nur zu gern singen hören.

»Aber ich musste sie gehen lassen«, erklärte er. »Teresa hat ein Angebot bekommen, das sie nicht ablehnen konnte. Sie wurde von einigen Clubbesitzern in Lissabon eingeladen und macht jetzt eine richtige Tournee dort. Sie singt auf den besten Bühnen der Hauptstadt, und so leid es mir für meine Bar tut: Für Teresa freue ich mich aufrichtig.«

»Ich mich auch«, fügte Dom Luis hinzu, und als Madalena ihren Großvater fragend ansah, grinste der nur breit und zwinkerte ihr zu.

»Aber zum Glück hat Teresa für uns eine CD aufgenommen!«, rief Francisco in diesem Moment aus und sprang auf. »Die spiele ich jetzt ab!«

Das Gemurmel ringsum verebbte, doch Francisco bemerkte

die betretenen Blicke der anderen nicht. Er eilte zum Tresen, stürmte am Barmann vorbei zu einem kleinen Schränkchen und begann, dessen Fächer zu durchsuchen. Immer fahriger wurden seine Bewegungen, und schließlich tauchte er wieder auf und sah die Gäste traurig an.

»Was ist denn?«, fragte ihn Madalena.

»Die CD ist weg!«

»Wie schade«, heuchelten einige im Raum, während andere offen aufatmeten.

»Aber ich habe noch eine, keine Sorge!«

Damit flitzte Francisco durch die Seitentür.

»Mist, hat der wirklich noch eine zweite CD von dieser Heulboje?«, fragte Henrique in die Runde. »Das darf doch nicht wahr sein!«

In diesem Moment kehrte Francisco zurück, der nur noch den letzten Satz mitgehört hatte.

»Was meinst du?«

»Äh ... ich meine: Das darf doch nicht wahr sein, dass die CD verschwunden ist, wo Rouxinol sie doch extra für dich aufgenommen hat.«

Henrique legte ordentlich Pathos in seine Stimme und hoffte, dass sich die schmale CD-Schachtel in der Innentasche seines Jacketts nicht abzeichnete. Der Barmann, der das Versteck kannte, hatte sie ihm mit der Bitte gegeben, sie zum Wohle der Anwesenden nur ja schnell verschwinden zu lassen. Doch Francisco hatte keinen Blick für Henriques Jackett. Er schaltete den CD-Player an, legte die selbst gebrannte Disc ein, drehte sich zu seinen Gästen um und breitete die Arme aus.

»Gleich dürfen wir der wunderbaren Rouxinol lauschen«, deklamierte er. »Leider werden wir keinen Fado hören und auch nicht die einzigartige Stimme von Teresa – sondern nur etwas Jazz, den sie am Klavier eingespielt hat.«

Ein leicht dahingetupfter erster Akkord füllte den Raum und übertönte das allgemeine Seufzen der erleichterten Gäste.

– DANKSAGUNG –

Ein sehr herzliches Dankeschön geht wie immer an alle, die mir meinen dritten Urlaubskrimi ermöglicht haben: an meine Gesprächspartner und Informationsquellen, an viele herzliche und gastfreundliche Portugiesen, an die wichtigste Testleserin von allen – und natürlich an alle Mitarbeiter des Piper Verlags.

Im Anhang findet sich auch diesmal einige Rezepte, mit denen man sich kulinarisch auf meine Spuren und die der Romanfiguren begeben kann. Frei erfunden ist leider das wunderbar gelegene Feinschmeckerlokal *Coroa do Douro* samt charmantem Chef, während es um die markerschütternde Stimme der fiktiven Sängerin Teresa »Rouxinol« Luazes und die Gaunerkaschemme von Pepe weniger schade ist. Dafür gibt es einige der im Krimi erwähnten Lokale und Weingüter tatsächlich, manche unter anderem Namen als im Buch – und für die Recherche, welche davon erfunden und welche real sind, wünsche ich schon jetzt viel Spaß und Appetit!

269

– ALTER FISCH, FRISCHES GEMÜSE UND EINE MÄCHTIGE FRANZÖSIN –

Die portugiesische Küche ist sehr vielseitig, bietet entlang der Küste viel frischen Fisch und im Landesinneren vorzugsweise Fleisch. Dabei sind die Portugiesen nicht auf Rind oder Schwein beschränkt: Sie zaubern Leckeres auch aus Wildschwein, Zicklein und Lamm. Innereien werden verarbeitet, Eintöpfe sind beliebt, und sehr gern werden auch Meeresfrüchte und Fleisch kombiniert. Als Beilage gibt es häufig Kartoffeln und Gemüse, und sehr oft sind die Gerichte eher deftig.

Eine Spezialität aus Porto war mir schon aus meiner schwäbischen Heimat vertraut: Kutteln – das sind Stücke vom Rinderpansen, einem der Vormägen dieser Tiere, die aber nicht jedermanns Sache sind. Und das nicht nur, weil sie in der Fleischerauslage optisch ein wenig an gekochte Frottierhandtücher erinnern. Für den Rezeptanhang zu Lisa Langers drittem Fall will ich mich auf drei Spezialitäten beschränken, die ohne Innereien auskommen, sonst aber die Bandbreite der portugiesischen Küche ganz gut abbilden. Und am Ende befindet sich das Rezept für einen Longdrink, der in Porto fast schon Kult ist.

Bacalhau à Brás

Bacalhau – das ist Stockfisch, womit in Portugal gesalzener und getrockneter Kabeljau gemeint ist, der früher von Seeleuten auf lange Reisen als haltbares Nahrungsmittel mitgenommen wurde. Um ihn vorurteilsfrei zu genießen, würde ich dazu raten, in ein gutes portugiesisches Restaurant zu gehen, in dem Hausmannskost hochgehalten wird. Das können auch einfache Lokale sein – ein guter Bacalhau braucht kein schickes Ambiente, sondern eine Köchin oder einen Koch mit Liebe zum Produkt. Mir hat es zum Beispiel während meiner Krimirecherchen in Matosinhos, ein paar Kilometer nördlich von Porto direkt am Atlantik gelegen, sehr gut geschmeckt: Dort findet sich an der Avenida Serpa Pinto das unscheinbare Lokal *Casa Boa Gente*, in dem es den Bacalhao (und natürlich auch viel frischen Fisch) ganz wunderbar zubereitet gibt – herrliche Meeresfrüchte als Vorspeise und einen sehr guten und namhaften Roten als Hauswein inklusive, und das alles obendrein noch recht günstig.

Wenn Sie es gleich in der eigenen Küche probieren wollen und Sie der Einkauf und die Vorbereitung der wichtigsten Zutat vielleicht ein wenig Überwindung kostet, glauben Sie mir: Es lohnt sich!

In Portugal liegen Bacalhau-Stücke einfach auf offenen Tischen oder Regalen herum. In Deutschland fragt man seinen Fischhändler nach Stockfisch, man kann ihn auch im Internet bestellen – aber anders als in Portugal bekommt man ihn bei uns nicht an jeder Ecke. Und wenn Sie ihn gefunden haben, bitte nicht erschrecken: Er sieht anfangs weder essbar aus, noch riecht er so. Aber da muss man einfach durch.

Übrigens ist mein Rezept nur ein Vorschlag, experimentieren Sie ruhig herum. Es gibt in Portugal angeblich mehr Bacalhao-Rezepte, als das Jahr Tage hat, und allein das folgende Rezept lässt sich mit weiteren Zutaten (Oliven, Chiliflocken, Butter) variieren oder dadurch, dass man die Eier nicht einrührt, sondern hart gekocht in Spalten schneidet und auf dem fertigen Essen anrichtet.

Zutaten (für 4 Personen):
600 g Stockfisch (am besten in handliche Stücke zerteilt),
400 g Kartoffeln, 3 Zwiebeln, 2 bis 3 Eier, 1 Knoblauchzehe,
2 EL Petersilie oder Korianderblätter (grob gehackt),
3 bis 4 EL Olivenöl, Salz und Pfeffer

Zubereitung
Am Vortag die Fischstücke unter fließend kaltem Wasser abspülen, um das Salz ein wenig abzuwaschen. Danach die Fischstücke für zwölf, besser noch für 24 Stunden in ausreichend kaltem Wasser einweichen. Das Wasser alle paar Stunden wechseln, mindestens aber viermal. Danach übergießt man den Fisch mit kochendem Wasser und lässt ihn noch einmal zehn, fünfzehn Minuten ziehen. Schließlich in ein großes Sieb gießen, von Haut und Gräten befreien, falls nötig, und alles in kleine Stückchen zupfen.

Die Kartoffeln mit Schale in Salzwasser nicht ganz gar kochen, schälen, abkühlen lassen und in feine Stifte raspeln. Die Zwiebeln schälen und nach persönlicher Vorliebe entweder in grobe Würfel oder in feine Streifen schneiden. Knoblauch pressen oder in sehr kleine Stücke schneiden.

Eier schaumig rühren. Olivenöl in einer hohen Pfanne (gern in einer Wokpfanne) erhitzen, Zwiebeln darin glasig anschwitzen, Knoblauch und Kartoffelstifte hinzufügen. Wenn die Kartoffeln leicht angeröstet sind, kommt der Fisch dazu, nach kurzem Weiterbraten werden die Eier hinzugegeben, danach nur noch vorsichtig umrühren. Das Gericht ist fertig, wenn Ihnen die Konsistenz der Eier zusagt – manche mögen die Eimasse nur leicht gestockt, für andere muss sie angebraten sein.

Dem Stockfisch ist das egal, wichtig ist ihm nur, dass man kurz vor dem Servieren die Kräuter unterhebt, ihn nicht zu knapp mit Salz und Pfeffer abschmeckt und das Essen heiß serviert.

Francesinha

In Porto gibt es jedes Jahr einen Wettbewerb unter den Restaurants der Stadt: Wer bekommt diese Spezialität am besten hin? Francesinha heißt aus dem Portugiesischen übersetzt »kleine Französin«, und wer sich darüber schon aufregt, sollte gar nicht erst nachforschen, wie der Name dieser für Porto typischen Spezialität der Legende nach entstanden ist. Hier nur so viel: Die portugiesischen Männer, die dieser Speise den Namen gaben, hatten dabei nicht jugendfreie Klischees über junge französische Frauen im Sinn. Doch der Name führt ohnehin in die Irre – denn die Francesinha ist ganz sicher nicht klein. Und obwohl die Spezialität manchmal als Schnellgericht bezeichnet wird: Auf die Schnelle ist eine Francesinha auch nicht herzustellen. Von der Soße abgesehen, die am Ende hinzukommt, ist das Zubereiten einer Francesinha aber nicht durch ein

Rezept im herkömmlichen Sinne zu beschreiben – deshalb gibt es hier stattdessen eher so etwas wie eine Montageanleitung.

Zutaten (für 4 Personen):
Für die Francesinha selbst: nach Belieben 2 Tomaten und/ oder 1 Paprika, 2 kleine Zwiebeln, 400 bis 500 g Hackfleisch (Rind oder gemischt), 5 Eier, Salz, Pfeffer, Semmelbrösel, 4 Scheiben Frühstücksspeck, Öl zum Anbraten (z. B. Sonnenblumenöl), 4 scharfe Würste (z. B. Chorizo), 4 rohe, würzige Bratwürste, 12 Scheiben Toastbrot oder Sandwichbrot, 4 dünne Rindersteaks (gern mariniert), 16 Scheiben leicht schmelzender Käse, 4 Auflaufformen, in die eine Scheibe Toast so passt, dass rundum zwei Fingerbreit Platz bleiben Für die Soße: 1 Zwiebel, 2 EL Olivenöl, nach Belieben eine Knoblauchzehe, 3 EL Tomatenmark (oder 300 ml passierte Tomaten), 2 Lorbeerblätter, 500 ml Gemüsebrühe, 330 ml Bier, 1 EL Sojasoße, 2 EL Speisestärke, etwas kaltes Wasser, 100 ml Portwein, nach Belieben ein Schuss Brandy, Salz, Pfeffer, gern auch Senf zum Abschmecken

Zubereitung
Damit die Zutaten der Francesinha heiß genug serviert werden können, wird der Backofen zunächst zum Warmhalten auf ca. 80 Grad vorgeheizt. Anschließend wird die Soße hergestellt.

Dazu die Zwiebel schälen, sehr fein hacken und in einem Topf mit Olivenöl vorsichtig anschwitzen. Falls Knoblauch verwendet wird, sehr fein hacken und dazugeben, kurz bevor die Zwiebeln glasig sind. Tomatenmark (bzw. passierte Tomaten) einrühren und kurz ziehen lassen. Lorbeer zufügen, mit Gemüsebrühe ablöschen, dickflüssig einkochen lassen. Nun Bier und Sojasoße dazugeben. Speisestärke mit sehr wenig kaltem Wasser zu einem dicken Brei vermengen und unterrühren. Portwein (und wenn gewünscht Brandy) zugeben. Alles bei mittlerer Hitze köcheln lassen und immer wieder umrühren, damit nichts anbrennt. Die Soße sollte am Ende fast so dickflüssig wie Ketchup sein. Lorbeerblätter entnehmen, mit Salz, Pfeffer (und eventuell Senf) abschmecken, glatt rühren und warm stellen.

Nun geht es an die Francesinha selbst. Wer für den Belag Tomate und/oder Paprika verwenden will, sollte das Gemüse zunächst putzen und in flache, mundgerechte Stücke zerteilen. Dann die Zwiebeln schälen und halbieren. Eine der vier Hälften sehr fein hacken oder fein würfeln und für die Zubereitung der Frikadellen reservieren. Die drei verbliebenen Hälften in dünne Streifen schneiden.

Jetzt eines der fünf Eier gründlich mit dem Hackfleisch vermengen, mit Salz und Pfeffer abschmecken und wenig Semmelbrösel unterkneten, bis die Masse noch feucht ist, sich aber zu gut handtellergroßen Frikadellen formen lässt, die nicht zerfallen. Die fein gewürfelte Zwiebel untermischen. Vier Frikadellen formen und bereitstellen.

Da die meisten Zutaten der Francesinha so ziemlich das Gegenteil von leicht und bekömmlich sind, wäre zum Braten eine große, flache Pfanne mit Beschichtung gut, für die man nicht viel Öl braucht.

Frühstücksspeck in Streifen schneiden, die in der Länge maximal dem Durchmesser der Toastscheiben entsprechen, und in der vorgeheizten, trockenen Pfanne ausbacken. Ist der Speck kross, wird er aus der Pfanne genommen, kurz auf Küchenkrepp gelegt und danach im Backofen warm gestellt. Meistens reicht das Fett, das der Speck in der Pfanne gelassen hat, zum weiteren Anbraten – sonst ganz sparsam Öl dazugeben.

Dann Würste kräftig anbraten, herausnehmen und etwas abkühlen lassen.

Frikadellen in der Pfanne auf beiden Seiten ausbacken, dabei die Pfanne abdecken, damit das Hackfleisch gut durchzieht – aber am Ende ohne Deckel braten, damit alles schön knusprig wird. Fertige Frikadellen warm stellen.

Toastbrot toasten – oder (wie es oft in Porto gemacht wird) von beiden Seiten kurz in der Pfanne anbraten. Gebratene Toasts auf Küchenkrepp legen, danach im Backofen warm stellen.

Wenn die Würste etwas abgekühlt sind, der Länge nach halbieren, die Hälften je nach Größe noch einmal halbieren oder vierteln und bereitstellen.

Die Herdplatte höher drehen, den Backofen auf 120 bis 140 Grad stellen, alle warm gestellten Zutaten herausnehmen.

Die vorbereiteten Zwiebelstreifen in der langsam heißer werdenden Pfanne gut goldgelb anbraten und auf Küchenkrepp legen.

Wenn das Öl die volle Temperatur hat: Rindersteaks kurz auf beiden Seiten scharf anbraten, herausnehmen.

Nun geht's ans Zusammenbauen.

In die vier Auflaufformen jeweils eine Scheibe Toastbrot legen, darauf die gebratenen Wurststücke, Tomaten und Paprika verteilen. Es folgen je eine Frikadelle und obenauf je ein Toastbrot. Jetzt Zwiebeln, das Steak, darüber den Speck, eventuell noch verbliebene Wurststücke dazugeben und zum Schluss die verbliebenen vier Toastscheiben als Deckel daraufsetzen. Je Sandwichturm werden vier Käsescheiben so aufgelegt, dass der Käse das Ganze bedeckt und an allen Seiten herabhängt. Dann ab mit dem Gebilde in den Backofen, bis der Käse zerläuft.

In der Zwischenzeit aus den verbliebenen Eiern vier Spiegeleier braten.

Die Formen mit den Sandwiches herausnehmen, auf jedem ein Spiegelei platzieren, die Soße in der Auflaufform angießen und sofort heiß servieren. In Porto wird die Soße gern großzügig über alles gekippt – dazu gibt es Pommes.

Ich weiß nicht, warum mir das gerade jetzt einfällt: Es gibt in Porto fabelhaften Feigenschnaps …

Caldo verde

Nach so viel Fleisch wird es jetzt höchste Zeit für ein vegetarisches Gericht: Die Caldo verde (zu Deutsch: grüne Brühe) wird im Norden Portugals zwar oft als Vorspeise serviert – vor allem an Wintertagen, die gerade im Dourotal sehr kalt ausfallen können, eignet sich die Gemüsesuppe jedoch auch wunderbar als Hauptgericht. Dafür habe ich hier die Mengen der Zutaten berechnet. Die Fleisch und Fisch liebenden Bewohner des Dourotals kochen übrigens meist eine deftige Chorizo in der Brühe mit, aber die Suppe schmeckt auch ohne.

Zutaten (als Hauptgericht für 4 Personen):
2 Zwiebeln, 2 Knoblauchzehen, nach Belieben 2 Möhren,
1/4 Sellerieknolle, 1/2 Kohlrabi, 500 g Grünkohl (oder
Wirsing), 500 g Kartoffeln (mehlig kochend), 2 EL Olivenöl
(plus ein EL pro Teller zum Abschmecken), 1 l Gemüse-
brühe, Salz, Pfeffer

Zubereitung
Zwiebeln schälen und je nach persönlicher Vorliebe fein
hacken oder in kleine Stücke schneiden – so isst man sie
später auch mit, denn in meiner Version wird die Suppe
nicht püriert. Knoblauch sehr fein hacken. Möhren, Selle-
rie, Kohlrabi fein würfeln. Grünkohl (oder Wirsing) putzen
und in schmale Streifen schneiden. Kartoffeln schälen und
je nach Größe vierteln oder achteln.

Olivenöl in einem großen Topf erhitzen, Zwiebeln darin
glasig anschwitzen. Wenn die Zwiebeln schon ein bisschen
weich sind, den Knoblauch und Möhren/Sellerie/Kohlrabi
zugeben. Kurz anziehen lassen, dann mit Gemüsebrühe
ablöschen und die Kartoffeln zugeben. Nach etwa 15 Minuten die Kartoffeln mit einem Stampfer so zerdrücken, dass
noch einige kleinere Stücke übrig bleiben. Grünkohl (oder
Wirsing) dazugeben und alles 15 bis 20 Minuten bei mittlerer Hitze köcheln lassen – am Ende sollte der Kohl weich,
aber nicht völlig verkocht sein. Mit Salz und Pfeffer abschmecken, vom Herd nehmen und noch einen EL Olivenöl
pro Portion unterheben. Sofort heiß servieren.

Nicht sehr portugiesisch, aber trotzdem lecker: Wer mag,
reibt etwas Parmesankäse darüber. Dazu kann man Brot-
scheiben servieren, die man in stark gesalzenem Olivenöl
auf einer Seite scharf angebraten hat.

Portonic

Portugiesen lieben zum Essen ein Glas Wein, der am Oberlauf des Douro so wunderbar angebaut wird, dass er oft viel zu schade ist, um nur zu Portwein verarbeitet zu werden. Wird aus einem guten Wein aber ein sehr guter Portwein, könnte er mit diesem Rezept noch weiter veredelt werden – zu einem erfrischenden Longdrink, der in Porto längst Hugo und Sprizz den Rang abgelaufen hat. Dabei ist er mit guten Zutaten im Handumdrehen selbst gemixt. Ich halte mich am liebsten an das Rezept, das Ana im *Triângulo* ihrer Aushilfskellnerin Lisa beigebracht hat.

Zutaten:
Eiswürfel (oder Crushed Ice), 1 Teil Portwein (weiß),
2 Teile Tonic Water, 1 halbe Orangenscheibe (ungespritzt),
1 oder 2 Minzblätter

Zubereitung
Eis in ein Longdrinkglas geben, Portwein und Tonic Water darüber, Orange hinein und obenauf die Minzblätter.
 Saúde!

Portugal ist ein Märchenland

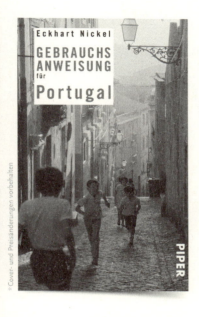

Eckhart Nickel

Gebrauchsanweisung für Portugal

Piper Taschenbuch, 160 Seiten
€ 15,00 [D], € 15,50 [A]*
ISBN 978-3-492-27520-0

Hier waren die Helden schon immer größer als anderswo, die Traurigkeit tiefer, die Sehnsucht brennender. Und wie jedes Märchenland gibt auch Portugal Rätsel auf: Was hat es mit der unerklärlichen saudade auf sich, und welche Sprache ist das wirklich, die die nuschelnden Portugiesen da sprechen?

Eckhart Nickel spürt den Geheimnissen Portugals nach – und begegnet den Liebhabern von Stockfisch und Port, von Fado und Fußball.

PIPER

Leseproben, E-Books und mehr unter www.piper.de

Tapas, Tequila und ein toter Tourist

Hanne Holms
Balearenblut
Ein Mallorca-Krimi

Piper Taschenbuch, 272 Seiten
€ 9,99 [D], € 10,30 [A]*
ISBN 978-3-492-31036-9

Mallorca ruft! Reisejournalistin Lisa Langer fliegt für einen Auftrag ins sonnige Alcúdia. Kaum angekommen, fällt ihr im wahrsten Sinn des Wortes ein Mann vor die Füße: Ein Hotelgast stürzt vom Balkon des dritten Stocks, und das Messer, das zwischen seinen Schulterblättern steckt, lässt einen Selbstmord unglaubwürdig erscheinen. Da die Journalistin ein heimliches Doppelleben als Krimiautorin führt, ist die Neugierde groß. Wann kann man sich schon mal eine frische Leiche aus der Nähe ansehen? Schneller als gedacht, findet sich Lisa inmitten der Mordermittlungen wieder ...

Leseproben, E-Books und mehr unter www.piper.de

Gelato, Chianti und gefährliche Ganoven

Hanne Holms
Italienische Intrigen
Ein Toskana-Krimi

Piper Taschenbuch, 288 Seiten
€ 10,00 [D], € 10,30 [A]*
ISBN 978-3-492-31037-6

Reisejournalistin Lisa Langer verschlägt es für einen Auftrag in die frühsommerliche Toskana. Was gibt es auch Schöneres, als den Blick bei einem Glas Rotwein über sanfte Hügel, Zypressen und die Silhouette von Casole d'Elsa schweifen zu lassen? Doch dann entdeckt sie zwielichtige Gestalten in leer stehenden Ferienhäusern, die allem Anschein nach etwas im Schilde zu führen. Und tatsächlich stößt Lisa auf kriminelle Machenschaften. Ja, es gibt bereits Mordopfer! Lisas Neugier ist geweckt. Sie beginnt zu ermitteln, und gerät dadurch in Lebensgefahr...

Leseproben, E-Books und mehr unter www.piper.de